Calderon • de Moras

La prétendue innocence des fleurs

roman | **Scrineo**

8 rue Saint-Marc, 75002 Paris
Diffusion : Volumen

Couverture réalisée par Isabelle Dumontaux
Mise en page : Marguerite Lecointre

ISBN : 978-2-3674-0292-5
Dépôt légal : mai 2015

À Pierre, à Victoria,
À nos mères

Ma vie s'est arrêtée un soir d'été et de brise légère,
au milieu d'une petite rue, dans une ville du Sud,
sur les éclats compacts d'un goudron noyé de sang.
J'avais une robe à fleurs et la volonté de vivre.
Que puis-je espérer maintenant ? Suis-je damnée ?
Mon Dieu je ne savais pas que l'on pouvait être broyée ainsi.
Pour le temps qu'il me reste, je vous en prie,
je vous en supplie, pardonnez-moi.

Le bouquet était prêt.

Cinq iris mauves, cinq lys blancs aux étamines chargées de pollen et deux jacinthes sauvages, emballées dans trois grands carrés de papier de soie de couleurs mauve, orange et jaune.

Dans quelques heures à peine, il serait livré au cabinet du juge d'instruction Marc Ferrer, et ouvrirait une brèche profonde dans sa raison.

Car ces fleurs n'étaient pas innocentes.

Elles allaient tout bouleverser.

1

La joie des autres était insupportable. À croire que toutes les personnes attablées dans ce restaurant étaient venues enterrer une vie de jeune fille ou un grand-oncle milliardaire. Les rires fusaient des quatre coins de la salle voûtée, tandis qu'Adélaïde s'évertuait à donner un air de fête à l'anniversaire d'Hyppolite, que Marc avait visiblement décidé de gâcher.

Elle lança sa vingtième perche, comme on lance son dernier cotillon.

– Alors, vous vous êtes rencontrés au Sénégal… Racontez-nous ça !

Le visage d'Hyppolite se fendit d'un large sourire. Geneviève, qu'on n'avait pas beaucoup entendue jusqu'ici, attrapa la main de son compagnon et, sûre d'elle et de sa joie communicative, se lança avant qu'il n'ait eu le temps de dire un mot.

– Hyppolite m'a sauvée des griffes d'un sorcier…

– D'un sorcier ? relança Adélaïde.

– C'est dingue comme truc… Moi, j'ai toujours aimé les voyages un peu exotiques. Mon mari et moi, enfin mon ex-mari… étions en voyage organisé par un tour opérateur qu'une vieille copine nous avait conseillé. Bref, j'y reviendrai, mais le fait est qu'on s'est retrouvés coincés dans un village paumé au fin fond de la brousse sénégalaise. Plus de 4x4, plus de guide, plus rien... Le voyagiste avait mis la clé sous la porte en nous plantant là, avec dix autres pigeons. Le soir où on a appris ça, on s'est tous un peu soûlés avec un tord-boyaux local. Je me suis lâchée, j'en avais besoin, c'était ça ou la crise de nerf. Là je me suis retrouvée dans une hutte, je dis une hutte, enfin leur cabane en terre, là, et il y avait une dizaine de masques accrochés au mur. J'en ai attrapé un, il me plaisait parce qu'il était rouge, ma couleur préférée. Je trouvais ça marrant. Je suis ressortie avec, et me suis mise à danser façon africaine, sans penser à mal, évidemment. Et là, il y a un vieux type avec des yeux de fou qui s'est mis à me hurler dessus en baragouinant dans son dialecte. Il m'a attrapée par le bras et tous les autres se sont rués sur nous, on a cru qu'ils allaient nous découper en rondelles ! Ça commençait à dégénérer franchement quand... Je ne sais pas si vous avez vu *Out of Africa*, eh bien Redford, le même, est sorti de nulle part – il n'était pas dans notre groupe – et s'est mis à parler avec le sorcier là...En quelques mots, il a calmé toute la tribu. Incroyable ! Eh bien Robert Redford, c'était Hyppolite. Votre père, Marc, est un grand séducteur... conclut-elle.

De toute évidence elle était amoureuse.

– Ça, c'est le moins qu'on puisse dire... Et à propos, que devient Brigitte ? lâcha Marc à l'intention de son père, sans même lever les yeux de son assiette.

Geneviève se décomposa aussitôt, on ne l'entendit plus de la soirée.

– On ne plaisante pas avec les masques, conclut tranquillement Hyppolite. Surtout en Afrique occidentale.

Le serveur apporta les quatre desserts.

– En tout cas, joyeux anniversaire Hyppolite, dit Adélaïde en lui tendant le paquet qu'elle venait de sortir de son sac.

Marc regarda froidement Adélaïde, ce cadeau avait visiblement été choisi sans lui.

Hyppolite déchira le papier et découvrit un masque africain rouge, aux traits féminins, à la chevelure de corde et couvert de scarifications.

– Ça alors, s'exclama-t-il, où as-tu trouvé ça Marc ?

– C'est Adélaïde qu'il faut remercier, papa.

– Chez un antiquaire spécialisé, rue Saint-Paul, répondit Adélaïde. Comme vous m'aviez raconté l'histoire de votre rencontre au téléphone, ça m'a donné une idée.

Le père de Marc sortit une paire de lunettes de sa veste et la posa sur son nez. Il scruta le masque dans tous les sens avant de donner son verdict, sûr de lui :

– C'est un masque punu, il vient certainement du Gabon.

– Oui, c'est ce que m'a dit l'antiquaire. J'avoue que je suis assez bluffée, ajouta Adélaïde, cherchant à rallier Marc et Geneviève à son enthousiasme.

Sans succès.

– Avec ce masque, le Mukuyi commémore les défunts, continua le père de Marc. Un danseur masqué dont le corps se dissimule sous un vêtement en tissu. Ces masques représentent des ancêtres féminins. Ça permet d'être en paix avec ses aïeux, conclut-il en fixant Marc avec gravité.

On éteignit la lumière. Un « *happy birthday to you* » retentit d'une table du fond du restaurant.

– Je prendrais bien un café moi… Quelqu'un d'autre en prendra un ? s'empressa de lancer Adélaïde avant que la conversation ne dégénère.

– Moi, avec plaisir, lui répondit Hyppolite.

Marc et Geneviève restèrent silencieux.

– S'il vous plaît, dit Adélaïde en interpellant le serveur, deux cafés.

Un grand « BRAVO » résonna dans tout le restaurant, la jeune femme de la table du fond venait de souffler ses bougies. On ralluma aussitôt la lumière.

– Apportez aussi l'addition, ajouta Marc, glacial.

2

Les huit cylindres de la Facel-Vega vrombissaient sous les coups d'accélérateur inutiles d'Hyppolite. Marc s'agaçait.

– Tu ne veux pas arrêter deux secondes ?

Hyppolite obtempéra aussitôt.

– Désolé…

Il l'était sincèrement. Il baissa la vitre conducteur jusqu'en bas. Adélaïde l'embrassa.

– Vous êtes trop rare à Paris, Hyppolite, revenez-nous vite. Et vous aussi Geneviève, ajouta-t-elle avec un peu de retard.

Hyppolite sourit tristement.

– Tu es un soleil Adélaïde. Une belle-fille idéale.

Marc entendit les mots de son père. Il était d'accord. Adélaïde était un soleil. Il se demanda depuis combien de temps il n'arrivait plus à le voir.

Hyppolyte libéra les trois cents chevaux de la Facel, dans une accélération démente. Les pneus crissèrent sur les pavés luisants de la rue Lepic, et en moins de trois secondes la voiture avait disparu dans le virage du Moulin de la Galette.

– On ne croirait pas qu'il vient d'avoir soixante-cinq ans… pesta Marc en pressant le pas dans l'autre sens pour échapper aux regards des touristes. Où est-ce qu'il est allé chercher cette bagnole encore ?

– Chez un collectionneur d'Amsterdam, lui répondit-elle, en lui attrapant la main. Il l'a dit.

– Je n'ai pas fait attention.

Adélaïde se retourna dans la direction où était partie la Vega d'Hyppolite. La rue pavée s'y rétrécissait, les maisons blanches aux toits d'ardoise la rassuraient.

– Tu ne veux pas qu'on marche un peu vers la butte ? Ça fait mille ans que je n'ai pas vu la place du Tertre.

– Désolé, je n'ai pas le temps ce soir, dit-il en l'entraînant de l'autre côté.

Elle prit son courage à deux mains, et se lança quand même.

– Depuis combien de temps n'avais-tu pas vu ton père ?

Il ne répondit pas et pressa le pas. Elle n'arrivait plus à le suivre.

– Marc ! On a le temps !

– Excuse-moi, dit-il en ralentissant.

– Tu ne veux pas en parler ? demanda-t-elle.

Il lui lança un regard en coin, légèrement agacé.

– Je sais que tu as de l'affection pour lui, et qu'il te le rend bien. Je comprends ça. Moi aussi, s'il n'avait pas été mon père, je crois que c'est quelqu'un que j'aurais apprécié... Il est marrant, pittoresque même. Tout ce qu'il faut pour distraire la galerie.

– Mais tu le tiens toujours pour responsable de la mort de ta mère, c'est ça ?

– Je n'ai jamais pensé qu'il était responsable de quoi que ce soit, dit-il en s'arrêtant. Sa mort, elle ne la doit qu'à elle-même.

– C'est quoi alors ? Tu lui en veux d'avoir été absent quand tu avais besoin de lui ?

– Arrête s'il te plaît.

Marc se remit en marche. Adélaïde lui emboita le pas ; il lui avait lâché la main.

Elle s'arrêta devant le théâtre des Abbesses.

– Regarde… lui dit-elle en montrant un des murs de l'accueil qu'on apercevait depuis la rue. Le tableau que j'ai peint il y a deux mois. Tu le reconnais ?

Marc revint aussitôt vers elle. Bien sûr qu'il le reconnaissait ; il les connaissait tous.

Il la regarda tendrement, puis la serra dans ses bras.

– Tu es la meilleure.

– Merci, lui dit-elle en l'embrassant. (Elle hésita une seconde puis continua :) Tu sais, tu vas penser que j'insiste un peu trop, mais ce serait bien si tu arrivais à résoudre cette histoire avec ton père. Tu ne peux pas continuer à lui en vouloir alors qu'il fait tout pour t'être agréable.

Il leva les yeux au ciel en soupirant.

– Alors pour toi, reprit-il en lui tenant les mains, on ne pourrait reprocher aux autres que le mal qu'ils nous font ? C'est une vision bien étriquée des relations humaines. Bien égoïste aussi.

– Je ne comprends pas…

– Je te l'ai dit, s'il n'avait pas été mon père, je crois qu'il m'aurait bien amusé…

– Bien amusé ?

Il lui lâcha les mains et se dirigea vers la station de métro de la place des Abbesses.

– Marc, arrête-toi s'il te plaît. Tu ne veux pas qu'on aille prendre un verre ?

– Non. J'ai un dossier important à revoir, une audition à préparer pour demain matin.

Elle se résigna et se contenta de marcher avec lui dans la direction du métro.

– Tu as vu cette conne qu'il s'est encore ramassée ? dit-il. Des comme ça, j'en ai vu défiler une bonne dizaine depuis que je suis gamin.

– Et alors, c'est sa vie non ? Pas la tienne. Qu'est-ce que tu peux être dur parfois.

Marc sembla touché et s'arrêta devant le carrousel de la place.

– J'aurais aimé que ce soit sa vie ; sauf que ce n'est pas le cas. Tous ces barouds, toutes ces bagnoles de collection, toutes ces pouffiasses, son personnage de Robert Redford – il y a trois ans c'était celui d'Indiana Jones –, c'est du bidon. Je ne lui reproche pas de m'avoir abandonné, mais de s'être abandonné lui-même. Je lui reproche le mal qu'il s'est fait et qu'il continue à se faire. La fuite et la lâcheté sont impardonnables quand… Enfin, quand on a un enfant.

Ils s'assirent sur un banc. Marc respira profondément pour se calmer.

– Quand je repense à son numéro, avec son masque africain, continua-t-il… Il ne se rend même pas compte que cette femme de vingt ans de moins que lui n'en a probablement qu'après son argent.

– Qu'est-ce que tu en sais s'il ne s'en rend pas compte ? répliqua Adélaïde en s'efforçant d'apaiser sa voix. Et qu'est-ce que tu en sais qu'elle n'en a qu'après son argent ? Il ne m'a pas fait l'effet d'un mec super accroché de toute façon… Et j'ai beaucoup aimé son numéro du masque africain. Ça n'a rien de superficiel, au contraire.

– S'il avait été accroché à elle justement, j'aurais pu me dire « tiens, au moins ça le rend heureux, c'est déjà ça ».

– Moi je le trouve heureux, ton père. C'est quoi cette vie qui aurait dû être la sienne ?

Marc lui jeta un regard noir.

– Alors vraiment tu penses ce que tu dis ? Tu es comme les autres finalement. Il te fait rire et ça te suffit. Tu le trouves spirituel, aventurier. Et comme il t'est agréable, tu n'imagines pas le reste.

– Je suis comme les autres ? Toujours agréable à entendre.

– Tu ne vois pas que tout glisse sur lui ? Il n'a jamais fait son deuil, depuis vingt-cinq ans. Moi je l'ai fait, et c'était pourtant sensé être bien plus difficile pour moi. Un père ça doit montrer l'exemple.

– Et pourquoi ce ne serait pas un exemple ce qu'il te montre ? dit-elle en lui reprenant la main. Il s'en est sorti après tout ; il n'est pas alcoolique, ni drogué. Il a un beau métier, qui le fait voyager. Et son fils a bien réussi non ?

Elle venait de poser la tête sur son épaule.

– Parce que ça devrait être grâce à lui en plus…

– Ce n'est pas ce que j'ai dit. Je pense au contraire que… Je crois que ça te ferait du bien de devoir un peu plus de choses aux autres, et pas seulement à toi-même.

– J'ai toujours pensé qu'on était seuls dans la vie, et je crois que c'est ça qui m'a sauvé. Ça ne nous empêche pas d'avoir des amis ou d'aimer bien sûr, ajouta-t-il en serrant plus fort la main d'Adélaïde. Mais tous les gens qui chutent ont un point commun : un jour, ils ont oublié qu'ils étaient seuls.

– Je ne sais pas comment je dois prendre ça Marc… Pour moi, la seule chute qui puisse arriver à quelqu'un, c'est de ne pas être heureux. Et tu vois, je ne suis pas certaine que tu ne sois pas en train de chuter, comme tu dis. En nous entraînant avec toi.

– S'il te plaît Adélaïde, ne me fais pas de scène, pas maintenant. C'est quoi ce grand mur noir dans le square ? Ça n'y était pas ça avant, non ? dit-il en montrant le square.

– C'est le mur des « Je t'aime ». « Je t'aime » écrit dans toutes les langues…

3

Il ouvrit les yeux en sursautant. Il attrapa sa montre sur la table de nuit : 04:12. La même heure exactement que la veille et l'avant-veille. Il tâcha de se souvenir du nombre de jours. Deux semaines. Deux semaines que ce scénario se répétait à l'identique. Il respira profondément pour calmer son angoisse et se tourna vers Adélaïde qui dormait paisiblement. La lumière de la rue dessinait son visage par petites touches blanches, à travers les rideaux. Il la détailla à son insu, comme il lui était souvent arrivé de le faire par le passé. Mais cette fois, il n'aima pas la distance que la nuit et le sommeil mettaient entre elle et lui. Il aurait voulu la réveiller et la serrer dans ses bras. Il sentit peser sur lui tout le poids de cette solitude qu'il avait fièrement défendue quelques heures plus tôt, face au mur des « Je t'aime ». Elle l'assaillait avec une vigueur nouvelle, lézardait ses certitudes, aspirait l'air autour de lui. Tout à coup, sans crier gare, le monde lui sembla vidé de sa substance. Il ne restait que les objets de sa chambre, la ville dehors et l'univers autour. Pas l'univers des astrophysiciens, plein de mystère et d'énigmes à résoudre, ni celui des poètes ou des écrivains ; une chose effrayante et évidente qui écrasait sa conscience et comprimait sa poitrine. Son cœur s'emballa. Jamais il n'avait battu aussi vite. Il montait dans les tours, comme le moteur de la Facel de son père. Ses membres se mirent à trembler, il n'y avait rien à faire pour enrayer la panique, plus il essayait, moins il y arrivait. Cela lui sembla irréversible : il allait mourir.

Dans un geste incontrôlé, il fit tomber sa lampe de chevet sur le carrelage. L'ampoule explosa sous le choc. Son cerveau fit son travail ; il identifia le bruit, chercha des solutions. En une fraction de seconde, il l'avait ramené sur terre, au milieu des hommes qui fabriquent des ampoules, qui ramassent des lampes tombées par terre. Il se pencha vers le sol. Son cœur s'était calmé, tout reprenait sa place. Adélaïde, elle, dormait profondément, étrangère à ses angoisses.

Un quart d'heure plus tard, il se tenait immobile devant la fenêtre du salon. Un grondement sourd et diffus résonnait dans le ciel parisien et la pluie commençait à tomber. Ses mains semblaient vouloir se calmer et son rythme cardiaque était redevenu normal. C'était déjà ça. Il se dirigea vers la cuisine. Un éclair illumina *L'enfant*, une toile d'Adélaïde accrochée sur le mur du salon. Cette toile avait scellé leur rencontre sept ans plus tôt. L'œil hagard, il détailla les clients assis en terrasse, les platanes en feuille et le couple endimanché, accoudé au comptoir. L'époque lui semblait toujours aussi incertaine. Ses yeux se posèrent alors sur ce petit garçon attablé tout seul au fond du café. Sa manière d'observer les adultes, les coudes sur la table, le menton enfoncé dans les paumes de ses mains, l'avait toujours fasciné. Pourtant, aujourd'hui, par cette nuit d'orage, cet enfant solitaire lui semblait presque effrayant.

Subitement, sans qu'il sache pourquoi, l'adagio du *Concerto en sol* de Ravel se mit à résonner dans sa tête. Bon sang, c'était à devenir fou. Pourquoi ce morceau précisément ? Il tenta de trouver une raison objective au retour de cette musique dans son esprit. Il ne l'avait pas écoutée depuis huit ans, depuis la mort de Veronica. Mais il n'y parvint pas. Tout cela n'avait rien de rationnel.

– Vous voulez un fauteuil ?

Il sursauta et se tourna en direction d'Adélaïde qu'il n'avait pas entendue se lever. Elle se tenait debout dans la pénombre vêtue d'une simple chemise de nuit en satin noir. Cette fois, c'était elle qui l'avait observé à son insu. Elle s'avança vers lui. Elle venait de prononcer les premiers mots qu'elle lui avait adressés au moment de leur rencontre.

– Tu te souviens ? lui demanda-t-elle.

À l'époque, il commençait à peine sa carrière de juge d'instruction. En sortant du Palais de Justice de Nîmes, un soir d'orage semblable à celui-ci, il s'était abrité dans sa galerie de peinture. Mais à la différence des autres passants, il avait été le seul à ne pas s'échapper dès la première accalmie. Il s'était figé devant cette toile jusqu'à ce que la voix d'Adélaïde le sorte de sa rêverie :

– Vous voulez un fauteuil ?

Subjugué par la beauté de cette jeune peintre, dont il n'avait jamais entendu parler, il l'avait invitée sur-le-champ à prendre un verre.

Il chassa les souvenirs des premiers instants partagés avec elle et tenta du mieux qu'il le pouvait de contenir les derniers tremblements qui traversaient encore ses membres.

– Bien sûr, finit-il par répondre.

Adélaïde alluma la lumière du salon et remarqua son teint livide.

– Tu n'as pas l'air d'aller bien. Qu'est-ce que tu as ?

Il lui jeta un regard noir.

– Rien. J'ai un dossier important sur lequel je dois travailler.

Elle le fixa de ses grands yeux bleus, elle peinait à retenir ses larmes.

– Qu'est-ce que je peux faire pour t'aider, Marc ? Tu vas mal.

– Tu dramatises. Je ne vais pas si mal. Juste quelques angoisses à cause de dossiers un peu lourds à gérer.

– D'accord, tant mieux si ça n'est que ça, dit-elle tristement. Je retourne me coucher.

Elle éteignit la lumière et quitta la pièce sans remarquer la main de Marc qui se remettait à trembler. Il s'assit dans le canapé et, d'une pression du pied, alluma la lampe du salon. Il tâcha de reprendre ses esprits ; la vue du dossier Albuquerque, posé sur la table basse, l'y aida. Ce simple nom déclencha une colère qui le ramena aussitôt à la réalité et stoppa net ses derniers tremblements. Il attrapa l'épais document et parcourut les premiers feuillets :

Richard Francisco Albuquerque, né le 20 mai 1975, à Vénissieux, banlieue lyonnaise.

Père : Eduardo Albuquerque, brésilien, mort en 1980, à Rio de Janeiro.

Mère : Carolina Albuquerque, née Rodrigues, portugaise, décédée le 8 avril 1994 à Lyon.

– Interpellé à l'âge de 12 ans pour détention de cocaïne.

– Interpellé à l'âge de 13 ans pour bagarre à l'arme blanche.

– Obtention du baccalauréat, mention « très bien », à l'âge de quinze ans.

– Interpellé à l'âge de 16 ans pour vol avec effraction.

– Soupçonné d'appartenir au gang des « Taureaux » en référence au quartier du mas du Taureau, à Vaulx-en-Velin.

– S'inscrit à 19 ans à la faculté de philosophie de Montpellier.

– Premier emploi connu : garçon au café Les 3 Grâces, *15, place de la Comédie, à Montpellier.*

– Obtention d'une maîtrise de philosophie à l'âge de 23 ans.

– S'inscrit à la faculté de droit d'Assas.

Sa carrière, ensuite, avait été fulgurante. Il avait fait innocenter plus d'un criminel et tenu en échec plusieurs juges de renom, dont Marc lui-même. Puis, en une dizaine d'années seulement, il était devenu celui que les journalistes avaient surnommé « l'avocat de la pègre », jeune, brillant, sûr de lui. Marc referma le dossier et s'efforça de se calmer. Sa vie était en train de s'emballer. La rage qu'il mettait à faire tomber Albuquerque avait-elle un lien avec ses insomnies ? Et pourquoi son histoire avortée avec Veronica revenait-elle hanter ses nuits précisément maintenant ?

La couverture d'un magazine abandonné sur la table basse attira son attention : *L'amour dans un couple booste le désir d'enfant !* Il soupira. En six ans de vie commune, il n'avait jamais voulu d'enfant. Comme la pluie frappait contre les vitres et que l'orage redoublait de violence, il éteignit la lumière et se rapprocha de la fenêtre pour profiter du spectacle. Son regard balaya les toits de Paris, puis se posa sur la cour en contrebas. C'était une ancienne écurie transformée en jardin, désormais laissé à l'abandon. Les propriétaires avaient quitté le rez-de-chaussée un mois auparavant et l'avaient mis en vente. Adélaïde avait imaginé acheter cet appartement, plus grand que le leur. Elle avait d'ailleurs pensé à tout : à son atelier, à la serre qu'elle aurait remise en état, aux rosiers, aux lilas…

Il n'avait pas eu le courage de lui dire non, mais juste un « on verra » qui signifiait « pas maintenant » ou peut-être « jamais ».

Un profond bâillement le décida à se recoucher. Il ne fermerait plus l'œil de la nuit mais au moins il serait allongé. En marchant vers la chambre il s'arrêta devant la porte entrebâillée. Là, debout, dans le rai de lumière provenant du couloir, il regarda Adélaïde qui semblait s'être déjà rendormie. Une sensation désagréable le traversa, l'impression étrange que leur couple, lui aussi, était à vendre.

4

Il était sept heures quarante-cinq quand Marc monta deux par deux les dernières marches de l'escalier du métro Cité. Malgré sa courte nuit et les contrariétés de la soirée, il se sentait porté par une énergie combative. La perspective de l'audition avec Richard Albuquerque, qui devait avoir lieu en fin de matinée, n'y était sans doute pas étrangère. Être happé par les préoccupations de son métier lui permettait de ne pas trop penser à ce qu'il vivait dans sa vie privée. Il se demanda si c'était la preuve d'une grande force de caractère ou d'une terrible lâcheté. La lâcheté lui parut plus logique. Il longea le marché aux fleurs, dont la plupart des échoppes étaient encore fermées, et rejoignit le quai qu'il emprunta sur sa gauche pour rejoindre le Palais de Justice.

– Monsieur Ferrer ?

C'était une voix de femme, derrière lui. Il se retourna.

– Vous êtes bien Marc Ferrer ?

De prime abord, il la trouva jolie.

– Qu'est-ce que vous voulez ?

– Richard Albuquerque, répondit la femme.

– Oui ?…

– Vous voulez sa tête, non ?

– Qui êtes-vous ?

– Et vous n'avez rien. Pas l'ombre d'un début de preuve.

– Qu'est-ce que vous en savez ? finit-il par lui répondre.

– Si vous voulez continuer cette conversation, j'aimerais le faire ailleurs qu'ici... N'importe qui pourrait nous voir.

Elle avait piqué sa curiosité. Il lui montra d'un regard les marches qui descendaient vers les rives de la Seine, de l'autre côté de la rue. Ils traversèrent sans un mot et empruntèrent l'escalier. Marc resta une marche derrière et prit le temps de la détailler. Elle avait à peine plus de trente ans, un visage fin, une peau blanche et de longs cheveux noirs attachés en arrière. Elle portait des lunettes de soleil, une jupe longue, un chemisier blanc. Talons vertigineux, port de tête altier, elle semblait tout droit sortie d'une affiche de film noir des années 50. Elle était à la fois sobre et terriblement provocante. Il remarqua qu'elle ne portait pas d'alliance.

Arrivés au bord de l'eau, ils se mirent à marcher doucement, comme deux promeneurs amoureux.

– Lorsque Richard a fait passer l'arme à Jérôme Corti, il fallait que le portique de sécurité à l'entrée de la prison soit désactivé. Donc, vous pensez que le gardien présent au portique était dans le coup. Et je peux vous assurer que vous avez raison. Il s'appelle Michaud, je crois. Pierre Michaud. Vous pensez qu'il va craquer et qu'il va finir par parler. Mais pour l'instant, il tient bon. Je peux même vous dire que, d'après Richard, il ne parlera pas. Il a trop à perdre.

Comment pouvait-elle être si bien renseignée ?

– Qui êtes-vous ? redemanda-t-il.

– Vous n'avez rien contre lui. Si vous le voulez, je peux vous offrir sa tête.

– Comment ?

– Il se protège des gens avec qui il travaille. Il enregistre toutes les conversations… disons… délicates. Je sais où il cache la clé USB qui les contient toutes, comme par exemple celle qu'il a eue avec Nathan Corti lorsque Nathan lui a donné l'arme qu'il a fait passer en prison.

Cette femme était un don du ciel. Un cadeau bien trop beau pour être vrai. Quelqu'un tentait peut-être de saboter son instruction. Le juge compromis avec un témoin clé… Il n'en fallait pas plus pour invoquer le vice de procédure. Il ne se laisserait pas berner une seconde fois. Mais peut-être disait-elle la vérité ?

– La justice n'est pas un libre-service. Qu'est-ce que vous espérez ? Que je vous croie sur parole ? Je ne sais même pas qui vous êtes.

Il s'arrêta de marcher et marqua un temps pour bien appuyer les mots suivants :

– Cette conversation est terminée.

L'inconnue se contenta d'enlever ses lunettes. Elle avait de grands yeux verts.

– Je m'appelle Inès Gabarre. Je vis à Nîmes et, jusqu'à la semaine dernière, j'étais la maîtresse de Richard.

Elle laissa passer un temps, pour qu'il digère l'information.

– Croyez-moi, pour lui, avec les infos que je détiens, je suis beaucoup plus dangereuse que vous. C'est pour ça que je viens vous voir.

– Pourquoi voulez-vous m'aider ? lui demanda-t-il.

Toute l'arrogante assurance qu'elle avait affichée jusqu'alors avait maintenant disparu. Elle avait peur et tentait de le cacher. Elle continua sur le ton de la confidence.

– Certains hommes ont un tel charisme qu'ils parviennent à faire de n'importe qui leur esclave. C'est comme ça. On ne peut échapper à leur emprise. Richard est ainsi. Je ne sais pas quel pacte il a fait, ou s'il a vendu son âme, mais croyez-moi… Il est diabolique.

Marc réfléchit quelques secondes. Toutes les personnes qu'il avait entendues au sujet d'Albuquerque étaient unanimes sur son pouvoir de séduction, son aura presque hypnotique. Lui-même, mais il peinait à se l'avouer, avait été impressionné par l'avocat lorsqu'il avait eu affaire à lui, huit ans plus tôt.

– Où se trouve cette clé USB ?

– Je ne vous le dirai pas aujourd'hui, pas comme ça.

– Pourquoi ?

– Je veux des garanties.

– De quel genre ?

– Je veux être mise sous protection le temps du procès.

– Il me faudra un peu de temps.

– Vous voulez Richard, je vous offre sa tête. Débrouillez-vous.

Elle amorça un pas en direction des marches puis se reprit et revint vers lui.

– Je vous appellerai demain.

– Pourquoi maintenant ? Pourquoi si vite ? Qu'est-ce qui vous fait peur à ce point ?

Elle hésita à répondre.

– Ne perdez pas de temps, s'il vous plaît.

Elle fit demi-tour et s'éloigna. Il la regarda monter les marches au rythme de ses talons qui claquaient sur la pierre et disparaître sur le trottoir.

Cinq minutes plus tard il était arrivé au Palais. Valérie, sa greffière, posa le courrier sur son bureau, et lui apporta son café en lui précisant d'une voix mal assurée qu'elle avait déjà mis un sucre. Elle avait une cinquantaine d'années, la peau blanche et un physique transparent. Il fut aussitôt agacé. Valérie travaillait bien, mais sa timidité surdimensionnée et son incroyable volonté de bien faire en faisaient une femme si soumise qu'il ne pouvait s'empêcher de la voir autrement que comme une victime.

Un vrai catalyseur de cruauté.

Il regarda Valérie quitter la pièce et jeta un coup d'œil au courrier. Les premières lettres étaient administratives et concernaient des affaires en cours.

La dernière était différente.

C'était une simple carte en bristol blanc au milieu de laquelle était écrit, au stylo à bille noir :

Tu vas payer

Une menace, simple et froide. Marc avait souvent été menacé oralement, sur le coup d'une colère non maîtrisée, et donc inoffensive. Et toutes les fois qu'il avait entendu parler d'un contrat sur la tête d'un magistrat, leurs auteurs avaient été très vite identifiés, et arrêtés.

Vu le nombre de personnes qu'il avait déjà envoyées derrière les verrous, il lui était pratiquement impossible d'en soupçonner une plutôt qu'une autre. Mais une chose le rassurait : la carte était anonyme. « Chien qui aboie ne mort pas » lui avait appris le doyen des juges d'instruction qui l'avait formé. Quelqu'un voulait sans doute lui faire peur. Et il n'était pas homme à céder à la peur. Ou plutôt, il ne voulait pas être ce genre d'homme.

Porter cette carte à la connaissance du président de la Chambre de l'instruction aurait aussitôt entraîné sa destitution de toutes les affaires en cours et sa mise sous protection.

Il rangea la carte au fond de sa poche. Elle y resterait.

Le malaise se dissipa, comme si, dans le noir, les mots avaient perdu tout pouvoir.

Il passa l'heure suivante à programmer une nouvelle perquisition chez Pierre Michaud, le gardien de prison, pour le lendemain matin. Valérie entrouvrit la porte.

– Marc… Richard Albuquerque est arrivé, lui dit-elle sans entrer dans son bureau.

– Il est seul ?

– Oui.

– Faites-le patienter quelques minutes, puis amenez-le-moi.

Elle s'apprêtait à refermer la porte.

– Valérie ?

– Oui ?

– Quoi qu'il se dise pendant cette audition, prenez tout en note, même si ça vous paraît personnel.

Valérie parut surprise mais acquiesça et referma la porte avec trop de délicatesse.

Quelques instants plus tard, elle fit entrer Richard Albuquerque.

Marc fit mine de terminer la lecture d'un dossier. Albuquerque s'avança mais ne s'assit pas. Marc leva la tête. L'avocat le regardait, légèrement amusé.

– Vous voulez que je revienne ? Vous avez un autre dossier plus urgent ?

Il avait changé. Son visage était moins émacié et plus rond. Ses cheveux, tirés en arrière avaient blanchi, et son corps s'était épaissi. Il semblait moins hargneux et moins vif qu'à l'époque, mais il dégageait une telle impression de force et de confiance, qu'il paraissait inébranlable.

– Non, répondit le juge. Mais je n'ai pas que cette affaire à traiter.

– Pauvres juges d'instruction, accablés sous les dossiers que les procureurs zélés empilent sur leurs bureaux.

– Asseyez-vous maître, je vous en prie, dit Marc froidement.

Albuquerque s'exécuta.

– Je suis heureux de vous retrouver, monsieur le juge.

– Vous savez pourquoi vous êtes ici ?

– Vous n'avez pas changé. C'est impressionnant. Vous me direz quel est votre secret. Vous ne vivez plus seul à ce qu'on m'a dit. Une peintre je crois. Elle a de la chance, vous êtes sans aucun doute un type bien.

– L'affaire Corti.

– Le regard peut-être. Moins pétillant. Un peu désillusionné. Mais plus profond.

– Je ne vais pas vous raconter à nouveau toute l'histoire, vous la connaissez par cœur. Vous imaginez bien que je n'espère pas des aveux aujourd'hui, dans ce bureau. Je vous ai fait venir pour vous proposer un marché, vous donner une porte de sortie.

– Pardonnez-moi, répondit Albuquerque, je ne vous ai pas vraiment écouté. Une porte dites-vous, qui ouvre sur quoi ?

– Vous avez fait passer une arme à Jérôme Corti en prison. Arme avec laquelle il s'est évadé, tuant au passage un surveillant père de deux enfants. J'arriverai à le prouver, même si ça doit me prendre des années.

Marc ne quittait pas l'avocat des yeux. Sa détermination était parfaitement lisible. Il ne bluffait pas. Ce fut l'avocat qui reprit :

– Je vous écoute.

– Vous chargez Romani. C'est un truand qu'on veut faire tomber depuis longtemps et c'est aussi le meilleur ami de Corti. Je suis sûr que c'est lui qui a tout organisé. Je sais que vous l'avez déjà fréquenté. Peut-être lui *devez-vous* quelque chose. Sans doute vous a-t-il obligé à faire passer l'arme. Ma proposition est simple : vous avouez que c'est lui qui vous a forcé à le faire et je m'arrange pour atténuer votre responsabilité. Je peux suggérer que vous étiez menacé, que vous aviez peur qu'il s'en prenne à votre famille.

– C'est une offre généreuse. Mais il n'y a que deux solutions. Soit vous vous mentez à vous-même et ce n'est pas digne d'un magistrat aussi renommé que vous, soit vous tentez de me manipuler comme une première communiante et ce n'est pas non plus digne de vous. Pourquoi m'avez-vous fait venir, au juste ? Vous n'avez toujours pas digéré l'affaire Fouisson ?

– L'affaire Corti, c'est tout ce qui m'intéresse.

– Corti est mort, vous l'avez retrouvé en quinze jours, et le GIGN l'a tué. Vous m'avez d'ailleurs impressionné. Peu de juges d'instruction réussissent à mobiliser autant de forces de police, et utilisent aussi bien la presse. Vous l'avez obligé à se terrer et vous l'avez délogé. Quarante-cinq auditions en quatre jours, je crois. Un record. Alors l'affaire Corti, elle est derrière vous.

– Vous avez fait passer cette arme et je vais le prouver.

– Je crois savoir où se situe votre problème : vous ne m'avez jamais pardonné, et ça vous rend vulnérable. Vous en perdez votre objectivité, et votre talent.

– Un gardien est mort. Je veux que tous ceux qui ont participé à cette évasion, de près ou de loin, soient arrêtés. Vous, et ceux qui vous ont demandé de faire passer cette arme.

Vous pouvez m'aider dans ce projet. Ou couler.

Marc garda le silence.

– Je vais vous apprendre une chose, dit Albuquerque. J'ai commis des actes répréhensibles dans ma jeunesse, ça vous le savez. Mais je venais d'un milieu où l'on n'a pas le choix. On mange, ou on est mangé. J'aurais des raisons d'en vouloir à beaucoup de monde : ceux qui m'ont tabassé, ceux qui ont voulu me tuer, ceux qui m'ont forcé à faire des choses qui auraient pu m'envoyer en prison... Pourtant, je n'en veux plus à personne. C'est un cadeau que je me suis fait. J'ai tourné la page et j'ai avancé. Vous me donnez une porte de sortie comme vous dites, moi je vous donne un conseil : faites-vous un cadeau et passez à autre chose.

– Je pense que nous n'avons plus rien à nous dire. Je vais continuer d'instruire et vous tomberez.

– Des menaces ?

– J'ai aussi quelque chose à vous apprendre : la droiture n'est pas le privilège des gens bien nés.

Albuquerque sourit.

– C'est donc bien de la profondeur qu'on voit dans votre regard aujourd'hui.

Marc laissa glisser le compliment et se leva. Albuquerque l'imita et Valérie alla ouvrir la porte capitonnée du bureau. Derrière, se trouvait un jeune homme, un bouquet de fleurs à la main. Il le tendit à Valérie.

– Je suis nouveau au service distribution. Le cabinet du juge Ferrer, c'est bien ici ? dit-il.

– Oui, répondit Valérie.

– Tenez, on a livré ça pour lui.

La greffière prit les fleurs et chercha une carte. Il n'y en avait pas.

– C'est de la part de qui ?

– Je ne sais pas, dit le jeune homme en s'éloignant, c'est un coursier qui les a livrées il y a un quart d'heure.

Marc et l'avocat s'apprêtaient à sortir du bureau, ils avaient tout entendu.

– Livrer des fleurs à un homme, ce n'est déjà pas courant, lança ironiquement Albuquerque, mais à un juge d'instruction, ça l'est encore moins…

Au moment où l'avocat terminait sa phrase, Marc découvrit les fleurs.

Sa tension chuta.

Cinq iris mauves, cinq lys blancs aux étamines chargées de pollen et deux jacinthes sauvages. Un bouquet comme un autre, emballé dans trois grands carrés de papier de soie de couleurs mauve, orange et jaune.

Il vit du sang sur du goudron, un visage d'ange, un regard mort qui le fixait.

– On dirait que vous avez vu un fantôme, dit l'avocat.

5

Huit ans plus tôt...

– Je croyais que vous veniez pour l'histoire des bagnoles ?

– Aujourd'hui je suis ici pour autre chose. Nous nous sommes rendu compte que vous connaissiez bien Julie Gleize, n'est-ce pas ?

– Ouais. Et alors ?

– J'ai rencontré ses parents, ils ont été victimes d'un vol de voiture eux aussi. Ils n'osaient pas aller voir la police, ce sont de pauvres gens, pas habitués à faire des vagues. Ils m'ont avoué qu'ils n'avaient plus de nouvelles de leur fille depuis cinq jours.

– En quoi ça me concerne ? Moi y a l'autre con de garagiste qui me fait son procès, c'est tout ce que je sais.

Marc s'impatientait. Virgil Fouisson le menait en bateau, c'était évident. La courte quarantaine, les tempes un peu blanchies, il avait un demi-sourire narquois en permanence imprimé sur les lèvres.

Marc regarda la pièce où ils étaient assis. L'endroit était austère, comme la plupart des maisons de ce coin reculé des Cévennes : sol en pierre, mobilier en bois brut, sans valeur. La cheminé était noire de suie et il régnait une odeur acide qui prenait aux narines. Marc se dit qu'il y avait quelque chose de sauvage dans cette maison ; une maison de solitaire.

– Rappelez-moi votre profession ? demanda-t-il tandis que Fouisson sirotait sa première gorgée d'alcool du début d'après-midi.

– Pourquoi ?

– Répondez-moi.

– Ferrailleur. J'achète, je répare et je revends, sinon je jette. Me débrouille, quoi.

– Et qu'est-ce qu'un ferrailleur de votre âge peut bien faire avec une gamine de dix-huit ans étudiante en histoire de l'art ?

– Elle venait pour être un peu seule. Elle en avait marre d'avoir ses parents sur le dos. Et puis elle était fatiguée.

– Fatiguée ?

– Par la vie. Ça fatigue, parfois, dit-il en attrapant son paquet de tabac.

– Vous avez eu une relation avec Julie Gleize ?

– Non.

– Tout le monde dit le contraire.

– C'est qui tout le monde ?

– Ses parents, ses amis.

– Hé ben tout le monde dit des conneries, lança-il en roulant une cigarette entre ses doigtss plein de cambouis. C'était juste une amie, Julie. C'est tout.

– Une amie ? Pourtant, si je me fie à l'enquête de voisinage et aux questions qu'on a posées aux habitants du village, vous n'êtes pas connu pour avoir beaucoup d'amis.

– J'en ai pas. Ça sert à rien. À part à vous laisser tomber.

– Et Julie alors ?

Fouisson porta la cigarette à sa bouche et imbiba le papier de salive en prenant son temps avant de répondre.

– Elle c'est pas pareil. C'est elle qui est venue me voir. Je la connais depuis qu'elle est gamine. Elle avait envie de calme. Elle voulait pas que ses parents ou tous les autres la trouvent. C'est pour ça qu'elle est venue chez moi au début.

– Au début ?

– Ben oui…

Il sortit un Zippo de la poche de son pantalon, alluma sa cigarette en tirant exagérément dessus, puis referma bruyamment le briquet avant de continuer.

– Au début c'était parce qu'elle savait que moi je lui poserais pas de questions genre : « qu'est-ce-que-tu-veux-faire-dans-la-vie ? Pourquoi-tu-veux-pas-continuer-tes-études ? », toutes ces conneries. Elle savait qu'avec moi, elle serait tranquille. Et il lui fallait un endroit où crécher.

– Et après ?

– Après, rien, dit-il d'un ton agacé.

– Elle était jolie. Elle était jeune. Chez vous. Au calme, comme vous dites. Vous n'en voyez pas beaucoup ici, des filles aussi jeunes et jolies. Ça n'a pas dû être simple pour vous, non ?

Fouisson était trop intelligent pour répondre à la provocation.

– Vous aussi vous êtes jeune pour un juge d'instruction, dit-il calmement, avant de cracher le tabac qui était resté coincé entre ses lèvres.

Fouisson avait raison. Marc sortait tout juste de l'École nationale de la magistrature. Il venait d'être nommé à Nîmes et débutait sa carrière par cette affaire d'escroquerie à la voiture volée, affaire à laquelle la disparition de Julie donnait une tournure nouvelle. Marc se souvenait avoir vu chez le ferrailleur la photo d'une fille qui ressemblait à Julie Gleize.

Tous les témoins qu'il avait entendus confirmaient les soupçons d'une liaison entre Fouisson et la jeune femme.

– Ses parents affirment qu'elle a vécu chez vous ces dernières semaines. C'est Julie elle-même qui le leur avait dit.

– Ils peuvent affirmer ce qu'ils veulent ces cons. Elle est venue ici, oui. Et puis elle est repartie. Je sais pas où.

– Depuis quatre jours, plus personne n'a entendu parler d'elle. Vous êtes la dernière personne à l'avoir vue vivante. Elle ne s'est même pas présentée à ses examens de fin d'études.

– Les études, ça sert pas à grand-chose par ici, dit-il en envoyant valser d'une pichenette une croûte de pain abandonnée sur la table.

Marc en avait assez de perdre son temps. Il sortit sa commission rogatoire.

– Bon ça suffit, dit-il sèchement.

Il se leva et rejoignit la douzaine d'hommes qui l'attendaient dehors, sur le terrain en friche. Il sentit la chaleur du soleil du printemps lui chauffer la peau ; cela lui fit du bien. Il s'approcha du commandant Salinque, le chef de la brigade. C'était un type très rond, au regard perçant, qui venait tout juste de passer la trentaine. Salinque était né dans le coin, comme Marc. Après une dizaine d'années passées dans le Nord, il avait enfin réussi à rentrer sur Nîmes. C'était le genre de gars avec qui on ne pouvait pas faire cent mètres sur un trottoir sans qu'il serre les mains de quatre personnes. Rond, débonnaire, mais efficace.

– Votre avis ? demanda le policier.

– Pas net. Je rejoins ce que disent les gens du village : un type de quarante-cinq ans qui passe plusieurs semaines avec une gamine de vingt-cinq ans de moins que lui, dans sa maison isolée, déjà, en soi, c'est louche.

– Ce type-là en plus…

– Exactement. Ce type-là en plus. Où est-elle passée ? Pourquoi a-t-elle disparu ? Je suis sûr qu'il lui est arrivé quelque chose. Que vos gars relèvent tout ce qu'ils pourront.

Salinque adressa un geste à son équipe. Aussitôt les techniciens de l'identité judiciaire, vêtus de leurs combinaisons blanches, entrèrent avec leurs mallettes.

– On le place en garde à vue ? demanda Salinque.

– Pas encore. Je ne veux pas gaspiller des heures tant qu'on n'aura pas plus d'éléments.

Marc s'approcha du vieux 4x4 de Fouisson.

– Vous demanderez à vos gars de vérifier le véhicule aussi.

Il se baissa et observa les roues. Les sillons étaient remplis de boue séchée.

– Renseignez-vous pour savoir quand il a plu pour la dernière fois ici, dit Marc. Je veux des prélèvements de cette boue. Je veux savoir d'où elle vient.

Salinque acquiesça.

– Vous pensez qu'il a tué la fille ?

– J'ai l'impression que ce type traite les gens comme il traite les objets. Il en tire profit. Sinon, comme il le dit lui-même, il jette.

6

Il s'approcha de la porte entrouverte au fond du vestibule. L'endroit était immense. De somptueuses pièces se succédaient en enfilade jusqu'à la dernière qui semblait plus grande, coiffée d'un lustre monumental. De riches tapisseries ornaient des murs de plusieurs mètres de hauteur, que surplombait un plafond à la française. C'était là que la réception était donnée et qu'une centaine d'invités, tous masqués, se concentraient en grappes.

Marc décida de s'inviter à cette fête où personne ne l'attendait. Il s'avança vers une commode sur laquelle étaient posés des masques noirs de type vénitien, prit le premier de la pile et rejoignit l'ensemble des convives.

Dans un coin de la vaste pièce, un orchestre jouait. Tous les invités dansaient, discutaient et buvaient des coupes de champagne que des garçons en costume blanc et nœud papillon promenaient sur des plateaux d'argent ciselé. Il en attrapa une, s'adossa à une armoire et entreprit d'étudier ces gens qu'il ne connaissait pas. Il repensa à la succession d'évènements qui l'avait, en quelques minutes seulement, catapulté dans ce bal masqué au fin fond des Cévennes : la petite route perdue au retour de la perquisition chez Fouisson ; trois voyants rouges simultanément allumés sur le tableau de bord de sa voiture ; la batterie déchargée de son téléphone portable ; un panneau providentiel indiquant la direction d'un château où il pourrait sans doute appeler son assurance dépannage ; personne enfin pour le réceptionner dans le vestibule où il avait passé son appel.

Il s'aperçut qu'il n'était pas aussi transparent qu'il l'avait pensé. À quelques mètres de lui, appuyée contre un haut tabouret, une jeune femme ne le quittait pas des yeux. Elle semblait être la seule de toutes les filles de cette soirée à porter une robe longue. À la finesse de sa silhouette, Marc imagina que seule la pudeur l'avait poussée à s'habiller ainsi. Comme la plupart des autres invités, elle cachait son visage derrière un simple masque blanc.

Se sentant à son tour observée, elle esquissa un sourire. Il en profita pour appuyer davantage son regard, fort de la provision de confiance qu'elle venait de lui offrir. Elle ouvrit alors une petite pochette en cuir posée près d'elle et en sortit un miroir argenté orné d'un grenat. Elle ordonna ses longs cheveux puis, la pochette à la main, se leva et s'éloigna discrètement vers le fond de la salle.

Soudain, la musique s'arrêta. Un homme monta sur une estrade et retira son masque. C'était Richard Albuquerque, un jeune et brillant avocat pénaliste à la carrière naissante. Il avait déjà à son actif quelques coups d'éclat qui avaient fait la une des journaux locaux. Il saisit un micro.

– Chers amis, merci d'être venus nombreux ce soir chez Sonia, la plus merveilleuse des hôtesses…

Il donna la main à une femme qui monta sur l'estrade en retirant son masque.

– Je voulais, devant vous, lui rendre hommage !

Les deux amoureux s'embrassèrent et l'avocat reprit le micro.

– Ce soir, vous le savez tous, elle a vingt-cinq ans !

Aussitôt les lumières s'éteignirent. On apporta un gâteau à étages, éclairé de vingt-cinq bougies. L'assemblée entonna un « joyeux anniversaire Sonia » et l'orchestre suivit.

Marc en profita pour se diriger vers la porte par laquelle l'inconnue au masque blanc avait faussé compagnie au reste de l'assistance. Après avoir vérifié que personne ne le voyait, il tourna la poignée de cuivre et se faufila derrière la porte. Aussitôt, les chants parurent plus lointains. Du fond du couloir s'échappaient des notes de piano. Intrigué, il s'avança jusqu'à une voûte de pierre et s'arrêta devant un petit salon d'où s'exhalaient des odeurs de cire et de violette. Face à lui, au-dessus d'une cheminée de marbre, se trouvait un grand miroir en stuc doré coiffé de deux angelots. Il eut un léger sursaut en apercevant son reflet masqué dans la glace piquée. L'image du piano qui l'avait guidé dans cette pièce se mêlait à la sienne. La femme au masque blanc était assise devant l'instrument et promenait ses mains fines sur le clavier. Les notes qui naissaient sous ses caresses le transportèrent instantanément. Il connaissait cette musique, douce et mélancolique. Mais il avait beau questionner sa mémoire, aucun nom ne lui revenait. Depuis sa nomination récente, les escrocs et la misère sociale étaient son lot quotidien. Cette femme semblait incarner l'antidote à tous ces maux et sa seule image avait suffi à le débarrasser de cette crasse attrapée chez Fouisson, cette poisse qui lui collait encore aux chaussures et à l'esprit.

Le piano s'arrêta. La pianiste referma délicatement le couvercle de l'instrument et se retourna vers le miroir. Quand elle aperçut son image, tout près de celle de Marc, elle baissa à nouveau la tête en souriant, un peu comme elle l'avait fait quelques minutes auparavant. Puis elle se leva, fit un pas de côté et sortit par une porte-fenêtre. Il n'arrivait pas à savoir si son attitude était une invitation à la suivre ou au contraire, une manière élégante de lui signifier qu'elle souhaitait être seule. Quel genre de femme était-elle, d'ailleurs, pour s'isoler quand tous les autres s'amusaient ? L'avait-elle fait dans l'espoir secret qu'il la rejoigne ? Comment cela aurait-il été possible, puisqu'elle ne le connaissait pas ? À moins qu'elle ne l'ait reconnu lorsqu'il s'était approché de la maison, sans masque ? Un article avait été consacré à sa récente nomination sur Nîmes. Mais peut-être se trompait-il complètement et cette femme n'était-elle venue jouer ici que pour elle-même…

Il traversa le salon et sortit par la même porte-fenêtre. Il se retrouva sur une grande terrasse, bordée d'une rambarde de pierre en colonnade. Elle surplombait d'au moins deux mètres un parc qui gardait son secret à la faveur de la nuit mais dont on pouvait deviner le charme ancien à la hauteur considérable des arbres. Une odeur de forêt humide envahit ses narines. Tout au bout, face aux arbres et appuyée contre la balustrade de pierre, se tenait la jeune femme au masque blanc. Il s'avança près d'elle.

Il tenait une entrée en matière.

– C'était magnifique.

La pianiste ne s'était toujours pas retournée. Une brise rabattit sur lui son parfum magnétique.

– Merci, répondit-elle simplement.

Sa voix était douce, posée.

– Je connais ce morceau mais…

– Mais vous n'arrivez plus à savoir quel en est le compositeur, ni le titre.

– Non.

– C'est agaçant quand ça arrive.

– Oui, très.

Il laissa passer un temps.

– Je m'appelle Marc.

Elle resta silencieuse un instant, puis reprit.

– Vous aimez jouer ?

– Du piano ?

– Non, je veux dire, jouer dans la vie. Les énigmes…

– Oui, je crois.

– Alors, vous découvrirez vous-même le titre du morceau.

Avant d'ajouter :

– Et vous me découvrirez…

Au même instant, par les cinq portes-fenêtres qui donnaient sur la terrasse, l'ensemble des convives, dans une joyeuse agitation, envahit les lieux. Les puissantes enceintes d'une sono explosèrent en musique électro et une étrange machine, que Marc n'avait pas remarquée, se mit à répandre de la mousse sur le gravier ; leur intimité avait été brisée. La mousse se propageait très vite. Elle commençait à caresser la balustrade. Tous les invités, verre ou bouteille à la main, dansaient maintenant frénétiquement. Il comprit qu'il fallait faire vite : ils allaient se perdre. Il dut se rapprocher d'elle et lui parler tout près de l'oreille pour qu'elle l'entende. Son visage, à nouveau, lui échappait.

– Comment dois-je faire ?

– Vous lisez les journaux ?

La mousse montait incroyablement vite. Ils en avaient jusqu'aux épaules.

– Oui.

– Tant mieux…

Marc recula d'un pas pour la regarder. Elle lui sourit. Il se rapprocha à nouveau.

– Qu'est-ce que vous voulez dire ?

– Entre nous s'écriront des lignes qui vous permettront de le découvrir...

Puis, en quelques secondes, la pianiste au masque blanc disparut dans des millions de petites bulles aux reflets mauves.

7

Il se réveilla, recroquevillé sur la banquette arrière de sa voiture. Son moteur l'avait finalement lâché au bout de cinq kilomètres. « Ne vous inquiétez pas, vous pouvez rouler sans problème » lui avait dit le technicien au téléphone… Le soleil se levait à peine sur les montagnes cévenoles et la petite route était toujours aussi déserte. Il déplia ses membres ankylosés et grimpa sur une butte pour jeter un coup d'œil aux environs. À une portée de fusil se trouvait un petit bourg. Il redescendit, ferma sa voiture à clé et se mit en marche. Un véhicule montait dans sa direction ; il reconnut le vieux 4x4 de Virgil Fouisson. Arrivé à sa hauteur, le ferrailleur se gara sur le bas-côté. L'homme descendit du 4x4, son demi-sourire accroché aux lèvres.

– En panne ? demanda-t-il.

– Oui.

– Vous voulez que je regarde ?

Marc n'avait pas envie d'être agréable avec ce type, même s'il lui proposait de l'aider. Il ne répondit pas. Fouisson le regarda un instant sans rien dire.

– M'en fous que vous m'aimiez pas. Moi je vous aime bien.

Il s'en alla prendre quelques outils dans le coffre de son 4x4 et ouvrit le capot de la voiture de Marc.

– C'est une fissure dans une durit votre problème. Mais avec ces saloperies d'électronique, maintenant, dès qu'un truc est pas pile comme il faut, tout s'arrête.

Il entreprit de réparer. Marc le regardait en silence.

– Vous savez pourquoi y a plus rien qui tourne rond ?

– Ça tournait rond avant ?

– Ça tournait carré, au moins.

Marc ne dit rien, un peu mal à l'aise d'être dépanné par celui qui allait peut-être devenir son principal suspect dans l'affaire de la disparition de Julie Gleize.

– Quand quelque chose allait pas, on s'adaptait. C'est comme dans votre moteur. Un truc va pas et le reste autour, au lieu de s'adapter, ça s'arrête. Pour résoudre le monde, les ingénieurs et les abrutis là-bas, à Bruxelles, ils croient qu'il faut pondre des règles à tout va. Et puis voilà : une fissure dans une durit, et tout s'arrête. Moi avant, avec une fissure dans une durit de mon camion, je faisais Clermont-Montpellier aller-retour. Mille bornes.

Il effectua la réparation en moins de deux. Après avoir refermé le capot, il se mit au volant et tourna la clé de contact. Le moteur tournait comme une horloge.

– Voilà, dit Fouisson.

Puis, sans attendre le moindre remerciement, il s'éloigna vers son véhicule. Avant d'ouvrir la portière, il se tourna une dernière fois vers Marc.

– On dit que les gens d'ici sont pas faciles. J'ai grandi ici moi, et c'est vrai. Mais faut nous comprendre. Elle est rude, cette région. J'espère que vous la retrouverez. Elle est gentille, cette petite.

Marc ne répondit rien et regarda le 4x4 du ferrailleur s'éloigner.

Il s'assit derrière son volant, hésitant. Depuis qu'il s'était réveillé, une seule pensée l'habitait : retrouver la femme au masque blanc. Il n'était qu'à quelques kilomètres, il pouvait y retourner.

8

Il ne reconnaissait pas le chemin.

C'était pourtant le même panneau qui, la nuit, l'avait guidé jusqu'au château des Ortolans. Mais sous la lumière blanche d'un ciel voilé d'avril, tout lui semblait différent. Derrière les quelques arbres qu'il avait pris pour la lisière d'une forêt, s'étendaient des champs caillouteux hérissés de vignes sèches. À l'horizon, de larges blocs de calcaire damaient le paysage et annonçaient déjà la fin des Cévennes. La voiture brinquebala jusqu'en haut d'une butte.

Flanqué de deux imposantes tours, le château avait en plein jour des airs de forteresse féodale. Devant la grande terrasse, s'étendait un large parc dominé par une forêt de châtaigniers. Un peu plus loin se trouvait une sellerie accolée à des champs, simplement délimités par des clôtures en fil barbelé. Il gara sa voiture tout près du château et s'avança jusqu'à la porte d'entrée. Il entendit alors des bruits de pas sur le gravier. Un homme au physique de colosse avançait dans sa direction. Il marchait doucement, un bâton à la main. Ses cheveux étaient blancs, tout comme sa barbe. Il portait un pull troué et un pantalon de toile brute. Il n'était pas avenant.

– Monsieur ? dit-il d'une voix caverneuse.

– J'étais ici hier soir et je souhaiterais retrouver quelqu'un que j'ai rencontré.

Marc observa les mains du septuagénaire. Elles faisaient deux fois la largeur des siennes. Elles étaient parcourues de cals et de griffures. Des mains de la terre.

– C'est ma fille qui a organisé cette soirée. Pour son anniversaire.

Et sans rien ajouter, il ouvrit la porte du château et disparut à l'intérieur. Abandonné sur le seuil, Marc se retourna vers le parc. À l'ombre des arbres, quelques statues dormaient dans des coins qu'on devinait humides. L'homme ne revenait pas. Marc posa alors son regard sur un tas de gravier, oublié près d'un parterre de fleurs. À quelques mètres de là, près d'un cèdre, traînait une tondeuse à gazon et juste à ses pieds gisait un vieil os rongé par un chien. Un peu partout, le quotidien des hommes badigeonnait d'ordinaire le tableau que son imagination avait ébauché la veille. Une jeune femme, vêtue d'un jeans et d'un vieux pull beige et informe, sortit de la maison. Sans un regard pour lui, elle s'assit sur le perron et entreprit d'enfiler des bottes. Elle avait la mine fatiguée. Il reconnut celle qu'il avait vue de loin sur l'estrade.

– Mon père m'a dit que vous cherchiez quelqu'un ?

Elle leva la tête et le dévisagea en forçant pour enfoncer son pied au fond de la botte.

– Une femme, oui.

– Comment s'appelle-t-elle ?

– Je ne sais pas.

– Avec qui est-elle venue ?

– Je ne sais pas.

– Et qu'est-ce que vous savez ?

– Elle avait un masque blanc. Et une robe à fleurs.

La fille sourit. Elle était très jolie.

– Vous êtes dans la merde. Vous êtes tombé amoureux d'un masque blanc et d'une robe à fleurs ?

Marc, encore une fois, se sentit idiot. La fille avait fini d'enfiler ses bottes. Elle se leva.

– Vous faites quoi dans la vie ?

Elle avait l'assurance des femmes de tête. Il se dit qu'elle n'avait évidemment jamais manqué de rien.

– Je viens d'être nommé juge d'instruction.

Elle siffla entre ses lèvres.

– À votre âge. Un garçon brillant.

Elle s'éloigna en direction des parcs pour les chevaux. Marc lui emboîta le pas.

– Vous avez la liste de vos invités ?

– Vous n'étiez pas dessus, et vous étiez pourtant bien là, non ?

– C'est différent, je risquais de tomber en panne, j'ai simplement voulu…

Elle lui coupa la parole :

– J'ai invité une soixantaine de personnes en leur disant de ramener qui elles voulaient. On était deux cents, au moins. Comment voulez-vous que je sache qui était cette fille ? Vous montez à cheval ?

Marc comprit qu'il lui plaisait. Ou peut-être était-ce le romantisme ridicule de sa démarche ? Dans tous les cas, il avait perdu la trace de la femme au masque blanc.

– Vous ne sortez pas avec Richard Albuquerque ?

Elle planta son regard dans le sien en souriant. Elle aimait manifestement sa franchise.

– Je n'ai que vingt-cinq ans…

Il lui sourit.

– Une autre fois peut-être, finit-il par répondre.

Fière – ou réellement détachée –, la fille lui tourna le dos dans la seconde et s'éloigna sans un regret.

– Vous savez où j'habite.

9

Deux jours s'écoulèrent sans nouvelles de Julie Gleize.

Il n'avait aucune piste sérieuse, et ce temps qui passait n'augurait rien de bon. Mais il ne pouvait rien faire d'autre qu'attendre le résultat des analyses du labo. L'échantillon de boue prélevé sur les roues du 4x4 parlerait bientôt.

Le mercredi, à peine arrivé à son cabinet, il prit le premier journal de la pile qui grossissait sur son bureau. Il commença par *Les Échos*, s'attela ensuite au *Midi Libre* et au *Figaro*, puis termina par *Libération*. À la fin du journal, sa respiration s'accéléra. Ses yeux venaient de croiser la rubrique *Entre nous*. Il n'aurait jamais imaginé consulter sérieusement cette colonne dont il avait même oublié le nom. Mais à cet instant, il ne pouvait s'empêcher de lui trouver une résonance avec les mots qu'avait prononcés l'inconnue des Ortolans : « Entre nous s'écriront des lignes qui vous permettront de le découvrir… »

Il lut la première : « *TGV Lille-Marseille, vous en costume écossais, moi en tailleur beige, vous n'avez pas osé m'aborder… contactez-moi.* » S'ensuivait une référence pour écrire au journal. Il en lut une autre : « *T'attendre à la gare me manque tellement. S'il te plaît, reprends le train.* » Il parcourut toute la rubrique avant de s'apercevoir que le journal datait de la veille. Mireille, sa greffière, ouvrit la porte et déposa sur son bureau la presse du jour et un café déjà sucré. Mireille était une petite femme ronde et dynamique. Elle avait mis au monde cinq enfants dont l'aîné débutait ses études de droit pour devenir juge. Elle appréciait beaucoup Marc dont elle vantait la gentillesse et le professionnalisme. Il la remercia poliment et attrapa sa tasse de café. Il commença la lecture des premières annonces de *Libé* et reposa aussitôt sa tasse. Ses yeux venaient de tomber sur la troisième : « *Jules Calas a un message pour le mélomane égaré au masque noir.* »

10

L'après-midi touchait à sa fin lorsqu'il rentra chez lui. L'annonce du journal résonnait encore dans sa tête ; « *Jules Calas a un message pour le mélomane égaré au masque noir.* » Le soir de cette rencontre, il portait bien un masque noir et il était, d'une certaine façon, égaré. Mais quelle probabilité existait-il pour que ce message fût écrit pour lui ? Et puis qui était ce Jules Calas ?

Arrivé devant le portail, un homme l'attendait patiemment, posté devant une vieille camionnette d'entreprise : « Gilles Espanter – maçonnerie générale ». Il avait complètement oublié de lui laisser les clés. L'artisan qui avait une cinquantaine d'années ne devait pas mesurer plus d'un mètre soixante. Sa chevelure poivre et sel, longue et dense, se mêlait au reste de sa capillarité débordante. Il portait des petites lunettes rondes qu'il laissait reposer sur le bout de son nez, à la manière d'un philosophe.

– Ça fait longtemps que vous êtes là ?

– Dix minutes, au plus, lui répondit Espanter en lui écrasant la moitié des doigts.

Ils traversèrent le jardin et arrivèrent sur la terrasse.

– Vous voulez boire quelque chose ?

– Non, j'ai du boulot qui m'attend là-haut.

Il grimpa aussitôt sur l'échelle et disparut sur le toit.

À peine entré dans le séjour, Marc appela le labo chargé des analyses.

– Marc Ferrer, je suis le juge d'instruction chargé de l'affaire Fouisson.

– Oui, lui répondit une voix d'homme au téléphone, on est un peu débordés en ce…

– Ce n'est pas mon problème, dit Marc calmement.

– Monsieur le juge, je comprends que…

– J'ai une gamine de dix-huit ans qui a disparu, le coupa Marc à nouveau. Vous faites passer ce dossier en priorité sinon, si on la retrouve morte parce qu'on n'a pas été assez rapides, je viendrai vous voir avec les parents de la gamine et vous leur expliquerez que vous aviez des dossiers plus urgents.

– On va s'en occuper.

– Merci.

Il raccrocha et jeta son téléphone sur la table, un peu agacé. Puis il attrapa son ordinateur posé près du fauteuil et tapa « Jules Calas » dans la fenêtre du moteur de recherche. Mais il n'eut pas le temps de lancer la recherche, quelqu'un venait de sonner. Il se leva et décrocha l'interphone.

– Oui ?

– Marc ? C'est ton père, tu m'ouvres ?

Marc soupira…

Après avoir enclenché l'ouverture de l'entrée principale, il sortit sur la terrasse. La Mercedes cabriolet des années 60 pénétra aussitôt dans la propriété, dans un nuage de poussière. Marc remonta l'allée bordée d'oliviers et vint à sa rencontre.

– C'est sympa ici, dit-il en sortant de la voiture.

Marc s'approcha et l'embrassa sobrement.

– Bonjour papa.

– Je suis en escale à Marseille, alors j'ai poussé jusqu'ici. T'as vu cette merveille ! dit-il en montrant son cabriolet… Ça va, à part ça ?

– Oui, oui… Ça va, répondit Marc qui remontait déjà l'allée.

Hyppolite le suivit en jetant des regards admiratifs sur le jardin. Sous la tonnelle, Marc montra une chaise et invita son père à s'asseoir.

– Qu'est-ce que tu veux boire ?

– Ce que tu veux… T'embête pas mon fils. Ça me fait vraiment plaisir de te voir. Dis donc, c'est une vieille dame celle-là, dit-il tout en scrutant les plaques de marbre qui composaient la table.

– Oui, fit Marc en sortant deux bières de la cuisine d'été. Gilles, vous êtes sûrs que vous ne voulez rien boire ? lança-t-il en direction du toit.

Entre deux bruits de tuiles, l'artisan se laissa finalement tenter.

– Allez, une bière, c'est pas de refus.

– C'est un ancien mazet ici non ? reprit Hyppolite.

– C'est ça. C'était cette pièce, là, répondit Marc en montrant de la main le local technique de la piscine, niché au rez-de-chaussée. Mais je continue d'appeler cet endroit le mazet.

– T'as acheté quand ?

– Il y a dix mois, quand j'ai su que j'allais être nommé ici.

Il posa les trois bières sur la table et les décapsula.

– Tu n'as pas fait les travaux tout seul quand même ?

– Je ne vois pas comment j'aurais eu le temps. Tu sais, l'école de la magistrature et le bricolage, ça ne se marie pas trop. Non, j'ai fait un prêt et j'ai employé Gilles pour le gros-œuvre, dit-il en désignant le toit. J'ai fait quelques petites choses moi-même comme ce clapas là-bas.

Il pointa de la main un mur de pierre à moitié effondré derrière la piscine.

– Un prêt ? Marc... Pourquoi tu ne m'as pas demandé ? Quelle idée... Un prêt... Enfin, rien ne vaut l'ancien. C'est joli ici.

Une tête hirsute et poussiéreuse apparut alors au-dessus des deux rangées de génoises qui coiffaient la façade. Espanter venait chercher sa bière, et se mêler à la conversation.

– Vous avez raison. Aujourd'hui, les gars, ils construisent les maisons comme on monte une tente de camping. Ils ont pas compris qu'une maison, c'est comme un arbre. Ça pousse, ça voit grandir, ça emmagasine les souvenirs, ça se gonfle de tout ce qu'on y met, hein, je suis sûr que vous, vous comprenez ce que je dis ? Bonjour monsieur... ajouta-t-il à retardement en s'adressant à Hyppolite.

Le père de Marc jeta un regard bienveillant à l'artisan philosophe.

– Peut-être les choses sont-elles plus habitées qu'on ne le pense. Bonjour à vous, dit-il en lui tendant une bière.

– Aujourd'hui, insista le maçon, on naît à la clinique et on meurt dans des parcs à vieux. C'est pour ça que les gens s'en foutent des maisons. Avant, on y naissait et on y mourait. Ça change tout. Croyez-moi. En tout cas, il y a de la magie ici, conclut-il avant de disparaître sur le toit, sa bière à la main.

– À propos, dit Hyppolite à Marc, j'ai loué le Mas aux Chabran. Tu te souviens d'eux ? T'étais gamin remarque...

– Ceux qui avaient le chien noir qui mangeait toutes les poules...

– Dick, oui.

Le visage d'Hyppolite s'assombrit. Il y eut un long silence ; le chant des cigales devenait assourdissant.

– Je te rassure, la Galine reste fermée... finit-il par ajouter.

– Tu peux faire ce que tu veux avec cette maison. Loue-là si ça te chante, tu connais mon point de vue.

– Ça te paraît peut-être bête à toi, mais j'y arriverais pas. Je n'y ai jamais plus pénétré depuis...

Il tourna aussitôt la tête vers la piscine.

– Ce n'est pas moi que tu rassures. C'est toi, répondit Marc froidement. On ne va pas remettre ça sur le tapis.

– Excuse-moi Marc... Je ne voulais pas te contrarier, dit-il en se tournant à nouveau vers son fils.

– Mais tu ne me contraries pas ! Parlons d'autre chose.

– Oui. Tiens, j'ai rencontré une femme formidable. J'aimerais bien te la présenter. Elle s'appelle Elena, on était dans le même hôtel à Buenos Aires. C'est une hôtesse d'Iberia.

– T'es plus avec Solène ?

– Solène ? Oh non... Ça fait un bail d'ailleurs. C'était une folle. Elle rayé toute la carrosserie de la Jag avec sa pince à épiler.

– Avec sa pince à épiler ? Qu'est-ce qu'il lui a pris ?

– Elle m'avait surpris avec Farida. Je t'avais présenté Farida ?

Une demi-heure plus tard, son père était descendu en ville, pour faire sa tournée des grands ducs, comme il disait, avec tous les copains qu'il trouverait. Marc avait rallumé son ordinateur et venait de taper une nouvelle fois « Jules Calas ». Cent quatre-vingt-dix-sept mille occurences lui furent proposées. Les premiers sites faisaient tous référence à un certain Jules Calas, banquier à Lausanne. L'un d'eux affichait son numéro de téléphone. Il le composa aussitôt. Au bout de trois sonneries, un homme décrocha.

– Allo ?

– Bonjour, Jules Calas ?

– Oui…

Il avait un fort accent suisse.

– Je m'appelle Marc Ferrer. Il paraît que vous avez un message pour moi ?

– Pardon ?

Il hésita à reformuler sa question mais n'avait pas le choix.

– Eh bien voilà, c'est assez compliqué à expliquer, mais on m'a adressé une annonce dans un journal… Jules Calas aurait un message pour moi.

– Vous avez trouvé mon numéro sur bankboost.com ?

– Oui.

– Je les ai déjà menacés d'un procès s'ils ne le retiraient pas. Un message vous dites ?

– Oui…

– Je ne vous connais pas mais à votre accent, vous devez être français. Des Jules Calas, il y en a des tas chez vous. Vous devriez plutôt les appeler eux.

Marc s'attaqua alors aux pages blanches de l'annuaire. Il dérangea successivement un homme de soixante-dix ans qui pêchait en Camargue, un plombier pressé de Saint-Gilles et un gardien de la paix nîmois qui, pas plus que les deux autres, n'avait de message pour lui. Il rouvrit la page de son moteur de recherche et tapa simplement « Jules Calas Nîmes ». Rapidement, il tomba sur un site consacré à un botaniste nîmois. Il lui fallait maintenant trouver un moyen de contacter cet homme. Mais il déchanta très vite. Ce Jules Calas-là était mort en 1901. Comment un mort pourrait-il délivrer un message à un vivant ? Il repensa aux mots échangés avec la femme au masque blanc. Elle parlait d'énigme. Il entreprit alors de découvrir où le savant était enterré. Si sa tombe se trouvait à Nîmes ou dans les environs, il y avait une chance pour que la pianiste des Ortolans lui ait laissé un indice à cet endroit lui permettant de remonter jusqu'à elle. Les énigmes dont elle parlait constituaient peut-être un jeu de piste. La réponse ne tarda pas à tomber.

Calas était bien enterré à Nîmes, au cimetière Saint-Baudile. Pourtant l'excitation de ces dernières minutes fut stoppée net.

Ce cimetière-là, Marc avait toujours tout fait pour l'éviter.

11

Tôt le lendemain matin, après une nuit presque blanche, il gara sa voiture dans la contre-allée qui bordait le cimetière. Vingt-cinq années s'étaient écoulées sans qu'il remette les pieds ici. Comment avait-il pu laisser glisser autant de temps ? L'enfance, les études. Oui, c'était cela ; les études. Cette réponse, évidente, ne le contentait pourtant pas. Tout ce temps avait passé en vain. Face à lui se trouvait le mur du cimetière. Et quelque part derrière ce mur se trouvait sa mère. Revenir dans un autre but que de se recueillir sur sa tombe le mettait mal à l'aise. Il hésita et sortit enfin. Il ferma sa voiture, marcha vers l'entrée et pénétra dans le cimetière.

Le calme était saisissant. Le cimetière ressemblait à une forêt méditerranéenne et les pins parasols imposaient leurs silhouettes au milieu des cyprès et des cèdres centenaires. Tous ces arbres faisaient de l'ombre aux plus vieilles tombes mais abandonnaient les nouvelles à un soleil de plomb. Seules quelques pies venaient troubler le silence de leur jacassement rauque.

L'incongruité de sa présence s'imposa alors à lui. Comment avait-il pu s'imaginer que la pianiste des Ortolans lui ait laissé un message dans un cimetière ? Il n'avait de toute façon aucune idée de l'endroit où se trouvait la tombe de Calas. Rien ne l'attendait ici. Rien d'autre que la tombe de sa mère qu'il avait soigneusement évitée durant toutes ces années. Il aurait pu redouter de l'affronter, mais quatre mots venaient de rebondir sur sa conscience : « Quelques instants sans conséquence. » Il s'engagea sur l'allée centrale en direction de la chapelle qui se dressait au bout. Il jeta un regard sur sa droite à la recherche d'un grand cyprès tordu, et le distingua au loin parmi les autres arbres, à peine plus grand qu'il était resté gravé dans sa mémoire. Il fit quelques pas dans sa direction, et s'arrêta.

C'était une tombe ordinaire ; une sobre dalle en marbre blanc, surmontée d'une stèle où était simplement écrit « Jeanne Ferrer, 1950-1987 ». Sur la pierre était posé un livre ouvert, de marbre également. On pouvait y lire, gravé en lettres d'or fanées : « À ma mère ». Il n'y avait rien d'autre. Pas une fleur, pas une plante, aucune autre marque d'amour. Juste l'usure de deux décennies sur ce témoignage à l'abandon. Ces trois mots « À ma mère » lui revenaient en pleine figure d'un passé qu'il croyait définitivement derrière lui. Les souvenirs enfouis revendiquaient leur droit à l'existence : les angoisses nocturnes, cette impression d'étouffer qui avait conduit son père à l'emmener aux urgences une nuit et qui, il en était certain, aurait instantanément été soulagée par les bras de sa mère, absente… Il sentit monter en lui un début de colère sans espoir, sans pardon. La violence de ce sentiment qu'il ne faisait pourtant qu'effleurer le glaça. S'il voulait le repousser, le renvoyer au cachot dans lequel il l'avait enfermé depuis longtemps, il n'y avait qu'une solution : s'en aller sur-le-champ. Il s'obligea à fermer les yeux et à continuer son chemin. Il fit un pas.

Puis un autre. Aussitôt, il se sentit mieux. « Pas encore. Un jour, mais pas encore. »

Il marcha au hasard des allées, profitant de la tranquillité des lieux pour digérer son émotion. La raison de sa présence dans le cimetière lui revint alors à l'esprit et il se mit à scruter chacune des tombes à la recherche de celle du botaniste. Une question s'imposa vite à lui : dans l'hypothèse où cette femme l'avait vraiment entraîné ici, à des années-lumière des lieux traditionnels de rendez-vous, que devait-il penser d'elle ?

Un TGV fendit l'air de l'autre côté du mur de pierre et le ramena brutalement à la réalité. L'endroit était vaste et son temps limité. Il regarda sa montre et il décida de demander au gardien de l'aider à trouver la tombe de Calas.

Il poussa la porte de verre. Derrière un bureau métallique des années 50 était assis un homme au crâne rasé, aux muscles saillants et dont les avant-bras arboraient un tatouage polychrome, sorte de diptyque à base de serpents et de têtes de mort. Marc s'adressa à lui avec le petit supplément de déférence qui sied à ce genre de personnage.

– Bonjour, vous pouvez sans doute m'aider, je cherche une tombe...

L'homme se saisit d'un tampon suspendu sur un présentoir et l'imbiba bruyamment d'encre dans un geste sec, avant d'asséner un cachet viril au document qu'il avait sous les yeux. Dans le même temps, et sans lever la tête, il répondit de façon laconique :

– Vous êtes au bon endroit.

– Jules Calas, un botaniste.

L'homme avait cette fois relevé la tête. Son regard bleu, barré d'une longue cicatrice, était puissant mais avenant.

– Ça me dit quelque chose oui…

Il parlait avec un léger accent étranger. Il fit un quart de tour sur sa chaise et pointa de l'index un plan accroché au mur.

– Au bout de l'allée centrale, vous continuez sur deux cents mètres, vous passez devant les carrés des moines, et de suite après vous prenez l'allée D sur votre gauche. Vous marchez vers la voie ferrée, vous pouvez pas la rater, c'est une petite chapelle avec un grand arbre qui pousse dedans.

À nouveau, Marc emprunta l'allée centrale. Entre le carré des religieux et le reste du cimetière se trouvait un champ où poussait l'herbe folle. La vue était dégagée et l'endroit presque sauvage. Il regarda dans la direction que lui avait indiquée le gardien et contempla le tableau qui s'offrait à lui. De l'autre côté du champ, tout près de la voie ferrée, se dressaient deux petites chapelles en pierre blanche qui semblaient s'embraser dans la lumière orange de cette fin d'après-midi. Au milieu de ce sanctuaire, un arbre déployait ses grandes branches sur les toits des tombeaux. Il s'avança vers la première chapelle. Ses colonnes étaient reliées par des voûtes d'ogives et surmontées de chapiteaux à thèmes floraux. La façade abritait une niche où était posé un buste de marbre. Mais le nom inscrit au-dessous n'était pas celui du botaniste.

L'autre chapelle était coiffée d'un massif de verdure. Le contraste entre l'opulence de la première et la simplicité de la deuxième était saisissant. La porte métallique, sortie de ses gongs, reposait à même le sol. Marc s'approcha et jeta un coup d'œil à l'intérieur de l'édifice. Plusieurs plaques de marbre étaient scellées au mur, de chaque côté d'un sobre autel en pierre blanche. Sur l'une d'elles était écrit : « Jules Calas, inspecteur des eaux et forêts, 1863-1901 ». La toiture n'était plus étanche depuis longtemps. Un prie-Dieu abîmé par les pluies répandait sa poussière de bois sur le sol humide. Pourtant, un joli bouquet de fleurs fraîches était posé sur l'autel. Marc s'approcha et le souleva délicatement dans l'espoir de découvrir un message ou un mot quelconque. Mais il n'y avait rien. Cette chapelle à l'abandon n'attendait plus personne. Il s'était donc trompé.

Dans le ciel, les martinets qui venaient d'arriver dans la région poussaient leur cri caractéristique en virevoltant dans tous les sens. Sans doute se moquaient-ils de lui.

Son téléphone sonna. C'était le labo.

– On a les résultats de la boue que vous nous avez envoyée.

– Et ?…

– Sa composition est identique à celle qu'on trouve au bord des étangs de petite Camargue.

– Proche des étangs, cette boue ?

– Très proche. Vous avez une idée de ce qu'est allé faire votre type dans un étang ?

– Merci d'avoir traité le dossier aussi vite.

Il raccrocha.

Un étang, un 4x4, une jeune fille disparue et un sale type, évidemment qu'il avait une idée. Et ça le déprimait.

12

Tout en conduisant, Marc jetait des coups d'œil en direction des paysages camarguais qui se dessinaient au loin. Il détestait ce coin où il avait pourtant grandi : la lumière, les couleurs, la platitude du paysage, et ces fichus souvenirs. À côté de lui, Salinque s'évertuait à fixer son doigt sur une carte, à l'endroit précis où il pensait être.

– Il vaudrait mieux s'arrêter… dit le flic.

Sans un mot, Marc gara la voiture sur le côté. Salinque ouvrit la portière et déplia sa carte sur le capot. C'était une vieille carte d'état-major, déchirée de part en part et criblée de taches. Le flic s'alluma une cigarette et tous deux se penchèrent sur la carte. Salinque pointa un lieu-dit.

– Là, c'est la maison de Fouisson. Si j'avais un corps dans ma voiture et que je voulais le jeter dans un des lacs de la petite Camargue, je prendrais cette route.

Il fit courir son gros doigt sur le trait noir qui représentait la départementale et s'arrêta.

– C'est là où nous devons être, à quelques centaines de mètres près.

Marc pointa plusieurs zones bleues.

– En venant d'ici, il y a cinq étangs facilement accessibles.

– On peut oublier celui-ci, dit Salinque, c'est un chemin cavalier, il est assez fréquenté. On l'aurait vu.

– O.K. Allons voir les quatre autres et voyons lesquels sont les plus propices.

Ils remontèrent dans la voiture et roulèrent encore dix minutes.

– Impossible de jeter un corps ici sans être vu de la route, dit Salinque devant le premier.

Ils empruntèrent un chemin de terre qui s'achevait sur des rives boueuses. Les roseaux recouvraient l'étang.

– Pas assez profond, conclut Marc.

Salinque ne répondit pas et remonta en voiture. Ils reprirent la route jusqu'au au troisième étang. Le chemin qui y menait était isolé, caché par une haie de thuyas. Ils descendirent de voiture.

– On ne voit rien depuis la route, dit Marc.

– Aucun sentier.

– On ne peut pas être plus tranquille.

– Et il est profond.

Ils échangèrent un regard entendu.

– Ça en fait un, dit le juge.

Ils firent marche arrière, en veillant à recouvrir leurs propres traces.

Le dernier étang avait les mêmes caractéristiques que le précédent. Profond, isolé, facilement accessible : idéal pour y jeter un corps. Marc le connaissait bien, il avait grandi dans un mas, à quelques centaines de mètres de là.

Il ne prit pas le risque d'emprunter le sentier en voiture, pour ne pas effacer d'éventuels indices. Il se gara sur la bande de terre qui jouxtait l'asphalte et les deux hommes continuèrent à pied. Arrivé sur la rive, Marc scruta les alentours.

– Mobilisez autant d'hommes que vous pourrez en trouver, dit-il à Salinque. Si on retrouve les traces des pneus de la voiture de Fouisson près de ces étangs, je pourrai faire draguer les eaux.

– Y a un truc qui va pas, Juge ? C'est cet endroit, c'est ça ?

Comment pouvait-il savoir, se demanda Marc, impressionné par l'instinct du policier.

– Non. Tout va bien, mentit-il.

– Vous pensez qu'elle est par là ? demanda Salinque.

Marc regarda la surface de l'eau, qu'un flamand rose venait de froisser dans son envol.

– J'en suis sûr, répondit-il. Mais il me faut une preuve.

13

Il rentra, le moral en berne. Il espérait se tromper. Il aurait voulu qu'un coup de téléphone vienne interrompre ses investigation et que le père de Julie lui annonce, embarrassé : « Ma fille est revenue, c'était juste une fugue. » Mais il savait que ce coup de fil n'arriverait pas. Il but un verre et le pouvoir apaisant de l'alcool se diffusa aussitôt dans ses veines. Il s'installa derrière son ordinateur et réveilla l'écran d'un mouvement de souris. La page qu'il avait laissé ouverte quelques heures auparavant s'afficha à nouveau. Il s'apprêtait à la fermer lorsque deux lignes attirèrent son attention vers la fin de l'article : « Jules Calas est également l'auteur du livre *Le Langage des fleurs*, dans lequel le botaniste nous révèle le sens caché des bouquets. » Il tapa « Jules Calas le langage des fleurs » dans le moteur de recherche. Le premier lien le renvoya vers un site qui avait mis ce livre en vente trois années auparavant ; mais l'ouvrage n'était plus disponible. Il parcourut des yeux les autres liens que lui proposait la page et son visage s'illumina lorsqu'il vit « reliure Auriol et fils ». Serge Auriol était son ami d'enfance. Il avait lui-même écrit, sur un site consacré à la littérature, un petit paragraphe sur ce livre.

Quelques lignes empreintes d'un certain chauvinisme régional : « Nîmes est une cité romaine, de tradition et d'histoire. Jules Calas, botaniste reconnu, y repose aujourd'hui. C'est dans la quiétude de sa ville qu'il a écrit son livre *Le Langage des fleurs.* »

Un peu plus bas, se trouvait une photo du volume. Sa reliure pleine ornée de fleurons dorés portait la signature de la maison Auriol dans les années 1900. L'arrière-grand-père de Serge avait sans doute inscrit lui-même ce titre qui avait arraché un sourire de satisfaction à Marc : *Le Langage des fleurs.*

Le bouquet qu'il avait vu sur la tombe de Calas n'était peut-être pas simplement une attention, mais un message qu'on lui avait adressé…

Il se leva d'un bond, ramassa ses clés de voiture sur la table et laissa la porte claquer derrière lui, sans même prendre la peine de la verrouiller.

Dix minutes plus tard il pénétrait dans la boutique de la maison Auriol, relieur et libraire. Derrière la vitre où se trouvait l'atelier, il aperçut Antoine, occupé à scruter un vieux livre avec la loupe de son grand-père. Antoine se releva d'un coup, prononça quelques mots puis éclata de rire. Marc sourit aussitôt mais s'arrêta net à la vue d'Hyppolite. Son père, hilare, venait d'entrer dans son champ de vision en avançant vers son meilleur ami. La scène joyeuse et muette dura une trentaine de secondes avant qu'Antoine n'ouvre la porte de l'atelier.

– Marc ! s'écria Antoine. Tu es là depuis quand ?

Antoine embrassa son vieil ami.

– Tu nous espionnes ? renchérit son père, le rire encore accroché aux lèvres.

Marc afficha un sourire coincé.

– Je viens d'arriver. Et toi, qu'est-ce que tu fais là ?

– Rien. Je suis passé saluer Antoine. Je lui montrais un vieux Kamasoutra que j'ai ramené d'Inde. Je disais à Antoine à quel point j'aime la maison que tu as achetée.

– Ah, répondit Marc froidement.

– Oui. Je lui parlais de ton prêt aussi. Je trouve idiot que tu payes des intérêts à la banque alors qu'on a de l'argent qui dort sur des comptes.

– C'est mon problème, pas le tien. Et c'est ton argent pas le mien.

– Mon argent… C'est pas comme ça que je vois les choses. La plupart des gens seraient heureux de pouvoir se passer d'emprunter, toi tu t'en fous…

– Une tête de mule votre fils, hein ? intervint Antoine avec enthousiasme pour tenter de chasser la morosité qui s'installait. Il a sans doute de qui tenir, et aussi des raisons de préférer la banque.

Hyppolite se tourna vers Marc.

– Je comprends pourquoi cet énergumène est ton meilleur ami, dit-il en tapant sur l'épaule de son fils. Bon, je file moi.

Il les embrassa.

– À bientôt les enfants ! dit-il en quittant la boutique.

Marc le regarda s'éloigner dans la rue.

– « À bientôt les enfants », reprit-il en soupirant. Vu qu'on risque de pas le revoir avant six mois et qu'il a la maturité d'un gamin de douze ans, je trouve ces mots un peu surprenants de sa part. Bon, il me faut un livre que tu as, demanda-t-il sans transition.

– Lequel ?

– *Le Langage des fleurs*, de Jules Calas.

Antoine s'arrêta et releva la tête.

– Elle s'appelle comment ?

Marc sourit.

– Je n'en ai aucune idée…

Il s'assit sur le tabouret haut, qui était collé au comptoir de la caisse et, en espérant qu'aucun client ne viendrait les interrompre, entreprit de tout lui raconter depuis le début. Antoine prit alors la parole :

– Si tu es dans le vrai, cette fille a voulu t'envoyer chez moi parce qu'à ma connaissance, j'ai le seul exemplaire de ce bouquin à la vente. C'est ce qu'on appelle une édition artisanale. Mon grand-père en a relié un tout petit nombre. C'est peut-être quelqu'un que je connais… Viens.

Ils traversèrent l'atelier puis empruntèrent un escalier en colimaçon qui grinçait dangereusement, pour se retrouver quelques mètres plus bas, dans une impressionnante salle voûtée. Ce n'était pas une réserve de livres à vendre mais une extraordinaire bibliothèque familiale. Marc eut un pincement au cœur. Il n'avait plus mis les pieds ici depuis des années. Ils y avaient tant joué tous les deux lorsqu'ils étaient enfants que, par persistance rétinienne, le souvenir d'un terrain de jeu s'était imprimé dans son esprit et se substituait à la réalité.

Du sol au plafond, le père d'Antoine, en passionné méthodique, avait soigneusement rangé des milliers d'ouvrages, dans de vieux rayonnages en chêne encastrés dans les murs en pierre. Dans un coin de la pièce – vestige d'un ancien couvent – le début d'un couloir souterrain avait été condamné. La légende voulait qu'il débouchât deux kilomètres plus loin en plein cœur des Jardins de la Fontaine. Le grand-père d'Antoine prétendait même qu'il avait été creusé par les protestants, au moment des expéditions punitives menées par les catholiques, au plus fort des guerres de religion.

– Calas...

Antoine s'était dirigé vers une grande étagère, sans la moindre hésitation.

Il fit glisser sur ses rails l'imposante échelle de bois, s'arrêta sous une pile de livres et monta quelques barreaux. Avec le soupir du professionnel qui a le triomphe modeste, il redescendit et tendit le livre du botaniste à son ami. Marc eut aussitôt la certitude de l'avoir déjà eu dans les mains.

– Merci.

– Tu te rends compte qu'il dort là depuis trente ans ?

– Je me demande même si on ne l'avait pas parcouru quand on était gamin... répondit Marc en détaillant la couverture en cuir.

– C'est possible. On en a tellement feuilleté...

– Ça rendait ton père hystérique.

– Il avait raison. Ça me rendrait hystérique aujourd'hui si des gamins venaient tout farfouiller ici.

– Touchez pas avec vos mains dégueulasses ! fit Marc en imitant son père.

– C'est drôle cette histoire, quand même.

– Qu'est-ce qui est drôle ?

– Ce livre que tu as tenu dans tes mains gamin, tu ne te doutais pas que tu reviendrais le chercher plus de trente ans après.

– Non, c'est sûr.

– On fait glisser nos yeux sur les choses qui nous entourent sans se rendre compte que chacune peut à n'importe quel moment entrer dans notre vie.

– Oh là, tu vas être trop profond pour moi je sens...

– En fait, ce livre t'attendait depuis toujours, et tu ne le savais pas. Au fond rien ne nous est vraiment étranger. Ce n'est qu'une question de temporalité et de trajectoire. Aujourd'hui c'est ce livre, demain le porche de la maison d'en face, celui devant lequel tu passes depuis toujours. Qui sait s'il n'abritera pas un moment important de ta vie, ta rencontre avec ta pianiste par exemple. Si tu prends conscience de ça, tu ne vois plus le monde de la même manière. Tu te mets à apprivoiser chaque objet, chaque personne, comme autant d'éléments de ta propre vie. Comme autant de fantômes du futur.

– Échoués sur les rives du présent… enchaîna Marc avec une pointe d'ironie.

– C'est ça, fous-toi de ma gueule…

Une sonnerie de téléphone vint les interrompre. Elle provenait de la boutique.

– C'est sûrement Serge, fit Antoine. On s'est pris la tête. Je ne t'ai pas dit, mais on habite ensemble maintenant, dit-il en quittant le sous-sol.

Marc s'assit sur un tabouret et ouvrit le livre. Les feuilles jaunies exhalaient l'odeur caractéristique du vieux papier. L'ouvrage était organisé comme un dictionnaire où chaque fleur était précisément décrite et dessinée. Le botaniste donnait ensuite l'interprétation du message qu'elle était censée porter. Ce langage avait un nom d'origine orientale : Sélam.

Comme tout un chacun, Marc avait souvent offert des fleurs. Il souriait en pensant à la vraisemblable incohérence de tous les bouquets qu'il avait composés dans sa vie. Un peu comme s'il avait écrit des lettres en tirant des mots ou des phrases au hasard dans un dictionnaire. « Je vous aime, je vous quitte, je regrette le passé, votre indifférence me fait souffrir, j'ai envie de vous… » Le tout à la mère de son meilleur ami ou à sa propre grand-mère... Curieux, il se demanda ce que sa fleur préférée – l'œillet, de préférence violet – pouvait signifier. La traduction lui arracha un rire dont l'écho se perdit sous les voûtes : « Vous ne m'inspirez que du mépris ! »

Son téléphone sonna. C'était Salinque.

– Salut Juge.

– Alors ?

– Rien. Les gars ont relevé une dizaine d'empreintes de pneus, mais il y en a pas mal d'autres qui pourraient correspondre. On est obligés de s'arrêter, la lumière baisse trop. On reprend demain.

– D'accord. Je passerai.

Il raccrocha et regarda sa montre. Il était trop tard pour retourner au cimetière avant sa fermeture. Il soupira. Son talon oscillait nerveusement au-dessus du sol. Les heures à venir allaient être longues. Le jeune juge se découvrait une impatience qu'il ne se connaissait pas.

Et c'était bon.

14

Le lendemain, Marc passa la journée avec Salinque et les hommes de la police scientifique qui relevaient les empreintes de pneus aux abords des étangs. Ce juge qui venait les soutenir dans leur travail les impressionnait par son calme et sa détermination. Lorsqu'ils eurent terminé de relever la dernière empreinte, sur le chemin du retour, Marc fit un détour et passa au cimetière.

Les fleurs étaient toujours là. Il s'en saisit et regagna la sortie avec une sensation étrange, celle d'être le seul parmi les quelques visiteurs à sortir du cimetière un bouquet à la main.

Il rentra chez lui, alluma la lampe à pétrole et inséra un CD de Chopin dans le lecteur posé sur le comptoir extérieur. Il déposa le bouquet sur la table en marbre, près du livre de Calas. Il savait que quelques minutes à peine le séparaient désormais du message qu'il était censé lui délivrer. Mais peut-être n'avait-il rien d'autre sous les yeux que des fleurs volées dans un cimetière, près d'un livre poussiéreux. Le papier de soie divisait le bouquet en deux parties concentriques dont la couronne externe était essentiellement constituée de marguerites. Il étala les fleurs en deux groupes distincts afin de respecter l'organisation du bouquet.

Il se pencha sur le premier. Il y avait d'abord cinq fleurs blanches qu'il reconnut facilement, à leurs corolles en étoile formées de grands pétales et à leurs pistils bruns et épais supportés par une mince tige : c'étaient des lys. Cinq iris mauves se mêlaient à eux. Au centre se trouvaient deux fleurs, mauves également, que Marc avait déjà vues mais auxquelles il était bien incapable de donner un nom. Contrairement aux autres, elles n'étaient pas constituées d'un seul calice, mais d'une grappe de clochettes attachée à une tige épaisse qui faisait penser à du muguet.

Il se rendit à la signification que Calas donnait aux lys et aux iris. Le botaniste en parlait ainsi : « Le lys blanc est né des larmes d'Ève tombées au sol alors qu'elle quittait le jardin d'Éden. Cette fleur est synonyme de pureté, de noblesse. Son message peut être *Mes sentiments sont nobles.* L'iris tient son nom d'Isidos, messagère des Dieux incarnée par un arc-en-ciel. Cette fleur signifie *Je veux vous séduire.* »

Ce début de déchiffrage, s'il était encourageant, ne parvenait pas encore à convaincre Marc qu'il ne s'était pas trompé. Il chercha alors une représentation de la fleur qu'il n'avait pas encore identifiée et la trouva facilement. C'était une jacinthe sauvage et Calas en donnait l'explication suivante : « La jacinthe tire son nom de Hyacinthe, proche ami d'Apollon, le Dieu du soleil. Un jour qu'ils jouaient ensemble aux palets, Hyacinthe fut accidentellement blessé au front par son ami et en mourut. Apollon, infiniment attristé par sa mort, transforma le sang de Hyacinthe qui était tombé sur terre en une magnifique fleur pour que son nom ne soit jamais oublié. »

L'interprétation était : *Voulez-vous jouer à l'amour ?*

Ces quelques mots pouvaient faire écho à la question qu'avait posée la femme au masque blanc « Aimez-vous jouer ? »

Marc reprit à voix haute l'ensemble de cette première partie du message :

– Voulez-vous jouer à l'amour ? Mes sentiments sont nobles, je veux vous séduire.

Jamais aucune fille n'avait osé le mettre sur un jeu de piste pour le guider jusqu'à elle. Il y avait quelque chose d'étrange dans cette invitation au jeu ; une sensibilité profonde dissimulée derrière une légèreté de surface. Marc avait déjà ressenti cette dissonance quelques heures plus tôt alors qu'il cherchait un message amoureux au milieu des tombes.

Il lui restait à interpréter le sens des fleurs disposées en couronne et séparées des autres par un papier de soie. Marc compta quatorze marguerites – dix bleues et quatre blanches –, un glaïeul jaune et une fleur qu'il connaissait bien pour avoir grandi en Camargue et qui avait d'ailleurs davantage l'apparence d'un plumeau : la fleur de roseau. Il se rendit d'abord à l'explication de la marguerite. Calas ne faisait pas de distinction de couleur. Pour lui, toutes portaient ce message : *Fidélité et innocence.*

Marc était dérouté. Il ne voyait pas ce que pouvaient signifier ces mots dans le contexte.

Le message concernant le roseau l'éclaira davantage : « Le roseau symbolise la musique, en référence à la flûte de pan. » Cette fois, le lien avec les paroles de la pianiste semblait évident. Ne l'avait-elle pas invité à retrouver lui-même le titre du morceau qu'elle avait joué ?

Calas donnait à la dernière fleur, le glaïeul jaune, le sens suivant : *Rendez-vous* ou encore *Retrouvez-moi.*

Marc sentait que cette deuxième partie de bouquet lui échappait. Si l'allusion à la musique pouvait clairement porter la signature de la femme au masque blanc, le message que portaient les marguerites sur la fidélité lui semblait hors de propos et le voile ne s'était toujours pas levé sur le morceau qu'elle avait joué dans le petit salon du château. Il choisit alors de retenir qu'elle lui donnait peut-être un rendez-vous. Mais il ne détenait aucune information de lieu ou de date. Le piano de Chopin venait de s'arrêter. Un silence religieux régnait maintenant autour des fleurs posées sur la table, où la flamme capricieuse de la lampe dessinait des lambeaux d'ombre et de magie.

15

Il se leva à cinq heures et se plongea à nouveau dans le livre de Calas. Il devait répondre au bouquet que lui avait adressé la pianiste des Ortolans. Le message serait *J'accepte votre invitation, je désire vous rencontrer*. Pour le botaniste, *je désire vous rencontrer* trouvait son approximative traduction dans le glaïeul. Marc en avait planté quelques bulbes à la fin de l'hiver. Les premiers bourgeons venaient tout juste d'éclore.

J'accepte votre invitation était selon le vieux savant la signification précise d'une fleur dont Marc avait toujours entendu le nom dans une célèbre expression qu'affectionnait sa grand-mère : se faire du mouron. Mouron signifiait chevelure. D'après le botaniste, il en existait un grand nombre de variétés. Chacune avait des fleurs fines et minuscules, et n'étaient pas à proprement parler des fleurs de bouquet. Marc se souvenait en avoir récemment aperçu aux alentours du mazet. Il marcha un quart d'heure et trouva ce qu'il cherchait en bordure de garrigue. Il ramena tout cela sur la table de marbre pour y composer son bouquet. Le résultat, esthétiquement douteux, lui parut correct dans la syntaxe des fleurs.

Une heure plus tard il déposait son message dans la chapelle de Calas et filait à son cabinet.

Sa greffière l'attendait impatiemment.

– Il y a les gars de la scientifique qui ont tenté de vous joindre.

– Ils ont dit quelque chose ?

– Une des empreintes de pneus relevées près de l'étang du Charnier correspond à celles du véhicule de Virgil Fouisson.

Marc avait visé juste. Il se jeta sur le téléphone et appela Salinque. Le flic décrocha à la première sonnerie.

– Oui Juge ?

– Fouisson, allez le chercher, on le colle en garde à vue et on le défère.

16

Un soleil blanc se levait au-dessus des étangs de la petite Camargue. Les trois gyrophares lancinants des véhicules de gendarmerie stationnés au bord de l'étang répandaient leur drame au milieu des poules d'eau et des canards sauvages. Marc, les deux mains enfoncées dans les poches de sa veste, fixait la surface de l'eau. Pourquoi diable avait-il fallu que ce soit ici ?

Soudain le miroir ondula. Il y eut quelques bulles puis deux plongeurs apparurent. Ils remontaient le corps d'une jeune femme blonde. Malgré le visage tuméfié et gonflé, Marc reconnut immédiatement Julie Gleize. Il s'efforça de ne pas laisser exploser sa colère ; sa première affaire criminelle trouvait son épilogue à quelques centaines de mètres seulement de la propriété de son père. Marc n'avait jamais voulu remettre les pieds dans cet endroit maudit. Il lutta autant qu'il le pouvait mais finit par lever les yeux au-dessus des plongeurs. Le mas semblait littéralement sortir de l'eau, planté au milieu d'une forêt de peupliers. Un peu plus loin, à l'est du bâtiment principal, se trouvait une petite maison isolée aux murs blancs décrépits et au toit recouvert de vieilles tuiles : la Galine.

Malgré lui les souvenirs remontèrent à la surface, comme le corps inanimé de Julie sur la berge. Le temps inversa sa course. Du fond d'une nuit d'enfance, la pluie se mit à tomber et la voix de son père traversa les cloisons fragiles de sa mémoire :

– Tu ne peux pas rester toute seule dans cette maison délabrée. Je ne te laisserai pas faire ça.

Il détourna un instant son regard vers les plongeurs mais ne put s'empêcher de le tourner à nouveau vers la bâtisse. Il lui semblait que son père était là tout proche et que sa mère l'écoutait en pleurant, comme autrefois.

– Et Marc ? Tu penses un peu à lui ? Tu crois qu'il ne se rend compte de rien ? Tu ne t'occupes plus de lui, ni de personne d'ailleurs. Tu n'en as que pour tes fleurs et tes plantes. L'autre jour, tu as failli tout faire brûler en abandonnant une casserole sur le feu. Et si ça t'arrive lorsque tu es seule, dans ce taudis ? Tu n'es plus là, Jeanne. Tu comprends ça ? Tu regardes des heures dehors, comme si tu attendais le Messie. Tu as perdu vingt kilos en six mois et tu refuses de te rendre à l'évidence et au diagnostic des docteurs. Tu fais une grave dépression ! Tu dois te faire hospitaliser ou au moins prendre tes médicaments !

Deux hirondelles virevoltaient au-dessus du toit de la petite maison qu'il n'avait pas quittée des yeux. Elle était vide depuis des années. Les volets s'étaient définitivement refermés sur le drame qui s'était joué entre ses murs. Mais les voix, elles, planaient encore au-dessus de la propriété. Du fond de son lit d'enfant, celle de sa mère lui revenait, intacte.

– Parle moins fort, tu vas réveiller Marc... Je suis encore libre de faire ce que je veux. Personne ici ne me comprend. Toi qui es pourtant mon mari, les docteurs, le facteur, les voisins, vous me regardez tous comme si j'étais une extraterrestre et ma maigreur vous fait peur, je le vois bien. Je veux la paix. Là-bas au moins, dans mon petit Trianon, personne ne me jugera.

– Ton petit Trianon ? Mais c'est une cabane ton Trianon. Un jour, on t'y retrouvera morte. Il n'y a même pas le téléphone ! Et c'est à cinq minutes à pied d'ici. Il est hors de question que Marc assiste à ça... Jamais il n'ira te voir là-bas ! Il va bientôt avoir sept ans...

–Tu as raison... Il ne faut plus qu'il me voie maintenant. Je lui fais plus de mal que de bien. Occupe-toi de lui pour l'instant.

– Et comment je pourrais m'occuper de lui avec le métier que je fais ? Je t'en prie, ne pleure pas et écoute-moi. Demain, tu te feras hospitaliser. Mes parents prendront soin de Marc. Oublie cette idée folle de vivre à la Galine. On va te soigner et tout ira mieux.

– Non, Hyppolite, je n'irai jamais chez les fous. Ma décision est prise. Demain, je m'y installerai.

– Juge ?

Marc sursauta. Grégoire Salinque s'était approché. Les voix s'étaient éteintes.

– Commandant, répondit Marc en le saluant d'un signe de tête.

Salinque observait les plongeurs déposer Julie sur la berge. Son corps était aussi blanc que ses lèvres étaient noires. Les poissons avaient commencé à creuser les nombreuses plaies qui recouvraient son corps.

– Fais chier, dit le flic.

La lumière bleue d'un gyrophare éblouit Marc, dont les yeux fixaient une fenêtre du domaine familial. La pièce qui se trouvait derrière ces volets fermés avait autrefois été sa chambre. Il eut un instant le sentiment de revivre un des moments les plus sombres de sa vie. Malgré tous ses efforts pour ne pas se laisser happer par le passé, il céda aux souvenirs qu'il avait contenus la veille devant la tombe de sa mère. Le gyrophare traversa le temps. Sa mémoire à nouveau projeta son film noir. Il entendit alors le bruit d'une porte ouverte et fermée, et la voix de son père retentit à nouveau, chargée de drame :

– Vite, vite… Je sais pas ce qu'elle a ; elle bouge plus. C'est la maison là-bas, la Galine.

Les dernières scènes du cauchemar défilèrent : un camion de pompier qui démarre en trombe, le silence de la nuit, les arbres qui tremblent et un enfant qui pleure.

– Je suis désolé, dit Salinque.

Marc le regarda.

– Pourquoi ? demanda-t-il.

– C'est votre première affaire sérieuse et… je sais que vous auriez préféré qu'on la retrouve vivante. Moi aussi d'ailleurs.

– Les parents ont été prévenus ?

Salinque s'alluma une cigarette, en prenant son temps.

– Pas encore.

Soudain, des éclats de voix retentirent du haut du sentier qui menait aux berges de l'étang. Deux policiers en uniforme tentaient d'arrêter un homme de petite taille qui gesticulait en vociférant.

– C'est Raymond Gleize, dit Marc.

– Fais chier, répéta le flic.

– Il ne faut pas qu'il la voie comme ça.

Mais Gleize avait déjà forcé le cordon de sécurité. Salinque se précipita, et parvint *in extremis* à le ceinturer. Gleize, qui ne pouvait plus avancer, reconnut le corps inanimé de sa fille, étendu sur la vase.

Son cri déchira l'aube.

Au loin, une nuée de flamands roses affolés masqua le ciel.

Deux policiers arrivèrent enfin en renfort. Le père de Julie comprit qu'il devait les suivre. Il se tourna vers Marc.

– Promettez-moi qu'il va payer.

Marc soutint son regard.

– Je vous le promets.

Salinque et Marc attendirent que les policiers l'emmènent.

– Vous savez, dit Salinque, j'ai relu la déposition d'une des amies de Julie en parcourant le dossier. D'après elle, Julie se sentait paumée dans la vie, elle lui aurait même confié qu'elle voulait en finir.

– Sans doute les mots d'une jeune fille un peu à la dérive. Elle ne pouvait pas savoir ce qui allait se passer.

– N'empêche. Vous croyez que tous nos vœux se réalisent ?

Marc réfléchit un instant.

– Je crois qu'il faut se méfier de ce qu'on désire. Des fois, ça arrive.

17

Marc attendait qu'on lui amène Fouisson. Il s'était assis derrière son bureau, calme et déterminé. Le dossier était posé en évidence devant lui, la greffière était à son poste, silencieuse et immobile. La porte s'ouvrit. Salinque entra, tenant Fouisson par le bras. Il fit asseoir le ferrailleur sur une chaise, de l'autre côté du bureau de Marc, sans lui retirer ses menottes. Il alla ensuite se poster sur un tabouret bien trop petit pour lui, dans un coin de la pièce.

– Je dirai rien sans mon avocat, dit Fouisson.

– Il arrive, dit Salinque à Marc.

Fouisson avait perdu son demi-sourire. La porte s'ouvrit à la volée et l'avocat entra. Marc reconnut aussitôt Albuquerque, le meneur sûr de lui qui avait pris le micro sur la scène des Ortolans. Brun, les cheveux tirés en arrière, il ne mesurait pas plus d'un mètre soixante-quinze. Tout en lui était noir : sa veste, sa chemise, ses chaussures et son regard ; élégant et arrogant.

– Maître, dit Marc.

– Monsieur le juge, répondit-il en s'asseyant à côté de son client.

Marc sortit un document de son dossier.

– C'est le rapport d'autopsie, dit-il. Elle a été violée, puis étranglée.

– C'est très triste votre histoire, répondit l'avocat, mais qu'est-ce qu'on reproche à mon client exactement ?

– Elle vivait chez lui lorsqu'elle a disparu. Nous avons retrouvé les empreintes des pneus du 4x4 de votre client tout près de l'endroit où elle a été jetée dans l'étang. Je précise que cet étang n'est pas fréquenté et qu'il n'avait aucune raison de s'y rendre. Dans la voiture, nous n'avons relevé que les empreintes digitales de votre client, ce qui laisse donc supposer qu'il s'est rendu lui-même au bord dudit étang.

Albuquerque sourit.

– Votre instruction semble terminée alors, n'est-ce pas ?

– Je reste seul juge du moment où elle le sera.

– Bien sûr, répondit Albuquerque en faisant mine de s'incliner.

– Depuis qu'on a trouvé Julie Gleize j'ai tenté d'en apprendre le plus possible sur M. Fouisson. J'ai auditionné son médecin et le fils Gallois, le boulanger du village avec qui il était à l'école, j'ai même vu sa mère.

Fouisson ne put s'empêcher de serrer les mâchoires.

– Ils m'ont tous raconté votre histoire avec…

Fidèle au plan de déstabilisation qu'il s'était fixé, il fit semblant de chercher dans son dossier :

– … Juliette Brandford. Une Franco-Anglaise dont les parents s'étaient installés dans les Cévennes quand vous aviez dix-huit ans. Vous en étiez très amoureux ?

– Je ne vois pas le rapport, monsieur le juge, dit l'avocat.

– Vous le verrez plus tard. On m'a raconté que vous aviez mis des années à vous remettre de cette histoire, dit-il à Fouisson.

Il chercha à nouveau dans le dossier.

– J'ai retrouvé une photo de Juliette.

Il sortit la photo et la posa sur la table.

– C'est troublant la ressemblance avec Julie, vous ne trouvez pas ?

– Vous n'êtes pas obligé de répondre dit Albuquerque à son client, cette histoire n'a aucun rapport avec les faits qui vous sont reprochés.

Marc continua sans se soucier de l'avocat :

– Juliette, Julie… Julie, Juliette…

Fouisson faisait tout pour éviter de regarder la photo mais rien dans cette pièce ne pouvait accrocher son regard.

– Vous ne trouvez pas ? insista Marc en poussant un peu plus la photo vers lui.

Fouisson regarda. Il se mit à remuer la jambe nerveusement et sa respiration se fit plus courte.

– Elle a été très dure avec vous. Elle vous savait fou d'amour pour elle, et elle, qu'est-ce qu'elle a fait ? Elle a joué avec vous.

– Les femmes, répondit Fouisson d'un trait, sont une plaie pour les hommes.

Albuquerque ne put réprimer un soupir d'agacement.

– Je suis d'accord répondit Marc. En tout cas celle-ci, personne ne peut nier le mal qu'elle vous a fait.

Il s'approcha un peu.

– Vous avez tué Julie parce qu'elle aussi allait vous faire du mal, c'est ça ?

– Je vous le redis, vous n'êtes pas obligé de répondre, Virgil, dit Albuquerque.

Fouisson ouvrit la bouche pour parler ; la souffrance se lisait sur son visage.

– Elle… Elle…

Il jeta un coup d'œil affolé en direction d'Albuquerque, il avait besoin d'aide.

– Rien ne prouve que Julie Gleize ait voulu faire le moindre mal à mon client. Ce ne sont que des conjectures.

– C'est à votre client de nous le dire.

Marc regarda Fouisson et continua :

– Comme Juliette, il y a vingt ans, comme toutes les femmes, elle a voulu jouer avec vous, mais vous n'êtes pas un homme avec qui on peut jouer impunément. Elle vous a pris pour un faible.

– Je ne suis pas un faible ! hurla Fouisson.

– Non, vous n'êtes pas un faible. Mais elle est venue chez vous, elle vous a fait croire que c'était possible, vous y avez cru, encore une fois.

– Oui.

– Elle était là, sous votre toit, à se doucher dans votre salle de bain, à dormir dans la pièce à côté, mais elle ne voulait rien vous donner ?

– Elle l'a cherché.

– Elle le méritait.

– Elle aurait jamais dû venir.

– Et puis au fond, vous étiez chez vous, vous aviez le droit.

Fouisson regarda Albuquerque.

– Vous n'êtes pas obligé Virgil. Vous pouvez garder le silence si vous le souhaitez. Je comprends que tout ça vous perturbe, vous en perdez un peu l'esprit je crois, ajouta-t-il avec cynisme.

Fouisson paraissait accablé.

– Elle était là, assise en culotte et tee-shirt, elle regardait la télé. Elle m'a repoussé. Je l'ai pas supporté.

– C'est compréhensible.

– Elle n'avait qu'à pas se balader comme ça.

Albuquerque regardait le mur, avec un rictus agacé.

Marc posa alors la question qui lui brûlait les lèvres depuis le début de l'interrogatoire :

– Vous reconnaissez l'avoir violée ?

– Oui, je l'ai violée.

L'avocat niait de la tête, il ne semblait pas déstabilisé par les aveux de son client.

– Et vous l'avez étranglée ? demanda Marc.

– Oui.

– Bien, intervint Albuquerque calmement. Il semble que mon client, fragilisé par cette garde à vue, et une audition légèrement orientée par vous, monsieur le juge, ait finalement fait des aveux. Afin que toute cette mascarade se termine vite, si votre greffière pouvait rapidement sortir le procès-verbal pour qu'il le signe…

Marc fit un signe à sa greffière. Le procès-verbal signé, Salinque ramena Fouisson pour que le juge des libertés le place en détention provisoire et l'avocat quitta le bureau. Le juge resta seul un moment, jusqu'à ce que le procureur général, Bénédicte Cartier, frappe deux coups à la porte et entre sans attendre d'y avoir été invitée. C'était une femme charismatique d'une cinquantaine d'années, sympathique mais directe. Elle s'était prise d'affection pour Marc.

– Il paraît que vous avez les aveux de Fouisson.

– Oui.

– Bravo. Votre premier gros dossier est un succès, preuves matérielles et aveux.

– Une jeune femme de dix-huit ans retrouvée morte, je n'appelle pas ça un succès.

– Ferrer vous êtes jeune, vous ne changerez pas la nature humaine, il faudra vous y habituer. Alors profitez de ce moment parce que vous n'arrêterez pas toujours les coupables. Maintenant, si vous souhaitez empêcher que des meurtres soient commis, essayez la cartomancie, vous aurez plus de chances.

Elle referma la porte.

Marc ne pouvait que lui donner raison : il venait de remporter une victoire professionnelle majeure, la première, et vivait le début d'une histoire sentimentale qui l'étonnait chaque jour un peu plus. Il se jeta en arrière sur son fauteuil et apprécia ce moment. Tout allait bien.

18

Le soir, il se rendit à la chapelle de Calas, espérant un bouquet ou un message. Mais seules ses propres fleurs, déjà défraîchies, ornaient l'autel. Après avoir quitté la tombe du botaniste il s'arrêta sur celle de sa mère. À quelques mètres de là, au même moment, un homme d'une cinquantaine d'années fleurissait une petite concession comme s'il bordait et embrassait une mourante. Marc enviait cet amour. Pas une fleur n'ornait la pierre tombale de Jeanne Ferrer. Ce vide, il le savait bien, était celui qu'elle avait laissé dans son cœur d'enfant, ce matin de printemps où elle était partie. Toutes les rancœurs qui se bousculaient en lui, toutes les douleurs enfouies depuis des années se cristallisèrent alors dans ce bouquet qu'il ne parvenait pas à lui offrir.

Il revint le lendemain midi, puis le mercredi à la fermeture. Dans la chapelle du botaniste, son bouquet avait disparu. Il pensa que quelqu'un l'avait sans doute retiré, tout simplement parce qu'il était fané. Il marcha doucement vers la sortie, comme on referme un livre qui n'a pas tenu ses promesses. Il avait peut-être raté quelque chose, sans doute à cause des marguerites et de leur message de fidélité dont il n'avait pu comprendre le sens. Ou bien cette fille s'était-elle simplement jouée de lui ?

Il revint le jeudi pour assister à l'enterrement de Julie Gleize ; les parents de la jeune femme avaient souhaité sa présence. Après une simple bénédiction à l'église la petite cohorte des proches avançait derrière le cercueil, sobre et sans fioriture. Le visage à moitié caché par un mouchoir blanc, la mère pleurait silencieusement tandis qu'une femme qui lui ressemblait, sans doute sa sœur, lui tenait le bras. Le mari, très digne, se tenait près d'elles. Dès qu'il vit Marc, il fit signe à un jeune homme derrière lui, pour qu'il le remplace auprès de sa femme. Il s'avança ensuite vers le juge.

– C'est gentil d'être venu.

– C'est normal.

– Ce n'est sans doute pas le meilleur endroit pour ça, mais je voulais vous remercier.

– Vous n'avez pas à le faire. Je n'ai fait que mon travail.

– Vous n'imaginez pas la peine que nous avons, ma femme et moi. Pourtant, savoir que ce monstre va payer, nous soulage un peu.

Son regard se perdit au loin.

– J'ai toujours eu peur qu'il arrive quelque chose à ma fille. J'imagine que c'est comme ça pour tous les pères. Je regrette tellement de ne pas avoir su la protéger. Si on ne s'était pas disputés...

– Ce n'est pas votre faute.

– Elle était fragile vous savez. Délicate et fine. Mais fragile, dit-il en retenant ses larmes.

– Je suis désolé monsieur Gleize.

Il lança à Marc un sourire de gratitude, avant d'aller rejoindre les siens. Marc resta en retrait pendant qu'on descendait le cercueil dans la terre. On remit en place la dalle de marbre du caveau familial. « À notre fille adorée, un ange parmi les anges » y était désormais inscrit, à côté de « À mon père » et de « À ma femme chérie ». Le père fondit alors en larmes sans plus pouvoir se retenir. Marc resta quelques minutes. Il déposa sur le caveau les fleurs qu'il avait apportées puis s'éloigna avec discrétion.

Il sortit du cimetière et s'arrêta une deuxième fois devant la boutique de fleurs, sans vraiment savoir pourquoi. Une jeune fleuriste en tablier bleu sortit et le détailla avec curiosité.

– Je peux vous aider monsieur ?

Son regard était perdu dans les fleurs.

– Oui. Sans doute. Je voudrais un bouquet… Ces roses jaunes, là. Une quinzaine, ça ira.

Pendant que la fleuriste préparait sa commande, il se demanda quelle pouvait bien être la signification des roses jaunes. Il les avait choisies spontanément, sans réfléchir, juste parce que ses yeux s'étaient posés dessus. Et puis quelle importance ? Des roses, des glaïeuls ou des chrysanthèmes ? Mais qu'est-ce qui avait bien pu lui passer par la tête pour qu'il demande un deuxième bouquet ?

De toute manière, sa mère n'était plus là pour les voir. Tout cela était ridicule ! Le bouquet terminé et payé, il sortit de la boutique sans même dire au revoir. Il retraversa la rue, la respiration courte, zigzaguant entre les voitures qui passaient. Il entra dans le cimetière et, au pas de course, se rendit jusqu'au tombeau de sa mère. Là, il jeta ses roses sur le marbre poussiéreux.

– Tiens, les voilà, tes fleurs, murmura-t-il les mâchoires serrées.

Il s'en voulut d'être venu jusqu'ici, d'avoir acheté ce bouquet. Il s'obligea à tourner cette page, à effacer les dernières minutes qu'il venait de vivre. Il n'avait rien à faire sur cette tombe.

Rien à donner et rien à recevoir.

Rien.

19

Marc venait d'être saisi pour une affaire de coups et blessures. Il était en train d'étudier le dossier lorsque sa greffière vint le voir.

– Maître Albuquerque est là pour vous.

– Faites-le entrer, dit Marc surpris.

L'avocat franchit la porte du cabinet.

– Qu'est-ce que vous voulez Maître ?

– Mon client souhaite revenir sur ses aveux.

– Je ne l'auditionnerai pas une nouvelle fois. Vous devez vous en douter.

– Oui, je m'en doutais un peu, répondit-il en esquissant un sourire. Vous avez appris que la voiture de mon client a été volée au dépôt ?

– On vient de m'en informer. Et vous, de qui tenez-vous cette information ?

– Si n'importe qui peut entrer dans le dépôt de la police, où va-t-on ? N'est-ce pas ?

– Ça ne répond pas à ma question.

– Bien sûr, ça ne change rien à votre instruction, les scellés des empreintes relevées sur les roues de la voiture de mon client suffisent.

– Qu'est-ce que vous êtes venu me dire exactement ? demanda Marc intrigué.

Albuquerque se leva et lui tendit la main.

– En vérité, j'étais venu saluer votre victoire.

Marc lui refusa cette main tendue. Il n'avait pas bougé de son siège et fixait l'avocat. Son regard était glacial.

– J'ai surtout l'impression que vous êtes venu vous amuser. Et je ne comprends pas pourquoi.

– Vous pensez que vous n'avez rien à voir avec un type comme moi ? reprit Albuquerque en baissant sa main. Vous avez encore beaucoup de choses à apprendre de la vie, et parce que je vous aime bien, je vais vous faire une confidence, dit-il en se rasseyant. Les raisons qu'un homme peut avoir pour en haïr un autre ou l'aimer sont infinies ; ce n'est pas de moi, c'est de Jorge Luis Borje, un grand écrivain argentin.

– Merci, grâce à vous j'aurai appris quelque chose aujourd'hui, répondit Marc impassible. Maintenant, si vous voulez bien, j'ai du travail.

Albuquerque se releva.

– Je repense à mon client et je me dis que les femmes nous rendent fous, vous ne trouvez pas ?

– Votre client n'est pas fou. Il est parfaitement maître et conscient de ses actes.

– Je sais. Mais quand même. Une femme soulève un pan de mystère et nous, hop, on fonce tête baissée dans un jeu de séduction qui peut se terminer en drame.

Marc se sentit déstabilisé par cette dernière remarque.

Albuquerque se dirigea tranquillement vers la porte et reprit :

– Ma grand-mère Marguerite disait « les femmes sont folles et les hommes sont lâches ». Pensez-vous que nous soyons des lâches ?

– Je pense que vous aimez un peu trop les formules lapidaires. Le monde n'est pas aussi simple.

– Vous pariez ? répliqua l'avocat en souriant. Je crois que vous saurez bientôt pourquoi vous me haïssez, dit-il en refermant la porte.

Dans les minutes qui suivirent, Marc tenta de se remettre au travail sans y parvenir. Il repassait en revue tous les éléments de l'affaire Fouisson et aboutit à la conclusion que l'avocat avait certainement tenté de l'intimider, à des fins qui lui échappaient encore. Mais l'homme n'était pas ordinaire et le juge était convaincu qu'Albuquerque se trompait sur un point : il n'avait aucune haine à son égard et le tenait simplement à distance. En somme, sa froideur était professionnelle.

Il sourit en se rappelant les paroles de l'avocat : « Ma grand-mère Marguerite… » Il en avait presque été touchant. Soudain, son visage s'illumina. « Marguerite est un prénom de fleur ! » se dit-il. Il repensa aux marguerites disposées autour du bouquet qu'il avait récupéré sur la tombe de Calas, ces fichues marguerites et leur message de fidélité auquel il n'arrivait pas à donner de sens. Il ouvrit une page web pour vérifier l'idée qui venait de le traverser : le glaïeul jaune présent dans le bouquet signifiait « retrouvez-moi », mais ce n'était peut-être pas la fille au masque blanc qu'il fallait retrouver, mais Marguerite elle-même… Il y avait dix marguerites blanches, comme il y avait dix lettres dans le prénom Marguerite. Les quatre marguerites bleues présentes dans le bouquet pouvaient alors symboliser le nom de famille… Marc se souvint du nom qui s'était affiché avec le cimetière de Nîmes, lorsqu'il avait recherché des informations sur Calas : Marguerite Long, une célèbre pianiste de la fin du XIXe siècle. Ça collait, puisque ce nom ne contenait que quatre lettres… Un peu osé, mais pourquoi pas ? Il tapa « Marguerite Long » dans le moteur de recherche et cliqua sur le premier lien qui lui était proposé. Il lut un résumé de sa vie et découvrit que Maurice Ravel lui avait dédié un de ses plus grands chefs-d'œuvre : le *Concerto en sol*. Elle avait d'ailleurs été la première à l'interpréter en public. Il tapa « Ravel, concerto en sol » et choisit « adagio ». Des mini-enceintes de son ordinateur sortirent alors les mêmes notes que l'inconnue au masque blanc lui avait jouées lors de leur rencontre.

Les paroles de cette femme prenaient tout leur sens. « Je vous aiderai… ». À découvrir le morceau de piano et à me découvrir… Chacune des deux parties du bouquet était une réponse à l'une de ces deux énigmes. Au fil des notes, Marc continuait de lire des éléments de la vie de Marguerite Long. Un concert aurait bientôt lieu en hommage à la pianiste.

Un bouquet l'attendait sur sa tombe, il en était certain.

20

En fin d'après-midi, Marc retourna au cimetière.

Les fleurs qu'il tenait dans les mains étaient jaunes et mauves. D'après Jules Calas, l'union de ces deux couleurs signifiait simplement *Je vous rends hommage*. Le premier bouquet était destiné à Jules Calas. Marc avait composé le second à l'attention de Marguerite Long, anticipant ainsi la réparation du petit larcin qu'il s'apprêtait à commettre, puisque selon toute vraisemblance, il dépouillerait l'artiste de ses fleurs.

Il se rendit d'abord sur la tombe du savant.

Lorsqu'il eut déposé son bouquet dans la chapelle du botaniste, Marc entreprit de partir à la recherche de la tombe de Marguerite Long. Il croisa le gardien du cimetière, au détour d'une allée. Les deux hommes s'arrêtèrent naturellement comme l'auraient fait de vieilles connaissances. L'autre observa les fleurs que le juge tenait dans ses mains et qui n'étaient pas à proprement parler des fleurs de cimetière. Marc, qui n'avait pour seules couleurs à opposer aux impressionnants tatouages du gardien que celles du bouquet qu'il destinait à la pianiste, se sentit soudainement désarmé.

Mais il choisit d'opposer l'élégance à la virilité brute. Il lui sourit pour l'interpeller.

– Je cherche la tombe de Marguerite Long.

Sa nouvelle requête avait un parfum de déjà-vu. Aucun des deux hommes n'était dupe du caractère insolite de la situation, mais l'homme se contenta de faire son métier :

– Je vais vous y emmener, ce n'est pas loin.

Ils marchèrent côte à côte sans échanger un mot. Lorsqu'ils arrivèrent dans le carré où reposait la pianiste, Marc reconnut de loin le papier qui enveloppait le bouquet qu'il était venu chercher. Il devança alors le gardien de quelques pas et s'arrêta devant la tombe de Marguerite Long, sous le regard étonné de celui qui était censé le précéder. C'était une tombe très simple. Marc eut du mal à déchiffrer les inscriptions qui figuraient sur la stèle parce que l'usure du temps et le lichen qui les recouvrait les avaient rendues presque illisibles. Le nom de la pianiste figurait en bas d'une longue liste. Il s'agissait là d'un simple caveau familial. Marc déposa ses fleurs et se saisit du bouquet qui lui était destiné. Il réalisa soudain l'étrangeté que pouvait avoir son geste aux yeux du gardien. Mais la recommandation à l'entrée du cimetière, priant les familles de récupérer leurs fleurs fanées, lui revint à l'esprit. Et quelques-unes de celles qu'il tenait dans sa main commençaient déjà à perdre leurs pétales. L'homme lui proposa de jeter les fleurs à sa place :

– Donnez-les-moi si vous voulez.

Marc déclina l'offre et enchaîna rapidement pour éviter qu'elle ne lui revienne instantanément à la figure :

– Non, je le ferai moi-même. C'était une grande pianiste vous savez…

– Oui. Mais y a plus grand monde qui s'en souvient aujourd'hui.

Surpris par ces paroles, Marc rebondit dessus :

– Si les tombes pouvaient parler…

Le gardien le regarda d'un air étrange.

– Elles parlent toutes. Chacune est un livre. C'est comme si je vivais dans une immense bibliothèque.

21

Il posa les fleurs sur la vieille table de marbre du mazet et ouvrit le livre de Calas. Le bouquet était constitué de glaïeuls rouges réunis au centre, puis, autour, de fleurs semblables à de gros coquelicots. Il tourna les pages et s'arrêta sur celle que le botaniste avait consacrée au glaïeul. Une phrase l'interpella : « La feuille de glaïeul symbolise la mort. » Il avait consulté ce chapitre cinq jours plus tôt et n'avait aucun souvenir de ce passage. Les fleurs qui lui étaient adressées avaient toujours leurs feuilles mais il pensa qu'évidemment le sens tenait à la fleur, pas à ses feuilles. À propos des fleurs, Calas disait ceci : « Le nombre de glaïeuls au centre d'un bouquet donne l'heure d'un rendez-vous. » Marc en compta neuf. Ainsi, elle lui donnait rendez-vous à neuf heures. Il continua. L'étrange fleur rouge associée au glaïeul était du pavot. Elle était *l'expression d'un désir sensuel.* Il tenait une heure de rendez-vous mais n'avait pas encore de date, ni de lieu… Le procédé était trop bien huilé pour qu'elle ne lui ait pas laissé d'indice. Soudain il se précipita à l'intérieur, attrapa son ordinateur et retourna sur le site qu'il avait vu la première fois, celui qui annonçait un concert en hommage à Marguerite Long. Il devait forcément y avoir un lien.

La page s'afficha enfin.

Le concert se tiendrait le samedi, dans la salle de spectacle du centre culturel de Nîmes, à vingt et une heures.

22

Il se sentait fébrile. Ses mains moites laissaient une pellicule humide sur le volant. Malgré l'originalité de la situation, il ne cessait de se demander ce qui le mettait dans un état pareil. Il se gara assez loin du complexe culturel. Puisqu'il avait une demi-heure à tuer, marcher pour s'y rendre l'apaiserait sûrement. La salle de spectacle se trouvait à deux pas des Jardins de la Fontaine. Il devait suivre le canal, traverser le parvis du parc puis remonter en direction de la vieille route de Sauve. Il progressa le long des platanes, jusqu'aux jardins. Il tenait dans sa main une rose. Il s'était dit qu'ainsi, elle le reconnaîtrait plus facilement, puisqu'ils n'avaient pas ôté leurs masques le soir de leur rencontre. Il avait aussi pris soin de déposer un nouveau bouquet de mouron sur la tombe de Marguerite Long, attestant ainsi qu'il serait bien au rendez-vous.

Il remonta le boulevard Jean Jaurès. Il était neuf heures moins dix et il n'était plus qu'à deux cents mètres du lieu du rendez-vous. Celle qui ne quittait plus ses pensées depuis plusieurs jours serait à l'heure, voire en avance ; cela ne faisait pour lui aucun doute.

La salle de spectacle se trouvait en haut d'une allée, au pied d'une colline. Il s'apprêtait à traverser la rue qui coupait l'allée lorsqu'il aperçut un attroupement, à quelques dizaines de mètres sur sa droite, juste avant un virage. Apparemment, un accident venait de se produire et quelqu'un était resté au sol. Bien qu'intrigué, Marc leva la tête en direction du centre culturel. Une vingtaine de personnes attendaient l'ouverture des portes. Il était encore trop loin pour toutes les distinguer mais, parmi elles, devait se trouver la femme qui lui avait donné rendez-vous. Il rembarra sa curiosité et continua son chemin, laissant l'intersection, la rue et les gens derrière lui. Moins d'une minute plus tard, il gagnait la petite place qui se trouvait devant le centre culturel. Au même moment, une femme coiffée d'un chignon ouvrit les portes et la plupart des gens présents s'engouffrèrent immédiatement dans le hall. Il était vingt et une heures et deux minutes. Un homme d'une cinquantaine d'années, en costume impeccable, attendait encore. Sa rose à la main, Marc espérait à tout moment voir surgir son inconnue. Mais les minutes s'égrenaient. L'épouse du quinquagénaire, en robe de soirée, vint enfin le rejoindre et le couple se précipita à l'intérieur.

Il était maintenant vingt et une heures dix et Marc était seul. Il faisait les cent pas devant l'immeuble lorsque l'idée que tout ceci fût une plaisanterie s'imposa. Son caractère entier lui avait valu de se faire quelques ennemis dans les couloirs du Palais. Avait-on voulu tourner en ridicule ce jeune et brillant juge d'instruction ? Mais il se reprit très vite ; rien dans cette histoire n'était ridicule. Il fut tiré de ses réflexions par la lumière bleue et hypnotique d'un camion de pompier qui venait sans doute d'arriver sur les lieux de l'accident. Fatigué d'attendre – il était maintenant 21h15 –, il repartit. Arrivé au niveau de l'intersection, il vit trois pompiers qui se tenaient accroupis près d'une femme étendue à terre. Instinctivement, ou peut-être par réflexe professionnel, il avança en direction du drame. Il observa quelques traces de freinage assez luisantes pour être très récentes. Le chauffard avait sans doute freiné, mais trop tard. Il avait dû s'arrêter, prendre conscience de son acte et s'enfuir. Des policiers arrivèrent. Les lumières des gyrophares se mélangeaient, éclairaient cette portion de rue comme un soir de féria.

Soudain, son sang se glaça.

Et si...

Sans le vouloir, il avait serré plus fort la tige de la rose et s'était piqué. Une goutte de sang glissa sur son doigt. Il avança comme un automate, les yeux rivés sur ce qu'il pouvait apercevoir de cette fille. Elle portait une robe à fleurs. Son sac à main s'était ouvert en tombant et avait dispersé sur le bitume la moitié des affaires qu'il contenait. Il vit un des trois pompiers accroupis faire un signe de la tête à un policier. Il n'y avait plus rien à faire. L'espoir était mort. Ensemble, les hommes se relevèrent. La fille, elle, était allongée sur le côté, la tête rejetée en arrière, semblable à un pantin désarticulé. Marc aperçut d'abord ses cheveux bruns aux reflets rougeoyants, des cheveux longs qui lui cachaient une partie du visage. Il vit ensuite ses yeux éteints qui semblaient le fixer et ses pommettes, à peine relevées d'un hâle évanescent.

Un policier tenta de l'arrêter. Mais Marc restait sourd à tout en dehors du silence écrasant de cette existence qui s'était achevée. Sans quitter la jeune femme des yeux et sans cesser d'avancer, il sortit sa carte de juge d'instruction en bredouillant quelques mots. Une des mains de la fille reposait tout près d'un petit objet argenté qui s'était échappé de son sac : un miroir orné d'un grenat.

Le policier continuait de lui parler. Il lui répondit la seule chose qui lui venait en tête :

– J'avais rendez-vous avec elle.

Le policier sembla étonné. Il regarda la fille, puis regarda Marc à nouveau.

– C'est un accident monsieur, avec délit de fuite. Le chauffard l'a renversée et s'est enfui. Je suis désolé.

Comme Marc ne réagissait pas, le policier insista :

– Vous êtes un proche ? Elle n'avait pas de papiers sur elle, vous pouvez nous dire qui elle est ?

Marc releva la tête et, pour la première fois, regarda le policier.

Il n'en avait aucune idée…

Son téléphone sonna. Par réflexe il regarda qui l'appelait. C'était Bénédicte Cartier, le procureur. Il décrocha, dans un état second.

– Ferrer, vous êtes où ? Il faudrait me rejoindre au Palais le plus rapidement possible.

– Qu'est-ce qu'il se passe ?

– Une catastrophe, voilà ce qu'il se passe !

– Je ne comprends rien à ce que vous dites.

– Vous avez mené la totalité de l'instruction sur l'affaire Fouisson dans le cadre du réquisitoire introductif pour escroquerie.

– Vous voulez dire que…

– Que vous n'avez pas demandé de réquisitoire supplétif pour une affaire de disparition. Vous avez bien appris ça à l'école : c'est comme si vous aviez outrepassé vos droits et mené une enquête que vous n'étiez pas autorisé à mener. Le Parquet aurait pu s'en apercevoir, je vous le concède, mais c'était à vous de demander le supplétif.

– Je… Je ne sais pas quoi dire, bredouilla Marc, ça m'a totalement échappé, j'étais persuadé que le réquisitoire supplétif pour une affaire de disparition avait été demandé. Pas une seconde je n'ai pensé que cela n'avait pas été fait.

Sa colère passée, Bénédicte Cartier finit par se radoucir.

– Vous avez conscience de ce que ça implique Marc ?

Il le savait parfaitement. Étudiant, il s'était souvent demandé comment de grands juges pouvaient rater leur instruction pour de stupides questions de forme. La justice était assise sur des règles dont la paperasse était le pilier ; tout bon magistrat ne devait jamais oublier cette vérité.

– Mon instruction est invalide. Rien ne tient, finit-il par répondre d'une voix blanche. On doit bien pouvoir rattraper les choses ? Reprendre l'instruction avec le bon réquisitoire ?

– On aurait pu, mais la voiture de Fouisson a été volée. Les empreintes des pneus étaient la seule preuve qui le reliait au cadavre. On n'a plus rien contre lui. Albuquerque nous a ridiculisés et Fouisson ne pourra jamais être condamné pour le meurtre qu'il a commis.

Marc fit quelques pas vers le trottoir et fut obligé de s'asseoir pour ne pas tomber. Le sentiment de culpabilité lui avait retiré toute force.

– Ferrer, vous êtes là ?

Il ne parvint pas à répondre.

– Ferrer ?

– Je suis là, finit-il par articuler.

– Ça fait trente ans que je suis dans la justice. Ce n'est pas la première erreur judiciaire que je vois, ce n'est pas non plus la dernière. Je vais vous dire quelque chose et vous allez m'écouter attentivement...

– Je vous écoute, répond-il mécaniquement.

– Vous n'êtes pas responsable. On ne peut pas vous demander d'être infaillible. Vous avez mené une très belle instruction, vous êtes doué. Ne gâchez pas tout. Une ordure qui a tué une gamine va nous échapper. Ne l'oubliez jamais, ça vous aidera à ne plus rien laisser au hasard. Bon, dépêchez-vous de revenir.

Le procureur raccrocha.

Le regard de Marc tomba sur les pompiers. Ils installaient le corps sur un brancard. L'un d'eux le recouvrit complètement d'un linge blanc.

Marc tenta de prendre un peu de recul pour ne pas sombrer. Quelques instants plus tôt, il était encore un jeune homme promis à un brillant avenir, peut-être sur le point de rencontrer la femme de sa vie. En une poignée de secondes, il avait tout perdu.

23

Il n'avait pas pour habitude de se réfugier dans l'alcool. Il venait pourtant d'avaler son quatrième whisky. Toute la journée il avait cherché une solution pour renverser la situation mais n'en avait trouvé aucune. Le juge des libertés et de la détention avait logiquement ordonné la libération de Fouisson et la presse locale se déchaînait.

On sonna. Il se leva et alla ouvrir le portail pensant qu'il s'agissait d'Antoine, mais ce fut Raymond Gleize qu'il vit s'avancer dans l'allée. Le choc dissipa instantanément toutes les vapeurs d'alcool.

– Espanter, votre maçon, c'est le meilleur ami de mon cousin, dit-il en arrivant devant Marc pour justifier qu'il connaissait son adresse.

– Entrez, finit par proposer Marc.

– Non. Je suis venu vous demander de reprendre l'enquête.

– Je ne peux pas.

– Vous pouvez bien faire quelque chose ?

– Je suis désolé, répondit le juge, la tête basse.

– Je m'attendais à cette réponse, mais je me devais d'essayer, dit-il calmement, la haine dans le regard.

Il tourna les talons et laissa Marc sur le seuil. La voiture démarra en trombe devant le portail. Marc appela aussitôt Salinque mais tomba sur sa messagerie.

– Salinque, c'est Ferrer, j'ai un mauvais pressentiment, rappelez-moi, c'est urgent.

Il se précipita, démarra sa voiture et quitta la ville aussi vite qu'il le put, en direction des Cévennes. Ne tenant le volant que d'une main, il tenta d'appeler la gendarmerie sur son portable. Son premier appel échoua par manque de réseau. Il réessaya plusieurs fois et parvint enfin à joindre la brigade la plus proche du village où vivait le ferrailleur, pour qu'une voiture soit envoyée au plus vite à son domicile. La route se rétrécissait et serpentait à travers les montagnes. Il poussa son moteur dans les tours mais le père de Julie devait rouler aussi vite que lui. Il ne parvint pas à le rattraper.

Un quart d'heure plus tard, il se garait devant la maison de Fouisson.

La voiture de Gleize était là. Les gendarmes n'étaient pas encore arrivés.

Les lumières étaient allumées. Marc se précipita à l'intérieur en retenant son souffle.

Raymond Gleize se tenait debout, son fusil de chasse dans les mains pointé sur Fouisson. Le ferrailleur, tenaillé par la peur, s'était uriné dessus. L'odeur imprégnait la pièce.

– Ne faites pas ça ! cria Marc.

– Pourquoi ? lui répondit Gleize calmement.

– Parce que ça ne ramènera pas votre fille.

– Vous n'avez rien compris.

– Vous irez en prison. Et votre femme, en plus d'avoir perdu sa fille, aura perdu son mari.

– C'est ma femme qui m'envoie, dit-il en tournant la tête vers Marc. Il n'y a plus rien à faire ni à dire. Nous n'avons plus la force de continuer. Il nous a tout pris.

– Non, il n'a pas pu tout vous prendre. Elle existe toujours, dans vos souvenirs.

– Si vous aviez des enfants, vous me comprendriez. Un enfant, c'est ce qui donne un sens à votre vie.

– Votre vie a un sens même sans votre fille.

– Notre vie n'a de sens que parce que nous avons des enfants, déclama-t-il lentement en ne quittant pas Fouisson du regard.

– Vous allez ajouter de l'horreur à l'horreur. Je vous en prie, finit par supplier Marc, à court d'arguments.

– Vous vous en remettrez. Et puis comme ça, il ne pourra plus recommencer, dit Gleize en ajustant le fusil.

Fouisson trouva le courage d'articuler quelques mots.

– Je suis désolé...dit-il en pleurant.

– J'espère bien, répondit Gleize, avant d'appuyer sur la gâchette.

Sous l'impact, Fouisson se trouva projeté contre le mur, un trou à la place du ventre.

Le silence retomba, sourd.

Alors, le père de Julie retourna l'arme et posa la bouche du canon sous son propre menton.

Marc se jeta en avant pour tenter de l'en empêcher. Les regards des deux hommes se croisèrent un très court instant. Celui de Raymond Gleize était étrangement serein.

Le coup partit.

Marc retomba sur le sol, en même temps que le corps décapité du père de Julie.

Le sang se répandit sur le carrelage en quelques secondes.

Marc resta couché, figé par l'horreur de la scène.

Il ne comprenait pas comment les choses avaient pu lui échapper à ce point mais il avait une certitude, il ne s'en remettrait jamais.

24

La presse nationale s'était emparée de « l'affaire Fouisson ». Les journalistes fustigeaient un système pénal « dépassé », mais personne n'attaquait le magistrat qui avait commis l'erreur ; Fouisson était mort et, pour l'opinion publique, c'était bien là l'essentiel. Marc ne s'était plus vu confier d'affaires sensibles, le temps que celle-ci se tasse. Mais il n'avait ni été muté, ni sanctionné.

L'enquête sur la mort de l'inconnue des Ortolans avait échoué. Aucun témoin n'avait vu la voiture ou son conducteur au moment de sa fuite. Salinque rendait compte à Marc – qui n'était pas en charge de l'affaire – sans jamais poser une seule question. Le juge pensait qu'il le soupçonnait sans doute d'avoir lui-même été au volant de la voiture. Après tout, l'intérêt qu'il portait à cette fille ne faisait-il pas de lui un suspect ?

La jeune femme au masque blanc s'appelait Veronica Rossi. Elle enseignait au Conservatoire de Musique qu'avait fréquenté Sonia en même temps qu'elle, quelques années plus tôt, et dont l'anniversaire avait été fêté aux Ortolans ; ce qui expliquait sa présence là-bas. Pianiste de talent, elle avait obtenu plusieurs grands prix de piano, et avait devant elle une carrière prometteuse. Ses parents étaient italiens et vivaient à Nîmes où Veronica était née. Ironie du sort, elle avait été enterrée dans le cimetière qui avait abrité leurs échanges, non loin de Jules Calas. Marc avait déposé sur sa tombe un bouquet d'iris mauves, de lys blancs et de jacinthes sauvages. Il y avait joint une couronne d'immortelles dont Calas donnait l'interprétation suivante : *Je ne vous oublierai jamais*. Par la suite, il n'avait plus jamais remis les pieds dans cet endroit.

Dans les mois qui avaient suivi, Marc avait fait une dépression. À cette époque, Antoine avait si souvent dormi au mazet qu'il avait fini par s'y installer une chambre à l'étage.

Puis la vie avait repris le dessus. Un an plus tard, il avait rencontré Adélaïde, et malgré cette première affaire, ses qualités professionnelles l'avaient finalement conduit au tribunal de grande instance de Paris où il avait poursuivi sa carrière.

Mais ces évènements avaient griffé son âme de deux traits. Le premier était une haine viscérale envers Richard Albuquerque. Le second : une méfiance sourde à la prétendue innocence des fleurs.

25

L'histoire avait défilé dans son esprit en une poignée de secondes. Il fit un effort pour revenir en 2015. Albuquerque, dont l'audition venait de se terminer, s'éloignait dans le couloir. Figée dans sa timidité, Valérie tenait les fleurs, ne sachant trop quoi en faire.

– Vous voulez que je les mette dans un vase ?

Pour être sûr qu'il ne devenait pas fou, il les recompta à nouveau.

Cinq iris mauves *Je veux vous séduire*, cinq lys blancs *Mes sentiments sont nobles* et deux jacinthes sauvages *Voulez-vous jouer à l'amour ?*

Le bouquet était parfaitement identique à celui qu'il avait trouvé dans la chapelle de Calas.

Il l'attrapa sans ménagement.

– Qu'on ne me dérange pas, répondit-il avant de claquer la porte.

Il posa les fleurs sur son bureau et décrocha son téléphone.

– Allo, Lucas ?

– Oui Marc, comment ça va ?

Lucas travaillait à l'identité judiciaire. C'était aussi et surtout un ami de longue date.

– J'ai un service à te demander.

– Dis-moi.

– C'est hors cadre de toute investigation officielle.

– Tu ne m'as même pas appelé.

– J'ai besoin que tu analyses un bouquet de fleurs pour moi. Je voudrais que tu relèves les empreintes qu'il peut y avoir sur la cellophane autour et éventuellement sur les fleurs elle-même.

– Il est où ce bouquet ?

– À mon bureau.

– Je passe le prendre dans deux heures.

– À charge de revanche.

– T'inquiète. Je te tiens au courant.

Il raccrocha et alla voir Valérie.

– Un ami va venir récupérer le bouquet dans mon bureau dans deux heures environ. Il s'appelle Lucas Vecchio. En attendant qu'il arrive, personne ne doit y toucher.

Il quitta le Palais pour s'engouffrer dans la première station de métro. Il devait réfléchir et ne le faisait jamais aussi bien que lorsqu'il était en mouvement. Une rame venait d'arriver sur le quai. Il se précipita à l'intérieur et abandonna les deux sièges libres aux jeunes femmes qui étaient montées en même temps que lui. La rame reprit sa course et il referma la main sur la barre centrale.

Qui avait pu lui envoyer ces fleurs ? Personne n'était au courant de l'histoire qu'il avait vécue avec Veronica, en dehors d'Antoine. Mais Antoine lui-même ne savait rien de la composition des bouquets. Albuquerque alors... Il l'aurait fait surveiller huit ans plus tôt au moment de l'affaire Fouisson ?

Il avait entendu dire que l'avocat gardait des dossiers épais sur chacune des personnes qui lui faisaient obstacle, au cas où. Sa présence au moment de la livraison des fleurs était troublante, mais peut-être n'avait-il rien à voir là-dedans.

Il tenta de rester pragmatique. Quelqu'un lui proposait un nouveau jeu de piste et il était pour l'instant impossible de savoir de qui il s'agissait. Et s'il ne se trompait pas, le prochain balisage serait un message dans la rubrique *Entre nous* du journal du lendemain.

Il releva la tête. Une des deux filles qu'il avait laissé s'asseoir le détaillait ouvertement. Prise sur le fait, elle fit mine de regarder ailleurs. Il laissa son regard peser sur elle. Elle était jolie. Lui, ne pouvait pas se payer le luxe de faire semblant de rien.

26

Antoine avait donné rendez-vous à Marc au café des *Deux Magots*, à Saint-Germain-des-Prés. Son ami était passé à Paris pour le salon du livre et il n'était pas question qu'Antoine monte une seule fois sans qu'ils se voient. Marc avait un quart d'heure de retard, et le trouva en pleine conversation avec un des dix serveurs de l'établissement. Antoine avait ce don inné et rare de créer du lien. Il ne pouvait s'empêcher de raconter sa vie à tout le monde, mais surtout de s'intéresser à celle des autres. Il s'était déjà commandé un café en terrasse, et avait à ses pieds la valise dont il se servait pour transporter les livres anciens. Il avait vu Marc arriver et se leva pour l'embrasser.

– *Les Deux Magots*, dit Marc, tu t'embourgeoises pas un peu ?

– Pas du tout. Ce n'est pas bourgeois ici, c'est culturel.

– Le café à cinq euros, c'est culturel ?

– Ça n'a rien à voir. Ça c'est exotique. Là au moins je sais que je ne suis pas à Nîmes.

– C'est sûr…

– T'as une mine cadavérique.

– Merci.

– De rien.

– Un café, dit Marc au serveur.

– Un café, répéta le serveur en glissant la carte qu'Antoine venait de lui donner dans la vaste poche fourre-tout de son tablier noir.

– C'est un passionné de « minuscules », dit Antoine en regardant le serveur disparaître en salle. Tu sais, des livres de tout petit format. Il en a un, assez rare apparemment. Je lui ai proposé qu'il m'envoie les photos, je pourrais probablement lui en donner la valeur. Il est beau gosse en plus…

– Alors, t'as trouvé quoi ?

– Cinq pièces exceptionnelles, dont un fort volume relié plein veau de 1604, en super état !

Il se pencha sur la valise et en sortit un paquet recouvert de papier bulle, qu'il déplia délicatement. La couverture en cuir était recouverte de fleurs de lys dorées. Antoine l'ouvrit au hasard. Marc ne put cacher son malaise en voyant des gravures de fleurs légendées en latin.

– T'as vu ça ? fit Antoine, fier de lui. Ce sont des planches de botanique et d'horticulture.

– Magnifique, répondit Marc, ailleurs.

– Bon, sans blague, t'as vraiment une tête à faire peur. On dirait Freddy dans *Les Griffes de la nuit*.

– À ce point ?

– Adélaïde et toi avez trouvé une nouvelle forme de pratique sexuelle et elle t'épuise ?

– C'est ça.

– Les accros au sexe, c'est dangereux, je sais de quoi je parle, un jour avec Antonio…

– Je veux pas savoir, le coupa Marc en souriant.

– Sérieusement, qu'est-ce qui va pas ?

– Pas mal de choses à vrai dire.

– Ah. D'accord. C'est la séance « dites-moi tout ». Vas-y raconte-moi.

Marc ne put retenir un léger sourire. Il savait qu'Antoine ne le lâcherait pas tant qu'il n'aurait pas quelque chose à se mettre sous la dent.

– Je me réveille tous les matins à quatre heures douze.

– Tu rigoles ?

– Non.

– Pourquoi pas quatre heures treize ?

– J'en sais rien. J'ouvre les yeux, j'attrape ma montre et elle indique à chaque fois quatre heures douze. Une fois quatre heures treize et deux autres fois quatre heures onze. Mais en gros, c'est quatre heures douze.

– Ça me fait penser à un bouquin que j'ai lu il y a quelque temps. La même chose, une fille qui se réveillait toujours à la même heure, mais elle c'était encore plus tôt il me semble.

Le serveur apporta le café commandé. Antoine le délesta aussitôt de son chocolat posé sur la sous-tasse. Marc n'avait jamais aimé le chocolat.

– Et c'était quoi la raison ?

– Son copain était mort dans ses bras, tué par une balle, exactement à cette heure-là. Ça lui a pris bien après sa mort, genre deux ou trois ans.

Antoine sortit le chocolat de son papier, le trempa dans ce qui lui restait de café et poursuivit :

– Dans ton cas, j'opterais plutôt pour un appareil qui se met en route, ou qui envoie un signal précisément à quatre heures douze. Quelque chose que tu ne perçois pas forcément mais que ton cerveau détecte, et ça te réveille.

– Ça m'étonnerait. Je n'ai rien de particulier qui se déclenche à la maison.

– J'essaye de rester rationnel, même si ton histoire a tout d'un début de film fantastique. Se réveiller à peu près à la même heure c'est assez courant. C'est le « exactement » qui pose problème. Mais si c'est pas une onde électromagnétique, et dans la mesure où personne n'est mort dans tes bras à quatre heures douze, il faudrait voir un désenvoûteur avec un appareil à détecter les fantômes et à extorquer de l'argent. Ça marche paraît-il…

– Ben voyons…

– Je connais un charlatan qui s'est pas mal enrichi comme ça.

Un nouveau sourire se dessina sur la mine défaite de Marc. Mais il fut de courte durée. Il s'apprêtait à aborder un sujet dont il n'avait plus été question dans une seule de leurs conversations depuis huit ans.

– À propos de fantôme, tu te souviens de Veronica Rossi ?

– La pianiste ? Evidemment que je m'en souviens. Pourquoi ?

– Disons que… J'y repense en ce moment.

– Tu vas vraiment pas bien…

– La nuit dernière, en me réveillant, j'avais le *Concerto en sol* dans la tête. Je crois que ça se produit chaque fois que je me réveille.

– Surmenage. Tu bosses trop, t'as trop de pression. Tu devrais un peu lever le pied et prendre des vacances. Ou alors c'est que t'as envie de changer de vie.

– Qu'est-ce que tu veux dire ?

– Ce jeu de piste, il y a huit ans, il avait quelque chose d'envoûtant, de terriblement romantique. Tu traquais une femme énigmatique et mystérieuse, non ?

– Oui.

– Et aujourd'hui, les seules pistes que tu suis, c'est quoi ?

– Celles de crapules et de meurtriers.

– Peut-être que t'en as marre et que ton inconscient tente de te le faire comprendre.

– Donc c'est un psy, pas un marabout qu'il faut que j'aille voir.

– Pas la peine, tu m'as moi.

– Mouais… J'aime mon métier, tu le sais.

– C'est même pas que tu l'aimes, c'est que tu *es* ton métier.

– Qu'est-ce que tu veux dire ?

– Tu m'imagines autre chose que libraire et relieur ?

– Non.

– Eh ben moi c'est pareil pour toi. Tu as la justice dans la peau. C'est ta plus grande histoire d'amour. Et elle a de la chance, la justice, parce que tu la sers comme personne.

Le garçon vint prendre le billet qu'Antoine avait posé sur la table et lui rendit la monnaie.

– Et Adélaïde dans tout ça ? reprit Antoine.

– Oui… Et Adélaïde dans tout ça, comme tu dis. À vrai dire, je ne sais plus vraiment où nous en sommes.

Antoine changea de tête. Il adorait Adélaïde.

– Tu fais chier.

– Pourquoi ?

– Parce que, Adélaïde c'est ta vie au présent, tu l'as choisie et c'est aussi une femme fantastique. Tu te laisses déstabiliser par des fantômes, tu me dis que Veronica revient dans ton esprit, mais as-tu vécu un seul moment avec cette fille ? Aucun. Elle n'a jamais été qu'un rêve, parce qu'elle est morte. Ton combat il est là. Je sais bien que le quotidien n'est pas toujours facile. C'est le monde réel qui est comme ça.

Marc ne répondit pas. Antoine semblait partagé entre agacement et tendresse.

– Je vais te dire un truc un peu dur, ajouta-t-il.

– Je t'en prie…

– Il faut que tu grandisses.

Marc sourit à son ami, parfaitement conscient qu'il avait sans doute raison. Il hésita à lui parler du bouquet trouvé sur son bureau. Mais dans la mesure où il n'avait pour l'instant aucune piste, il choisit de ne rien lui dire.

– Tu m'inquiètes, conclut Antoine. Qu'est-ce que je peux faire, sérieusement ?

– T'es là, c'est déjà énorme. Je te ferai signe…

– Oui, fais-moi signe…

Marc se leva.

– Prends soin de toi, lui dit Antoine.

Il l'embrassa et fila vers le métro. Antoine était vraiment inquiet pour lui, et cette inquiétude lui réchauffait le cœur.

Il rentra chez lui après avoir marché plus de deux heures. Adélaïde terminait un autoportrait dans son atelier. Il s'appuya contre le cadre de la porte et l'observa. Elle portait un jeans, un tee-shirt blanc et par-dessus, sa vieille blouse en lin couleur paille. Elle ne pouvait peindre sans ce vieux tablier informe et élimé. Il était admiratif et fier de son parcours. Elle, l'autodidacte, la petite provinciale, s'imposait peu à peu comme une des valeurs montantes du monde de la peinture. Elle sentit sa présence et se retourna lentement, le regard encore accroché à la touche qu'elle venait de ramener à ses propres yeux. Des yeux qui la regardaient étrangement. Elle sourit à son compagnon avec la même mélancolie, la même sérénité empreinte de tristesse qu'on retrouvait dans ses tableaux.

– Tu rentres tôt.

– Il est magnifique, lui dit-il en regardant la toile.

Elle se retourna et regarda son autoportrait. Elle n'était pas d'accord, trop humble. Doublement. Mais il ne servirait à rien d'argumenter et encore moins de remercier.

– J'ai fait un tajine d'agneau aux abricots pour midi. J'avais envie de cuisiner. Tu le fais réchauffer ? J'ai ouvert un Bourgogne, si ça te tente.

Elle enleva sa blouse, l'accrocha sur un vieux cintre et passa devant Marc en l'embrassant furtivement.

– Je vais me doucher, je suis épuisée.

Marc la regarda s'éloigner dans le couloir. Il tourna la tête. L'autoportrait d'Adélaïde le fixait, mais cette fois, ce fut lui qui baissa les yeux.

27

Ils dînaient dans la cuisine. Cette pièce était bien la seule qu'Adélaïde n'avait pas refaite. Elle n'avait jamais eu le goût des cuisines modernes où tout était encastré, où il suffisait d'une pichenette sur un tiroir pour qu'il se referme ou d'une caresse pour ouvrir un placard. Adélaïde classait les cuisines en deux catégories : les vivantes et les mortes. Celles qui vous inspirent et celles, métalliques et froides, qui ne font que vous servir. Marc aimait partager ses repas avec elle, sur cette petite table en bois collée au mur, à un mètre à peine de l'antique cuisinière. Depuis quelque temps, ils se sentaient plus proches dans cette pièce que dans leur chambre. Comme si la convivialité avait primé sur tout le reste. N'étaient-ils plus que de très bons amis ?

Adélaïde découpait tranquillement sa viande dans son assiette.

– Tu pars toujours à Nîmes demain ? lui demanda-t-elle en relevant la tête.

– Oui.

– Ne fais pas trop la fête, l'an dernier tu as mis une semaine à t'en remettre…

Adélaïde faisait référence à la féria qui venait de commencer.

– Ne t'inquiète pas, je ne tiens plus l'alcool.

– Tu rentres quand ?

– Dans trois jours.

La fête nîmoise rythmait ses années avec régularité. Il avait gardé le mazet comme résidence secondaire.

– Ton père m'a appelée aujourd'hui. Il était à Nîmes et cherchait un endroit pour laisser sa voiture deux semaines.

– Pourquoi ? répondit Marc, surpris.

– Il a décidé, sur un coup de tête, d'emmener Geneviève faire un trip de quelques jours en biplace.

– Et alors ?

– Il a laissé la Facel au mazet, dans le garage.

– Comment il a eu les clés ?

– Il m'a dit que tu lui avais dit où tu les cachais, au cas où.

– Il t'a dit ça ? C'est sans doute vrai. J'avais oublié. J'espère qu'elle aime ça, l'avion.

– Qui ça ?

– Geneviève. Je connais mon père. Il va la balader la moitié de la journée dans son CESSNA et elle va avoir l'estomac retourné cinq heures par jour. La pauvre.

– Tu la plains maintenant ?

– Non. Mais le tableau m'amuse. Elle ne mérite quand même pas ça…

Une question lui brûlait les lèvres. Il hésita parce qu'elle touchait à l'intimité d'Adélaïde.

– En parlant de tableau, ton autoportrait, tu as toujours dit que tu n'en ferais jamais…

Elle se servit un verre d'eau en souriant.

– Tu m'as trop répété que j'étais magnifique, j'ai fini par le croire.

Il sourit à son tour, sans savoir quoi ajouter. Elle enchaîna :

– Je voulais savoir ce que ça faisait.

– Et ça fait quoi, de se voir comme ça, de se détailler à ce point ?

Elle réfléchit un instant.

– Rien du tout. C'est juste une toile.

– J'ai du mal à te croire.

Elle soupira et accepta de se livrer :

– J'ai besoin de savoir où j'en suis. Tu vas trouver ça bête, mais je pense qu'il y a des moments dans la vie où il faut faire le point, et pour moi ça veut dire savoir qui on est. Et cet autoportrait m'y aide.

– Pourquoi dis-tu que je vais trouver ça bête ?

– Parce que c'est le cas, non ? Tu te remets toujours en question dans ton métier, mais tu as du mal à corriger les choses au fond de toi.

– Ce n'est pas le moment pour moi d'avoir ce genre de discussion.

– C'est pas moi qui ai commencé.

– C'est vrai.

Le silence qui suivit leur permit de respirer tous les deux. Au bout d'un moment, Marc se sentit mal à l'aise.

– Et celle que je n'ai jamais vue ? demanda-t-il.

C'était une vieille histoire entre lui et elle. Adélaïde lui avait toujours montré tous ses tableaux, même ceux qu'elle n'exposait pas. En fervent admirateur, il connaissait parfaitement son œuvre. Mais il y avait une toile, une seule, qu'elle n'avait jamais voulu lui dévoiler. Elle sourit une fois de plus à la sempiternelle question. C'était devenu un jeu. Il avait même fini par s'imaginer une scène torride qu'elle n'assumait plus, voire par douter de l'existence de ce tableau.

Elle attrapa le bouchon de la bouteille de vin, tendit la main, le bouchon posé sur sa paume, et prit un approximatif accent asiatique :

– Quand tu attraperas ce bouchon, il sera temps pour toi de voir cette toile, petit scarabée...

Les yeux rivés sur ses doigts fins encore tachés de peinture, il s'apprêtait à relever son défi. Mais un reflet vert capta son attention. La bague sertie d'émeraudes que portait Adélaïde étincelait sous la lumière. Une bague qu'il lui avait offerte un jour, en réponse à l'anneau qu'il portait lui-même. Pourquoi avoir échangé ces alliances puisqu'il ne l'avait jamais demandée en mariage ? Elle se mit à rire et courut se réfugier à l'autre bout de la cuisine. Il fit un bond et la rejoignit aussitôt. Il rata sa tentative et le bouchon vola sous la cuisinière. Elle le repoussa affectueusement.

– Tu as encore des progrès à faire, monsieur le juge !

Il se rassit et but une gorgée de vin.

– Tu es une peste.

– Mais tu m'aimes quand même ?

Aussitôt, la joie éphémère des dernières minutes se dissipa. Il ne répondit pas. Adélaïde était trop fine pour insister ou même relever. Elle s'était accroupie pour glisser la totalité de son bras derrière la gazinière.

– Tu voudrais pas m'aider, mon beau redresseur de torts ?

Elle s'était retournée vers lui, les cheveux en bataille et le regard plus clair que jamais.

28

Sa montre n'en finissait plus d'afficher 04:12. Cette régularité dans l'insomnie ne le surprenait même plus. Mais il enrageait de n'y trouver aucune explication.

Il était tout juste six heures lorsqu'il arriva devant le kiosque à journaux installé sur la place du Palais Royal, en bordure de la rue de Rivoli. Une femme énergique d'une cinquantaine d'années finissait à peine d'ouvrir sa boutique.

– Vous êtes bien matinal, monsieur le juge ! lui dit-elle en lui préparant *Le Parisien*, *Le Figaro* et *Libération*.

– Je me fais mon propre décalage horaire en ce moment.

Elle lui tendit les journaux.

– Le décalage horaire, je ne sais pas ce que c'est, je suis jamais partie nulle part !

Il lui sourit sans trop savoir quoi répondre, attrapa les journaux et lui donna un billet en échange. Il s'installa sur la terrasse d'une brasserie, commanda un double café et jeta deux des trois quotidiens sur la table d'à côté. Son cœur battait plus vite que d'habitude. Il tâcha de se calmer puis ouvrit *Libé* à la rubrique *Entre nous*. La composition de ce bouquet, exacte reproduction de celui qui avait lancé le jeu de piste huit ans plus tôt, devait être le fruit du hasard. Il se souvint de cette famille qui, après avoir joué des années durant les mêmes numéros au loto, avait gagné le gros lot le jour où, par erreur, elle en avait joué d'autres. Et n'était-ce pas le hasard si à Givry, en 2007, deux listes adverses avaient comptabilisé exactement le même nombre de voix lors des élections municipales ? Plus il y pensait, plus il se rassurait. Il pensa refermer *Libé* sans lire les annonces mais ne put s'y résoudre.

« *Joyeux anniversaire ma puce dorée, ton gros nounours* » fut la première.

« *Dans le métro mercredi soir, vous aviez un sac Vuitton, moi un imper beige, nous nous sommes regardés souvent. Contactez-moi.* »

Avant même qu'il ne lise l'annonce suivante, sa poitrine se comprima. Deux mots venaient de lui sauter au visage, extraits des lignes qui suivaient : « *masque noir* ». Il s'empressa de lire l'annonce entière...

« *Pour le danseur égaré au masque noir, allée B, voie 3, cimetière de Saint-Baudile, Nîmes.* »

Il la relut trois fois.

À cet endroit précis, il s'en souvenait, se trouvait la tombe de Veronica Rossi.

Son téléphone portable vibra sur la table et le fit sursauter. Sur l'écran était inscrit le nom de Salinque. Il était trop perturbé pour s'étonner d'un coup de fil du policier à une heure aussi matinale.

– Oui Grégoire ? dit-il en décrochant, la voix éteinte.

– Je vous réveille, Juge ?

Marc avait besoin de réfléchir. Cet appel l'en empêchait.

– Non, dites-moi.

– On vient de retrouver un corps rue de Terraube, à Nîmes. Apparemment une femme qui a été percutée par une voiture.

Le garçon lui apporta un double café sans qu'il y prête attention.

– Pourquoi m'appelez-vous ? Je suis en poste à Paris, vous le savez.

– Elle avait très peu de choses sur elle, quelques babioles de fille, pas de carnet d'adresses en dehors d'une vingtaine de numéros dans son portable.

– Et... ?

– Elle avait votre numéro de téléphone sur elle, écrit à la main sur un morceau de papier. Je me suis dit que vous deviez la connaître.

– Elle s'appelle comment ?

– D'après sa carte d'identité, Inès Gabarre.

Le hasard venait de voler en éclats.

29

À peine avait-il franchi la porte du Palais de Justice que son portable sonna.

– Allo ?

– Marc Ferrer ?

– Oui.

– François Sicard à l'appareil.

Sicard était un jeune juge d'instruction qui venait d'être nommé à Nîmes.

– Vous m'avez appelé ?

– Il y a eu un homicide cette nuit, avec délit de fuite. Une femme, du nom d'Inès Gabarre, renversée par une voiture en bas de chez elle.

– Oui, j'ai été saisi de l'affaire.

– Inès est venue me voir hier. Elle souhaitait témoigner contre Richard Albuquerque.

– Vous pensez qu'Albuquerque aurait…

– C'est possible. C'est votre territoire de saisine. Mais Albuquerque, c'est mon instruction.

Sicard s'inclina.

– Bien sûr, évidemment. Je contacte le Parquet et les mets

au courant tout de suite.

– Merci. Je n'oublierai pas.

Tout de suite après, Marc appela Salinque. Après les salutations d'usage, il entra dans le vif du sujet :

– Je reprends l'affaire Gabarre.

– Content de retravailler avec vous.

– Je veux que vous organisiez une perquisition au château des Ortolans, chez Richard Albuquerque.

– Vous arrivez quand ?

– Ce soir. Nous nous retrouverons demain matin à l'IML. Je veux voir le corps et avoir les conclusions de la légiste avant la perquisition. Ça vous va ?

– Qu'est-ce qu'on cherche ?

– Une clé USB et des traces de choc sur la voiture de l'avocat.

– Vous avez la commission rogatoire ?

– Je l'aurai à temps.

Un bip de double appel lui indiqua que Lucas Vecchio cherchait à le joindre. Il laissa Salinque.

– T'as quoi ?

– Rien ; j'ai plusieurs empreintes sur le bouquet et sur le papier cellophane, mais aucune qui soit fichée. Désolé.

Il raccrocha en pestant. Il allait se diriger vers son bureau quand il aperçut au bout du couloir Cyril Roux, un policier avec lequel il avait souvent travaillé et en qui il avait confiance. Il s'empressa de le rattraper.

– Cyril ?

Le flic se retourna.

– Monsieur le juge, dit Roux en le saluant.

– Tu as cinq minutes ?

– Oui.

Marc l'entraîna un peu à l'écart.

– T'as un service à me demander et ça n'est pas officiel.

– On ne peut rien te cacher.

– Ben non, je suis flic.

– J'ai reçu un bouquet à mon cabinet. J'ai absolument besoin de savoir qui me l'a envoyé. Il n'y avait aucun mot et aucune empreinte fichée dessus.

– Qui te l'a livré ?

– Un coursier.

– Il y a au moins deux cents sociétés de coursiers à Paris.

– Tu peux mettre quelqu'un dessus, discrètement ?

– J'ai un stagiaire, oui. Il va les appeler.

Marc remercia Roux et s'éloigna vers son bureau. Valérie l'attendait, un dossier à la main. Elle le lui tendit.

– C'est le procès-verbal pour la perquisition chez M. Michaud. Le cinquième, ajouta-t-elle timidement.

– Vous aussi vous trouvez que j'exagère ? demanda Marc, peu habitué à ce que sa greffière exprime son avis.

Valérie se sentait prise en faute, mais elle prit son courage à deux mains :

– Je ne sais pas, il parait que vous mettez une grosse pression sur cet homme.

– C'est ce que les gens disent. Mais vous qui connaissez tout le dossier, vous en pensez quoi ?

Valérie hésita, et choisit la franchise :

– Je pense que vous prenez un risque, qu'il pourrait faire une bêtise. À trop pousser les gens, ça finit toujours par arriver.

– Je tâcherai de m'en souvenir, répondit-il.

30

Pierre Michaud venait d'ouvrir la porte de sa maison. Il semblait être à moitié réveillé et avait un teint de cendre. Marc et les cinq policiers qui l'accompagnaient se figèrent, le temps de se demander comment un vivant pouvait avoir le visage d'un mort. Sans qu'une parole soit prononcée, le commandant de la police judiciaire tendit les papiers de la commission rogatoire. Michaud ne prit même pas la peine de les lire ; il se tourna vers Marc, qu'il savait seul responsable de cette nouvelle perquisition. Le juge ne baissa pas les yeux et Michaud finit par tourner la tête. D'un geste, le commandant invita les enquêteurs à se déployer dans la maison. Marc passa le dernier en serrant les dents. Il laissa les policiers au rez-de-chaussée et emprunta l'escalier qui menait à l'étage.

Au fond du couloir, sur une porte blanche, était épinglé un cœur en moleskine rouge. La toile de coton portait cette simple inscription : Marlène. Il pénétra dans la chambre et la parcourut des yeux. Un immense poster de Marilyn Manson était accroché au-dessus du lit, à côté d'un autre, plus petit, de Marilyn Monroe. Collé à la fenêtre se trouvait un piano électronique. Le *Concerto en sol* de Ravel résonna aussitôt dans sa tête.

Il fit un effort pour le refouler.

– Qu'est-ce que vous cherchez cette fois ? dit Michaud qui venait de le rejoindre.

Marc choisit de ne pas répondre avant de vérifier ce qu'il pressentait. Il s'avança vers l'armoire et l'ouvrit ; elle était vide.

– Elle est partie quand ?

Michaud avait encore maigri.

– Il y a un mois, finit-il par répondre en s'asseyant sur le lit de sa fille. Sans raison, sans un mot.

– Vous n'avez aucune nouvelle depuis ?

– Non. J'ai pas fait assez attention à elle.

– Vous avez sans doute fait de votre mieux.

– Je suis un con. Je croyais que l'amour suffisait.

Marc s'assit à côté de lui, tout doucement.

– Et ce n'est pas le cas ?

– Non. J'avais pourtant déjà payé pour le savoir.

Il comprit l'allusion ; la femme de Michaud l'avait quitté du jour au lendemain, sans laisser d'adresse, en lui abandonnant leur fille de quatre ans.

– Vous ne pouviez pas savoir comment les choses tourneraient pour elle.

Michaud releva la tête.

– Vous savez que mon avocat a déposé une requête en suspicion légitime ?

– J'ai appris ça, oui.

– Pour instruction abusive.

– C'est votre droit.

– De toute manière, vous n'avez rien.

– J'ai des certitudes.

– Des certitudes ça vaut rien face à un tribunal. Si vous avez des preuves, pourquoi perquisitionner tous les mois sans rien chercher de particulier ? Pourquoi me mettre sur écoute et me faire suivre en vous arrangeant pour que tout mon entourage le sache ?

– Parce que vous étiez le seul gardien présent au portique de sécurité de la prison. Parce que je sais que vous avez désactivé le détecteur de métaux pour que Me Albuquerque puisse faire passer une arme à Jérôme Corti.

– Vous n'avez rien et vous comptez sur moi pour craquer et tout balancer. Sauf que j'ai rien à balancer.

Marc ne répondit pas. Michaud avait raison ; il n'avait rien de solide contre lui ou l'avocat.

À côté de la fenêtre étaient scotchés des portraits que Marlène avait brossés au fusain. Sur l'un d'eux, Michaud souriait. À nouveau, Marc eut une absence. Adélaïde peindrait-elle un jour son portrait ? Serait-il souriant ?

– Ça ne va pas ? demanda le gardien.

Le juge se reprit aussi vite qu'il le put et chassa ses idées sombres.

– Si. Ça va.

– Vous avez une mine à faire peur. Vous avez des problèmes de sommeil ?

Marc sentit les battements de son cœur s'accélérer.

– Si vous me dites la vérité, si vous avouez avoir désactivé le portique, je vous garantis que je mettrai en évidence l'ensemble des circonstances atténuantes. Vous en avez.

Michaud le scruta du regard.

– Vous vous sentez coupable. Votre acharnement, tout ce que vous me faites subir, c'est pour ça que vous ne dormez pas, hein ? Vous avez beau vouloir la vérité, vous avez une conscience. Et elle vous travaille.

Marc se leva. Il extirpa de sa veste trois feuilles soigneusement pliées, s'approcha du gardien et les lui tendit.

– Ce sont les aveux de Goran Brozac. Ce type est connu des services de police pour dealer de l'héroïne.

– Et alors ?

– Vous lui avez donné vingt mille euros en liquide deux semaines après l'évasion de Corti.

– C'était pour un détenu accro. C'est lui qui m'a fait porter l'argent.

– Marlène, votre fille, a été arrêtée à trois reprises. Elle est héroïnomane. Chaque fois, elle a été soignée par le toubib de garde avant d'être relâchée. Lorsque j'ai montré sa photo à Brozac, il l'a reconnue comme étant une de ses clientes. Elle avait une dette de vingt mille euros que vous avez réglée. Il a signé ses aveux.

Le surveillant de prison attrapa un vieil ours en peluche posé sur le lit. Il avait les yeux rivés dessus, mais son regard flottait dans le vide.

– C'étaient mes économies. Je joue aux courses, parfois.

– Pierre, ce n'est pas votre faute. C'est un engrenage. Votre fille va mal, elle doit de l'argent à des types dangereux, elle se tourne vers vous mais vous n'avez pas une telle somme. Pourtant, il faut que vous la sortiez de là. C'est alors qu'un homme vous approche. Il prétend connaître vos problèmes. Il vous propose de les régler. En échange, ce que vous devez faire est d'une simplicité enfantine : désactiver le portique de sécurité lors du passage de Maître Albuquerque. Dix secondes de votre temps, c'est tout. Dix secondes sans risque, pour sauver votre fille. Mais surtout, il vous promet que ce sera sans conséquence. Vous ne pouviez pas vous douter qu'Albuquerque apporterait une arme à Corti. Vous ne pouviez pas savoir que Corti tuerait votre collègue en s'évadant.

– De toute manière, qu'est-ce que vous en avez à faire, vous l'avez retrouvé, Corti, et vos hommes l'ont abattu. Foutez-moi la paix maintenant. Mes voisins me regardent comme si j'étais un criminel et à la prison plus personne ne me fait confiance. Tout ça à cause de vous.

– Ça peut s'arrêter tout de suite Pierre, vous savez ce qu'il vous suffit de faire.

– Des aveux ? Ça vous servira à quoi ?

– À inculper Albuquerque. Je ne vous lâcherai pas avant que vous m'ayez dit la vérité.

– La vérité ? C'est vous qui la voulez mais c'est moi qui dois la payer ? C'est ça ?

Il triturait la peluche, la tête baissée.

– Je ne comprends pas ce qu'il s'est passé, dit-il.

Il souleva son regard en direction d'une photo punaisée au mur, sur laquelle il posait avec sa fille.

– Hier encore, c'était une enfant pleine de vie. Et aujourd'hui...

Il se tourna vers le juge.

– Je ne peux pas aller en prison. Je dois rester ici pour l'attendre, elle va sans doute revenir, elle n'a que moi. Même vous, vous pouvez comprendre ça, non ?

Marc n'osa rien dire. Il ne pouvait se résoudre à tuer l'espoir d'un père qu'il était lui-même en train de crucifier.

31

Marc arriva avec un peu d'avance. Le hall principal de la gare de Lyon n'était pas très encombré. Il traversa l'immense salle sans trop de difficulté et s'approcha du grand panneau signalétique qui venait d'afficher de nouvelles informations sur les trains en partance. Aussitôt, des dizaines de voyageurs stressés migrèrent vers leur quai avec la synchronisation d'un banc de poissons. Il se posta au pied du panneau en attendant les indications le concernant. Il embrassa la gare du regard. Les palmiers, l'immense verrière, tout en elle lui inspirait l'odeur des vacances, la joie de revoir ses amis, les plaisirs simples qui l'attendaient à Nîmes. Il observa les dix quais alignés comme des rampes de lancement. D'ordinaire, ils lui procuraient cette excitation si particulière que l'on éprouve lorsqu'on rentre à la maison. Une joie enfantine.

Soudain des lettres blanches défilèrent. Son train l'attendait sur la voie H. Un nouveau banc de voyageurs se dirigea vers son quai. Marc lui emboîta le pas. Mais plus il avançait, plus le malaise le gagnait. Le train qu'il s'apprêtait à prendre avait pour terminus la tombe de Veronica Rossi. Et sur un sinistre chariot d'inox, l'attendait le corps froid et nu d'Inès Gabarre.

Il prit place, côté fenêtre, dans le sens de la marche. Un homme s'assit aussitôt en face de lui. Il n'avait aucun bagage, se tenait droit à l'extrémité du siège, les mains posées sur la tablette, et le fixait étrangement.

– Vous avez reçu ma carte ? demanda-t-il calmement.

En relevant la tête, Marc eut une légère hésitation. Son sang se glaça soudain. Il venait de reconnaître Nathan Corti, le frère de Jérôme Corti, l'homme qui s'était échappé de prison avec la complicité d'Albuquerque. Le type, réputé très dangereux, était en cavale depuis deux ans. Il portait un blouson et il était difficile de voir s'il avait une arme à la ceinture. La seconde qui suivit sembla durer plusieurs minutes. Marc connaissait bien ce genre d'individu, les fréquenter était son quotidien. Mais c'était la première fois qu'il se trouvait en face d'un fauve de ce calibre, ailleurs que dans son cabinet. Il devait prendre une décision, et réagir de la meilleure manière possible. Fallait-il qu'il affiche une confiance sans faille, ou au contraire faire amende honorable et montrer son angoisse ? Il décida d'être lui-même, et de cacher sa peur autant qu'il le pouvait.

– « Tu vas payer » ? demanda-t-il. Je l'ai reçue. Mais je ne savais pas de qui elle provenait. Et je ne tiens pas compte des menaces non signées.

– Et maintenant ? dit Corti, un sourire amusé aux lèvres.

– Maintenant ? Il faut croire que la menace était réelle. Mais j'aimerais comprendre.

– Allez-y, dit Corti, posez la question qui vous brûle les lèvres.

Marc prit une grande inspiration pour se maîtriser et tenter de donner le change.

– Si vous voulez me tuer allez-y. Il y a des caméras partout et vous n'arriverez pas à sortir de la gare sans vous faire coincer. Vous aurez la satisfaction de m'avoir tué, mais j'aurai celle de savoir que vous êtes retourné en prison. Mais ne comptez pas sur moi pour vous demander si c'est ça que vous êtes venu faire.

Corti baissa le regard sur les mains de Marc. Elles tremblaient légèrement. Marc tenta de les cacher. Corti sourit.

– Vous êtes à la hauteur de votre réputation, c'est bien. Et pour vous répondre : non, je ne suis pas « encore » venu pour ça.

Le ton était presque amical.

– Je suis venu pour que vous ressentiez ce que chacun de nous ressent lorsque la sentence tombe. Je veux que vous pensiez à tout ce que vous auriez voulu faire et que vous ne ferez jamais. C'est ça que je veux voir dans vos yeux de juge.

Il laissa passer un temps. Marc sentait sa main trembler un peu plus, et son cœur s'emballer. Une nouvelle crise de panique l'assaillait, au pire moment. Il fallait refaire surface, ne rien montrer. L'idée qu'il avait encore beaucoup de choses à vivre l'effleura. Il vit le visage d'Adélaïde mais le chassa aussitôt. Corti était en train de réussir son coup. Des gouttes de sueur coulaient sur son front. Il se redressa sur son siège, bien droit, essuya sa transpiration, et respira profondément.

– Alors, ça fait quoi de voir la mort en face ? insista Corti.

– Ça fait se sentir trop jeune, finit par répondre Marc, la voix apaisée.

– Mon frère aussi, était trop jeune.

– Je suis désolé pour lui.

L'autre le regarda étrangement, le jaugeant pour savoir s'il jouait la comédie. Marc continua :

– Quand je vous dis que suis désolé, je suis sincère. C'était votre frère. Et la mort d'un homme ne m'a jamais réjoui.

– Tant mieux, mais c'est pas de ça dont il s'agit.

– Et de quoi s'agit-il alors ?

– Vous vous appelez Marc Pierre Denis Ferrer, vous êtes né en août 1980, votre mère est morte quand vous aviez six ans, vous vivez maritalement avec Adélaïde Sole, une peintre qui commence à avoir un nom dans le milieu de l'art. Vous avez traqué mon frère, Jérôme, et l'avez fait abattre il y a deux mois.

– Je ne l'ai pas fait abattre ; je lui ai demandé de se rendre, il n'a pas voulu. Il a sorti son arme et les gendarmes ont tiré.

Corti haussa le ton.

– Vous ordonnez sans connaître, sans savoir qui vous jugez. Je connaissais mon frère. Il n'a jamais voulu tuer ce gardien. Il l'a fait parce que cet abruti allait lui tirer dessus, vous le savez très bien. Et ce que vous ne savez sans doute pas, mais que moi je sais, c'est que ce mec tabassait sa femme chaque fois qu'il se bourrait la gueule. Mon frère était marié. Il a épousé une fille qui faisait le trottoir, il l'a sortie des griffes d'un mac marseillais et lui a donné une vie de princesse. Elle ne se remet pas de sa mort. Mais ça, la justice s'en contrefout. Qui est bon, et qui est mauvais ? Vous croyez être meilleur que moi ou que mon frère, parce que vous êtes du côté de la loi, mais vous ne savez pas ce qu'on a vécu. Vous ne savez que ce qu'il y a dans votre dossier, c'est-à-dire rien.

– Qu'est-ce que vous voulez ? demanda Marc sèchement.

– Il y a huit ans, reprit Corti, vous avez merdé, vous étiez jeune et assez perturbé à cette époque, et à cause de vous, le père d'une pauvre gamine s'est foutu une prune dans la cervelle parce que vous l'avez obligé à se faire justice lui-même. Votre justice, elle est périmée. En vous éliminant, je montrerai que plus aucun magistrat n'est à l'abri.

– Vous voulez donner une leçon au monde, en tuant un juge d'instruction… Vous avez une bien haute opinion de vous.

Marc vit les pupilles de Corti se réduire légèrement. Il se dit qu'il était allé trop loin, et que le tueur allait passer à l'acte. Corti regarda autour de lui, pour s'assurer que personne d'autre que Marc n'allait entendre la suite, et reprit en baissant la voix :

– Je sais plus de choses sur vous que vous n'en saviez sur lui. Je connais votre passé, et ce que vous cachez. Vous êtes fort, vous avez du répondant. Mais vous devez servir d'exemple.

Il se leva et conclut avec un étrange sourire :

– Je vous ai jugé coupable, et la sentence va bientôt tomber. Disons que… je vous laisse un peu errer dans les couloirs de la mort.

Il sortit du wagon et disparut sur le quai. Toutes les portes du train se refermèrent alors simultanément, dans un bruit sec de machinerie pneumatique. Les dernières paroles de Corti avaient fait mouche. Marc était touché. Il avait beaucoup pris sur lui durant leur courte conversation, mais avait maintenant du mal à contenir ses angoisses. Ce n'était pas tant la peur de mourir, que son incapacité à comprendre ce qui lui arrivait. Comment se pouvait-il qu'autant d'évènements a priori aussi déconnectés s'enchaînent en aussi peu de temps ? Corti avait été très énigmatique sur la fin. Était-il en liaison avec Albuquerque ? Y avait-il un lien avec le bouquet et l'annonce du journal ? Cela lui sembla impossible. Il regarda ses mains qui tremblaient encore un peu. Cette fois, la menace était bien réelle. Nathan Corti semblait intelligent et stratège. Il passerait donc à l'acte, tôt ou tard. Mais en attendant, il avait pris le risque d'agir à découvert, et ce risque allait peut-être lui coûter la liberté puisqu'il était en cavale. Marc s'empressa d'appeler le commissariat du XIIe pour leur signaler qu'il venait d'apercevoir Corti à la gare de Lyon. Mais il passa sous silence l'échange qu'il venait d'avoir avec lui. Sitôt raccroché, il se força à balayer cet épisode de son esprit, au moins provisoirement. Ne pas céder ni à la panique, ni à la peur.

Comme un champion du cent mètres s'approche tranquillement de la piste, le TGV s'était mis en branle à la vitesse d'un simple marcheur. Marc accrochait sa vue aux derniers lambeaux de Paris. Peu à peu, il faisait le vide, s'efforçant autant qu'il le pouvait d'oublier tous les évènements des dernières heures, malgré la forte odeur de cuir et d'eau de toilette que Nathan Corti avait laissée derrière lui. Un bout de quai, une tour, une avenue, quelques banlieues sinistres. Et puis, un peu plus tard, la campagne humide et monotone au milieu de laquelle flotte « la plus belle ville du monde ». Dehors, les pylônes électriques défilaient de plus en plus vite. Plus doucement, vers l'horizon, les fermes grises se succédaient. Son âme semblait se muer au fil des paysages, il en prenait conscience. Combien de fois avait-il posé le pied sur le béton clair de la gare de Nîmes en réalisant que quelque chose en lui avait définitivement changé de place ?

Ses derniers instants dans son appartement parisien lui revinrent au travers de ce filtre. Adélaïde lui avait simplement dit « au revoir », ignorant ou feignant d'ignorer que la vie, peu à peu, les séparait. La retrouverait-il à son retour ? Les portes du sas séparant la voiture où il était assis de celle qui la précédait s'ouvrirent alors, libérant une profusion de bruits métalliques. Marc observa, comme la moitié des autres voyageurs du compartiment, la jeune fille dont une des valises bloquait la fermeture des portes, tandis que l'autre restait prisonnière du couloir. Il se leva pour lui venir en aide mais se rassit aussitôt, devancé par un jeune homme assis sur un petit siège escamotable. L'homme prit en charge les deux valises et les logea sur les grandes étagères chromées. Sa mission terminée, le voyageur regagna son poste et son ennui. Le silence revint alors dans le compartiment à nouveau mieux isolé de la voie. La jeune femme avança de quelques pas, s'arrêta devant les quatre sièges que Marc était le seul à occuper. Elle observa son billet et les numéros inscrits sur les sièges, puis, dans un soupir de soulagement, prit place face à lui à l'endroit précis où s'était assis Corti. Elle prit soin de ne pas croiser le regard de Marc. Il remarqua quand même ses yeux rougis de larmes ; ils s'abîmaient dans les nuages, très loin du train. La jeune fille s'ébroua en reniflant bruyamment, penchée sur son sac à main à la recherche d'un bout de mouchoir. Il sortit de sa poche un paquet de kleenex qu'Adélaïde, toujours bienveillante, avait pris soin de lui donner avant qu'il ne parte. Il l'ouvrit et en tendit un à sa voisine.

– Si ça peut vous dépanner...

Elle leva la tête en reniflant, les yeux mouillés de larmes nouvelles. Elle attrapa les mouchoirs qui lui étaient tendus.

– Merci.

Elle sourit à Marc mécaniquement, par politesse, avant de tourner à nouveau les yeux vers la campagne vallonnée que traversait le train. Puis elle se cala dans son siège, se moucha encore une fois et tenta de sécher ses larmes.

– Je suis désolée, je dois être un peu ridicule.

– Pleurer n'a rien de ridicule. C'est le motif pour lequel on pleure qui peut l'être.

Il avait appuyé ces mots rassurants avec un doux sourire. Cette conversation l'apaisait, lui faisait presque oublier que Corti venait de le condamner à mort quelques instants plus tôt.

La jeune femme baissa aussitôt sa garde.

– Je m'en veux d'être aussi sensible, dit-elle en souriant sincèrement, cette fois.

Il ne la lâcha pas du regard, comme il savait le faire lorsqu'il interrogeait une personne pour l'inciter à parler.

– J'ai quitté le garçon avec qui j'étais depuis six mois, et c'est moi qui pleure !

Elle avait terminé sa phrase en levant les yeux au ciel comme pour dire « Mon Dieu que je suis idiote ! »

Marc aurait pu dire à cette jeune femme qu'il comprenait exactement ce qu'elle ressentait. Mais il y avait trop à raconter pour échanger avec elle. Il se contenta de la rassurer :

– Ça passera.

Il ne savait pas s'il parlait pour elle ou pour lui.

À quelques sièges de Marc, de l'autre côté de l'allée centrale, un homme d'affaires en costume gris pianotait sur un ordinateur. Des voyageurs dormaient, d'autres lisaient paisiblement. Marc les regardait. Tous baignaient dans cette rassurante sérénité qu'un train en mouvement dispense à ses passagers. Suspendus hors du temps, inaccessibles au monde extérieur, ils semblaient avoir expédié leurs problèmes dans la gare qui les attendait. Mais prisonnier de son siège et de la carcasse du wagon, Marc au contraire ne parvenait plus à contenir l'angoisse qu'il s'était jusque-là efforcé de refouler. Tout lui échappait et tout se mélangeait. Dehors, le ciel était devenu noir et quelques gouttes de pluie perlaient sur les vitres du train. La jeune femme avait sorti un magazine mais n'en avait pas lu une page. Dans un réflexe sans doute empreint de découragement, il s'accrocha à elle pour fuir la confusion qui le gagnait.

– Vous ne préférez pas vous asseoir dans le sens de la marche ?

Il avait posé cette question en montrant le siège resté vide à côté du sien.

– Non, pas du tout. Au contraire.

Cette réponse, décochée avec une ferme assurance, arracha à Marc un nouveau sourire. Son interlocutrice, tout à fait consolée, semblait désireuse de lui exposer sa théorie sur le sens des places dans un train. Il était curieux d'entendre ses arguments et salua l'aubaine de se fuir un peu plus. Il lui tendit la perche qu'elle attendait :

– Pour quelles raisons ?

– C'est exactement comme dans la vie. Je n'ai pas envie de savoir de quoi demain sera fait. Les gens qui préfèrent voyager dans le sens de la marche ont besoin d'être rassurés. Ils s'imaginent que parce qu'ils voient les choses arriver, ils les maîtrisent mieux. C'est le même principe qui les pousse à consulter des voyants.

Marc ne s'attendait pas à cette réponse, aussi circonstanciée qu'excessive. Mais un rapide coup d'œil sur le titre du magazine de sa voisine – *Psychologies* – l'éclaira sur ce déferlement d'idées. À l'évidence, cette fille connaissait son sujet et n'en était pas à son premier débat sur la question.

– Disons qu'il est plus naturel de regarder devant soi lorsqu'on marche… Et d'une certaine façon, tout moyen de transport est une variante de la marche.

À ses yeux, cet argument pétri de bon sens ne souffrait d'aucune contestation. Il l'avait énoncé sur le ton docte qu'Adélaïde lui détestait, celui qu'il prenait parfois au cours d'un débat, lorsqu'il avait la certitude d'avoir raison. Mais sa voisine n'entendait pas en rester là. Elle avait à son tour illuminé son visage d'un large sourire.

– Eh bien non justement. Ce ne sont pas vos jambes qui vous portent mais les roues d'un train guidées par des rails. Et vous le savez très bien. Imaginons qu'un camion soit immobilisé sur la voie, quel avantage aurez-vous sur moi de le voir arriver quelques secondes avant le choc ?

– Je pense que c'est moins compliqué que ça. L'instinct du corps, c'est d'être dans le bon sens. Et je n'ai jamais consulté de voyants ni eu envie de le faire… Je crois qu'un train, ce n'est pas la vie. C'est un peu rapide de faire ce rapprochement, vous ne croyez pas ?

Au moment où il terminait sa phrase, sa main droite se remit à trembler. Il la cala entre son dos et le siège et s'accrocha à cette conversation qui le maintenait provisoirement à flot.

La jeune femme remarqua son malaise. Elle se gratta un peu la gorge et poursuivit :

– Pourtant, je ne sais plus quel philosophe disait qu'on avance dans la vie exactement comme dans un train dans la position où je suis, moi. La seule chose que nous avons sous les yeux, c'est notre passé. Le futur ne nous est offert qu'au compte-gouttes du présent.

Marc était à la fois agréablement surpris par la répartie de son interlocutrice et vexé qu'elle lui dame le pion sur le terrain de la philosophie. Il choisit alors d'esquiver en l'emmenant sur d'autres sentiers.

– Je vois arriver droit devant une forêt. Vous ne la voyez pas encore. Elle n'est pas un danger pour le train n'est-ce pas ? J'ai déjà cet avantage sur vous de la découvrir avant vous.

Il n'avait pas terminé sa phrase que la forêt avait déjà disparu derrière le train qui roulait à près de trois cents kilomètres à l'heure. La jeune femme lui rétorqua alors :

– Mais vous ne la voyez déjà plus. Moi, si.

– Oui... Sauf que nous n'avons pas vu la même forêt.

– C'est-à-dire ?

– Ma forêt m'est apparue lentement à l'horizon et a disparu soudainement au moment où je la voyais vraiment. Mon imagination l'a façonnée en amont et y a imprimé son sceau. La vôtre a fait irruption dans votre vie, dans sa réalité brute. L'image que vous avez gardée d'elle jusqu'à ce qu'elle disparaisse à l'horizon était la première. Elle s'est accrochée à votre objectivité. Votre imagination n'a pas eu de prise sur elle parce qu'elle se trouvait en aval. Vous avez vu une forêt, j'ai vu ma forêt. Mais c'est une seule et même forêt, je vous le concède...

– Je m'appelle Nathalie, dit-elle en souriant timidement.

Elle ouvrait une porte...

Marc comprit qu'il fallait faire marche arrière avec délicatesse :

– Marc.

Puis il plaça sa voix...

– Ça m'a fait plaisir de vous connaître.

Ces mots firent plier le regard de la jeune femme qui tomba net sur l'alliance fine que Marc portait à l'annulaire. Une ombre de déception passa alors dans les yeux de Nathalie et s'évanouit sous ses paupières.

Un dernier sourire empreint de tristesse, et la jeune femme se perdit dans l'étude d'un article de son magazine.

Marc avait à nouveau tourné le regard vers l'extérieur, où la pluie tombait désormais à grosses gouttes.

Sans vraiment s'en rendre compte, il ferma doucement les yeux et commença à s'assoupir. Le déficit en heures de sommeil, accumulé depuis plusieurs semaines, devenait considérable. Il ne dormait pas encore mais n'était plus tout à fait là. Son esprit s'était appesanti sur la mince frontière qui sépare le conscient de l'inconscient. Ses oreilles continuaient d'alimenter son cerveau en bruits extérieurs. Ceux de la voie d'abord, mais aussi celui de la pluie qui tombait maintenant en trombes sur la vitre. Malgré tous les efforts de leurs parents, deux enfants en bas âge, au bout du wagon, lâchaient de temps à autre un cri de mécontentement ou au contraire de joie soudaine. Diluées dans ce fond sonore, quelques notes de piano, éthérées, se firent alors entendre sans qu'il y prête attention. Elles le berçaient et ne le dérangeaient pas.

Un train croisa soudain le TGV. Marc ouvrit les yeux, alerté par sa conscience en panique. Il n'y avait aucune musique dans le wagon. Depuis combien de temps l'adagio du *Concerto en sol* de Ravel hantait-il ses rêves ? Plusieurs semaines. Peut-être un mois… Bien avant, en tout cas, que n'arrive le bouquet de fleurs sur son bureau. Ce constat lui glaçait le sang, parce qu'il bousculait sa raison.

Marc ne croyait pas aux fantômes, ni aux miracles, ni à quoi que ce soit qui puisse échapper à un appareil de mesure. Chaque fois que l'occasion se présentait, au détour d'une conversation, il se plaisait au contraire à ramener sur terre tout interlocuteur un peu trop prompt à voir du surnaturel dans les oscillations d'un guéridon, ou à trouver des esprits frappeurs derrière les craquements d'une vieille maison. Il faisait volontiers sienne cette phrase d'Aragon : « Si les tables tournent, c'est que quelqu'un les pousse du pied. » La présence de ce bouquet et la parution de cette annonce n'avaient rien d'irrationnel. L'une comme l'autre procédaient d'actes bien réels et la personne qui avait laissé les fleurs au bureau n'était pas un spectre. Mais cette fois, le cartésien qu'il était avait été pris au piège de sa propre logique. Quoi de plus fermement assuré que ce qui se trouve au fond de soi-même ? Et Marc était bien le seul à pouvoir connaître la résurgence de cette musique dans son cerveau. Par quel enchantement alors, ces fleurs avaient-elles pu réapparaître dans sa vie au moment où le *Concerto* de Ravel revenait habiter son inconscient ? Comme les deux composants d'un explosif, isolés l'un de l'autre, aucune de ces deux réalités n'était à proprement parler surnaturelle. C'était bien leur simultanéité qui avait provoqué une déflagration dans son cerveau et ouvert une voie sur les parois abruptes de son esprit rationnel.

32

L'odeur de la féria s'engouffra par les portes du TGV qui venaient de s'ouvrir. Il l'aurait reconnue entre mille. Un mélange de viande grillée, de vin, de poudre de feu d'artifice et d'urine. Il posa le pied sur le quai de la gare et fut aussitôt accueilli par la voix féminine qu'une équipe d'experts en communication avait peaufinée dans les moindres détails. Juste en l'écoutant, on pouvait imaginer une jeune femme chaleureuse, souriante et sûre d'elle. Une femme qui commentait les départs, les arrivées, les correspondances et les retards de toutes les gares de France sans jamais se tromper, s'énerver ou au contraire, déborder d'enthousiasme. Cette absence, ou plutôt cet excès d'humanité l'exaspérait. Il descendit l'escalier qui menait au rez-de-chaussée en regrettant la voix éraillée, chargée d'accent, qui sortait des vieux haut-parleurs de son enfance et dont certains recouverts de poussière n'avaient pas encore été retirés. Il arriva dans le hall de la gare et sortit sur le parvis. Les bodegas qui s'étaient nichées sous les arcades de la voie de chemin de fer commençaient à se remplir. La ville était interdite aux voitures. Marc réalisa qu'il allait devoir remonter chez lui à pied et attendre patiemment que la nuit s'écoule. Le cimetière n'ouvrirait ses portes qu'à huit heures le lendemain. Que pourrait-il faire d'autre en attendant ? Il serra les lanières de son sac et se plongea dans sa ville. Les contrastes de la féria le gagnèrent aussitôt. La désinvolture de la fête poussée à l'extrême, jetée au visage du temps qui passe, de la mémoire qui s'efface, de la mort. Il entrait dans une bulle hors du temps. Une bulle d'ombre et de lumière.

Il remonta l'avenue Feuchère, traversa les jardins de l'Esplanade et avança dans la cohue jusqu'au *Palace*. C'était une brasserie deux fois centenaire située à l'angle d'une rue piétonne et d'un grand boulevard. Le café était bondé. On criait, on riait, on mangeait et surtout, on buvait. Marc se rendit compte qu'il connaissait tous ceux qui étaient présents derrière le comptoir, le patron et les garçons. N'était-ce pas ça, au fond, être chez soi ? Être celui, parmi des milliers, qui connaît le prénom des gens derrière un comptoir ? Il se sentit bien tout à coup. Dans sa ville, et pourtant totalement anonyme, caché derrière les centaines de milliers de fêtards venus d'ailleurs. Il contempla le ballet des serveurs puis se remit en route en passant devant le Palais de Justice.

Il fit cinquante mètres au milieu d'une foule qui devenait de plus en plus compacte et se retrouva sur le parvis des arènes. Un cri monta vers le ciel. Une imprécation puissante, violente, épaisse. Un orgasme scandé par quinze mille personnes à la même seconde : « Olé ! » Les odeurs changeaient, se teintant de musc animal, de paille et de fumier. Il contourna le monument. Il lui semblait marcher sur le disque d'une planète dont le centre de gravité attirait tout à elle. La marée humaine l'obligea à avancer, comme le courant d'une rivière emporte les bois flottants. Il entreprit de remonter le boulevard Victor Hugo qui menait à la Maison Carrée. Ici, la rivière était en crue. Pas moyen de trouver refuge sur ces berges jonchées de bodegas et de baraques à frites. Avancer ou suffoquer. Il avait toujours ressenti une ivresse particulière à se laisser happer par ce fleuve vivant. Il ne lui avait jamais fait peur. Ici, il était en pays connu. Il faisait partie des oppresseurs, pas des oppressés. C'était peut-être cela aussi être nîmois : savoir marcher sur ce boulevard en pleine féria, sans l'ombre d'une angoisse. La foule se pressait et s'entrechoquait. Soudain le sol se mit à tanguer. Une sensation de malaise l'envahit. Pour la première fois de sa vie, il se sentait décalé, pas à sa place parmi ces gens qui riaient. Contrairement à lui, ils ne pensaient ni à hier ni à demain. Ils étaient là, au présent. Ils déambulaient sans se soucier de son existence. Il s'approcha du lycée Daudet et s'appuya contre un des rares pans de mur encore libres, le temps de récupérer. À une centaine de mètres de là, un taureau traversa une rue barricadée, aussitôt suivi par un groupe de chevaux blancs lancés au grand galop. Au même instant, derrière lui, les grilles des Arènes s'ouvrirent, vomissant des dizaines de milliers d'aficionados. Ils remontaient dans sa direction, parlaient fort, agitaient leurs mains. Ils allaient l'avaler. Une gerbe orange explosa dans un bruit mat. Un cracheur de feu venait de conquérir quelques mètres carrés de vide. Groggy, Marc s'appuya un peu plus contre la pierre du vieux lycée où il avait autrefois été élève.

Soudain, une voix cria son nom.

– Marc !

Il releva la tête et vit Fabien, un de ses vieux amis, qui s'avançait vers lui en serpentant au milieu de la foule. Fabien était un grand type costaud, dont Marc avait toujours admiré la droiture et la franche simplicité.

– Tu es arrivé quand ? lui demanda-t-il en l'embrassant.

– Il y a une demi-heure.

– Ils sont tous au *Prolé*.

Le *Prolé* était le bar de la CGT. Derrière, se trouvait une immense cour qui chaque année se transformait en bodega à ciel ouvert.

– Allons-y, répondit Marc qui voulait à tout prix garder son malaise pour lui.

Ils se mirent en marche. Même s'ils ne s'étaient pas parlé depuis des mois, ils n'avaient pas besoin de débattre ou de discuter pour se mettre d'accord sur ce qu'il fallait faire. Les autres étaient au *Prolé*, ils iraient au *Prolé*, point. Le monde, ainsi, était simple et rassurant. Le malaise commençait à se dissiper. Trois cents mètres plus loin, se trouvait un sobre bâtiment, percé par un long couloir étroit dans lequel une file compacte de gens entrait pendant qu'une autre sortait. Ils s'engouffrèrent dans la file entrante et débouchèrent sur une immense cour bondée, où trois mûriers-platanes déployaient leurs branches au-dessus d'une foule joyeuse, que deux grosses enceintes arrosaient en décibels. Sur la gauche, une dizaine de serveurs occasionnels et débordés s'évertuaient à servir des quantités invraisemblables d'alcool derrière un comptoir dont on peinait à distinguer le bout.

- Ils sont de l'autre côté, cria Fabien en se frayant un chemin.

La musique abandonna tout à coup ses accents espagnols. Une guitare disco venait de mettre un terme aux vocalises approximatives d'un chanteur local et les premières mesures ne laissaient aucun doute sur la chanson qui se jouait : *Born to Be Alive.*

Marc vit la foule céder un espace vital à un danseur en transe. Il n'eut pas besoin de le voir pour deviner qu'il s'agissait de son meilleur ami. Le sourire aux lèvres il s'approcha de lui, en jouant des coudes au milieu de ses premiers fans. Patrick Hernandez avait déjà attaqué sa célèbre ritournelle :

People ask me why
I never find a place to stop
And settle down, down, down

Antoine avait inventé une variation très personnelle sur le thème de *La Fièvre du samedi soir.* La chorégraphie était bien huilée et le ridicule de l'intention intact, même s'il avait davantage la grâce d'un haltérophile que d'un John Travolta. La palette d'expressions qu'il donnait à son visage était complète : amoureux fiévreux, sûr de lui, déçu, désespéré... Tous les grands moments d'un drame surjoué à l'extrême défilaient dans sa gestuelle. Tour à tour, il acquiesçait de la tête, remettait en ordre des cheveux qu'il n'avait quasiment plus, se prenait le crâne entre les mains ou simulait une souffrance qu'on devinait insupportable. Il y avait du génie dans ce pastiche en lignes droites. Le public ne s'y trompait pas. À l'étonnement succédait l'amusement et très rapidement, l'alchimie communicative de sa désinhibition fonctionnait : tous, même les plus coincés, se mettaient à danser autour de lui. Marc était en admiration devant son ami, même s'il était bien le seul sur qui cette alchimie ne fonctionnait pas. Malgré l'enthousiasme qu'il avait à le regarder, jamais il n'avait réussi à se laisser aller au milieu des autres. Il en éprouvait une profonde tristesse, le sentiment amer qu'il serait toujours « en dehors ». Plusieurs femmes dansaient maintenant frénétiquement autour du libraire. Marc ne quittait pas des yeux son héros. Dans ce tour de force, Antoine montrait ses plus grandes qualités : humilité, générosité, et par-dessus tout, un amour immense de la vie.

It's good to be alive, to be alive, to be alive...

La chanson venait de se terminer. Antoine s'approcha. Il était en sueur.

– Je suis chaud là... Alors, on a cru que tu viendrais pas !

Marc sourit et embrassa les siens. La puissance du lien balaya toutes ses angoisses. Provisoirement, il était heureux. Antoine s'éloigna une minute et revint en jouant des épaules, une bouteille de Ricard à la main. Sans lui demander son avis, il lui tendit un verre et lui versa une dose de pastis qui en valait quatre. Une autre main – mais laquelle ? – lui versa de l'eau et une autre lui jeta deux glaçons.

Il passa l'heure suivante d'ami en ami, bouche collée aux oreilles pour parvenir à s'entendre, à commenter l'actualité, à se rappeler de vieux souvenirs et à donner des nouvelles d'Adélaïde qui descendait peu et jamais pendant la féria. Mais, contrairement aux autres années, il n'arrivait pas à lâcher prise, à se laisser aller dans le courant de la fête. Il finit par se sentir lointain. On lui parlait mais il n'entendait plus. Au-dessus de lui flottaient trop de questions, à commencer par celle entourant l'ombre d'Albuquerque. Se pouvait-il qu'il ait été mêlé à la mort de Veronica ? Il n'osait soulever cette hypothèse qui lui donnait la nausée. Les évènements de ces derniers jours, comme des coups de bélier aux portes de sa raison, étaient en train de faire vaciller ses certitudes. Les questions se pressaient en désordre. Qui ? Qui pouvait bien se cacher derrière tout ça et pourquoi ?

– Tu ne crois pas ? lui demanda son interlocuteur.

Marc n'avait strictement rien écouté. Il sourit poliment en acquiesçant, fit signe qu'il revenait tout de suite et s'éloigna vers la deuxième sortie de la cour qui donnait sur une minuscule rue ou l'acidité de l'odeur d'urine lui attaqua les narines.

Et si… Marc n'osait soulever cette autre hypothèse : si la femme au masque blanc était revenue ?

33

Il était vingt-trois heures. Les neuf heures qui le séparaient de l'ouverture du cimetière lui semblaient une éternité. Il déambula dans les rues, laissant derrière lui des bodegas de toutes sortes – l'une d'elles avait même élu domicile chez un coiffeur –, passant de musique en musique comme s'il avait été lui-même un curseur de radio. L'alcool lui avait laissé toute sa conscience et n'avait, à ce stade, qu'entamé cette petite réserve qui l'inhibait parfois un peu trop. Il réfléchissait à plein régime et prit soudain une décision. Ses pas prirent la direction du cimetière Saint-Baudile. Il se sentit immédiatement plus détendu. Après tout, il n'y avait qu'un mur de deux mètres à escalader. Et puis, si un piège lui était tendu là-bas, il avait plutôt intérêt à s'y rendre la nuit. Personne ne l'y attendrait. Il allait enfin savoir ce qu'on avait déposé pour lui sur la tombe de Veronica…

Il prit des rues parallèles aux grands axes et peu à peu, la foule se fit moins dense. En plus petit nombre, tous ces électrons libres se voyaient mieux. Soudainement livrée à la solitude, leur ébriété semblait plus crue, moins gaie aussi.

Certains urinaient contre un mur en titubant, d'autres vomissaient à même le caniveau quand au loin, dans une rumeur joyeuse, la fête battait encore son plein. Marc s'engagea dans une rue piétonne, jonchée de verre brisé. Mais son esprit n'était déjà plus là. Il se demandait maintenant par quel endroit il pourrait bien pénétrer de nuit dans le cimetière, sans être vu. Irait-il jusqu'au bout ? Chaque mètre qui le rapprochait du but soulevait une question supplémentaire et grignotait un peu plus l'énergie qui, quelques instants auparavant, portée par trois verres d'alcool, avait fait naître en lui ce projet : « faire le mur d'un cimetière et marcher la nuit au milieu des tombes. » Il marcha deux minutes et tourna dans une rue plus étroite, qu'il savait être un raccourci en direction des ponts de la voie ferrée. Des bruits de pas derrière lui attirèrent son attention. Il les entendait depuis qu'il était entré dans la zone piétonne. Pourquoi l'avaient-ils suivi ? Il hésita à se retourner. Sitôt sorti de la foule, l'agressivité devenait palpable. Il savait, plus que quiconque, les conséquences que peut avoir un simple regard sur une susceptibilité exacerbée par l'alcool. Mais les pas suivaient les siens sans les dépasser et la rue était longue. Ils se rapprochèrent. Lourds, cadencés, inquiétants. Ils résonnaient dans la solitude de la venelle, rebondissaient contre ses murs tapissés de tags.

Son pouls s'accéléra. C'était peu probable, mais après tout, des milliers de gens l'avaient vu. Cette hypothèse, rythmée par les talons qui frappaient le goudron, devint de plus en plus crédible. Il serra les poings, stoppa sa course et se retourna brutalement. Un homme d'une trentaine d'années avança vers lui et s'effondra soudainement sur le sol.

Marc s'appuya contre un mur, desserra les poings et inspira profondément. Celui qu'il avait pris pour un agresseur n'était qu'une victime de la fête. Il se pencha sur lui. Une forte odeur d'alcool submergea aussitôt ses narines.

– Vous m'entendez ?

L'homme ne répondit pas. Il tenta de le réveiller en lui tapotant les joues et fit une nouvelle tentative.

– Ça va ?

Cette fois, l'individu ouvrit un peu les yeux et marmonna des mots incompréhensibles. Il le releva avec beaucoup de difficultés et passa son bras sous son épaule. À moitié éveillé, le noctambule ne tenait pas sur ses jambes. Un poste de secours se trouvait à l'entrée de la zone piétonnière. Il décida de l'y emmener. L'homme était lourd. Il recouvrait doucement ses esprits et répondait invariablement « merci » à toutes les questions que Marc lui posait. Après cinq minutes de cet étrange dialogue, le tandem arriva à destination.

Le campement improvisé de la Croix-Rouge ressemblait à une infirmerie de champ de bataille. Le front était tout autour, l'ennemi était la fête. Son arme : l'alcool. Une arme redoutable, à en juger par le nombre de victimes qui gisaient sur les lits pliants, semblables à celles d'une armée en campagne. Aidé d'un bénévole, il allongea l'homme près d'une jeune fille endormie. Sa mission était terminée. Il se remit en route immédiatement.

Il avait marché presque deux kilomètres et la fête n'était déjà plus qu'une lointaine rumeur. Il n'était qu'à trois cents mètres du cimetière. Derrière ses longs murs de pierre dormait sa mère.

34

Son sac sur les épaules, il longea le cimetière d'un pas assuré, à la recherche d'un endroit propice à l'escalade. Il abandonna bientôt la grande avenue éclairée et bifurqua sur sa gauche dans une rue que seuls quelques vieux lampadaires préservaient de l'obscurité. Il marcha ainsi plusieurs minutes et s'enfonça doucement dans un quartier aussi délaissé que pouvait l'être la zone du cimetière qui le jouxtait, comme s'il avait existé une capillarité entre les deux mondes. Après qu'il eut à nouveau tourné sur sa gauche, il aperçut un pylône électrique en béton, planté à seulement quelques centimètres du mur. Il se souvenait s'être bien des fois servi dans son enfance de ce type d'échelle offerte par Électricité de France. Les premières marches avaient été bouchées mais il lui paraissait facile de prendre appui dessus pour grimper. Il s'apprêtait à le faire lorsque deux couples marchant dans sa direction apparurent au bout de la rue. Marc prit alors l'allure la plus naturelle possible pour un homme immobile derrière le mur d'un cimetière à presque minuit. Mais l'immobilité, lorsqu'elle n'a pas de raison apparente, dérange. L'ordre des choses c'est le mouvement, la circulation. Tout ce qui va contre le flot bouscule. Car tout doit s'écouler. Le temps, le sang, les voitures, les idées, les cours de la Bourse, la vie. L'homme qui reste debout au même endroit sans rien faire est une insulte au déroulement du monde.

Les promeneurs arrivèrent enfin à son niveau et disparurent au coin de la rue, non sans lui avoir préalablement asséné un regard réprobateur.

C'était un soir de pleine lune. Marc n'était pas le moins du monde superstitieux mais savait en revanche que l'amie des loups-garous lui serait précieusement utile pour regarder devant lui. Il eut un petit sourire en repensant aux films terrifiants de sa jeunesse qui auraient pu le mettre en garde contre une telle entreprise et, en quelques mouvements fluides, se retrouva bientôt au sommet du mur...

D'en haut la vue était saisissante. Une île de pénombre dans un océan de lumière. Il n'y avait pas un souffle de vent, tout était comme pétrifié, jusqu'aux moindres extrémités des branches des arbres. Marc posa un premier pied sur une grande croix et appuya le second sur la partie la plus en hauteur du reste de la tombe qui l'avait accueilli. Quelques égratignures plus tard, il se tenait enfin debout sous les étoiles. Le bourdonnement lointain de la fête se faisait encore entendre mais ne parvenait pas à couvrir le silence oppressant du cimetière. Il prit rapidement conscience que dans ce lieu deux fois endormi, son principal ennemi n'était autre que lui-même. Il s'efforça de porter un regard froid sur tout ce qui l'entourait. Sa raison lui disait qu'il n'y avait autour de lui que des arbres et de la pierre. Il devait juste dompter son imagination. Il se mit en marche d'un pas alerte en partant sur sa droite. Son premier objectif était la tombe de Calas. De là, il était certain de pouvoir retrouver celle de Veronica, située entre deux autres caveaux surmontés de deux croix longues et fines parfaitement identiques et facilement reconnaissables. Il avança une minute dans cette absolue solitude et aperçut la cime d'un pin qui, en grandissant sous les assauts répétés du mistral, s'était tordu comme un bonsaï. Contrairement au reste de sa vie, ce pin n'avait pas bougé depuis l'enterrement de sa mère, au pied de son tronc courbé… Aussi rapidement qu'un miroir renvoie un reflet, Marc passa dans une autre dimension. Il n'y avait plus de mystère, d'urgence ou d'obscurité. Le temps avait disparu. Il était juste un enfant d'un mètre quatre-vingts, immensément seul et perdu à quelques mètres d'une paisible stèle de pierre. Un flot de tristesse se déversa dans ses veines, aussitôt réprimé par la volonté de l'adulte qui reprenait le contrôle.

« Pas aujourd'hui, pas encore », se dit-il.

Il se remit en marche.

Bientôt la silhouette endormie du tombeau de Calas apparut dans la pénombre, drapée de lumière lunaire. Il bifurqua dans sa direction, abandonnant dans son sillage les derniers lambeaux d'émotion que sa mère avait fait jaillir dans son cœur. Il s'arrêta un instant et prit conscience que quelque chose pouvait très bien l'attendre dans la chapelle du botaniste, puisque celui qui l'avait entraîné ici connaissait sûrement aussi son existence. Il s'approcha de l'entrée. Un rapide coup d'œil sur l'autel lui confirma qu'il n'y avait rien pour lui mais une pensée lui traversa l'esprit. Il ne connaissait absolument pas les intentions de celui qui le manipulait. Même s'il existait peu de chances pour qu'un piège lui ait été tendu la nuit, il n'était pas armé et les milliers d'impassibles témoins qui l'entouraient ne lui seraient d'aucun secours. Au moment où il regrettait son inconséquence, une silhouette fendit les branches de l'arbre qui coiffait la chapelle, dans un bruit de feuilles froissées. Marc sursauta, la respiration suspendue, au message « danger » que son cerveau, en une fraction de seconde, venait d'envoyer dans tout son corps en flots d'adrénaline. Un chat roux tomba alors du toit. Marc le regarda disparaître dans les herbes hautes, tandis que sa tension redescendait aussi vite qu'elle était montée. Il pesta contre lui-même, reprit ses esprits et à son tour s'engagea dans le champ. La tombe de Veronica se trouvait en face. Son regard croisa bientôt les deux croix qu'il cherchait et qui jouxtaient la dernière demeure de la femme au masque blanc. Soulagé d'avoir localisé l'endroit, il s'avança. Un bouquet de fleurs se dessina bientôt dans la pénombre. Il ne semblait pas posé sur le marbre, mais à même le sol. Marc plissa les yeux et pressa le pas.

Ce qu'il découvrit le stupéfia.

Les deux tombes aux croix fines étaient bien là, et il n'y avait aucun doute possible sur l'emplacement de la tombe de Veronica. Le bouquet luisait sous la lune. Les fleurs, largement ouvertes, étaient de couleur pourpre et jaune. Enveloppées dans du papier de soie orange, jaune et mauve, elles reposaient sur la terre, à l'endroit exact qu'il cherchait.

La tombe de Veronica, elle, avait disparu...

35

Il avait le souvenir d'une pierre tombale grise. Une jolie tombe cossue qui laissait deviner, à l'épaisseur et à la beauté de son marbre, l'ampleur du chagrin de ceux qui l'avaient fait construire.

Dans le monde des vivants, une tombe ne disparaît pas.

Récupérer le bouquet, le déchiffrer, était tout ce qui lui restait à faire. Il s'approcha et se baissa pour le prendre.

Soudain, il y eut un craquement, juste derrière lui.

Pourquoi avait-il fallu que ce soit ce genre de craquement-là ? Il y a mille craquements différents dans un cimetière, la nuit. Un hérisson, qui pose sa patte sur une brindille, une pomme de pin qui se détache et tombe par terre, une branche qui se tord un peu sous la chaleur sèche d'un printemps nîmois. Mais ce n'était rien de tout cela.

Il venait d'entendre le son précis que font les graviers sous une chaussure.

Tout doucement, il se retourna.

À l'ombre d'un grand pin, se dressait la silhouette d'un homme.

Marc ne pouvait distinguer son visage, en dehors de deux points sombres à la place des orbites. L'individu mesurait au moins un mètre quatre-vingt-cinq, approximativement la même taille que Corti, et tenait quelque chose de long dans une main. L'embout de cette chose reposait sur son avant-bras opposé. L'objet capta la lumière de la lune. Une surface lisse et luisante. Un fusil à canon scié.

La mort.

Il la sentit soudain dans ses veines, dans l'air autour.

Il enragea. Ce n'était pas tant la peur de mourir que l'angoisse de mourir trop tôt. Pourquoi « trop tôt » ? Cela n'avait pas de sens. C'est toujours trop tôt. Il ne voulait pas mourir « avant ». Mais avant quoi ?

Le temps s'étirait.

Avant quoi ?

À quelques mètres de là reposait sa mère.

Il allait mourir et il lui en voulait encore.

Une voiture passa au loin, emportant des jeunes imbibés d'alcool, vociférant et tambourinant. L'idée de crier à son tour lui traversa l'esprit. Une fausse bonne idée. Un cri de plus dans la folie ambiante. Personne n'y prêterait attention. Il tenta d'estimer la distance qui le séparait de l'individu. Trop grande. Il ne trouva qu'une solution : communiquer. Mais au moment où il allait ouvrir la bouche, quelque chose bougea derrière les jambes de la silhouette. Un petit chien noir et blanc, mi-fox, mi-griffon, venait de se poster aux pieds de son maître, la truffe en éveil, les oreilles dressées et le regard rivé sur Marc.

Le soulagement fut immense : ça n'existe pas les tueurs qui se baladent avec un chien de dessins animés.

L'homme fit un pas en avant et sortit de l'ombre du pin.

Il était vêtu d'un tricot de corps usé et d'un pantalon de toile. La cinquantaine bien tassée, aussi sec qu'un vieil arbre. Une cicatrice lui barrait le visage, un visage qui ne lui était pas inconnu. Soudain il se mit à parler, d'une voix de vieux bois sec, forcément, une voix d'arbre :

– Vous aviez peur que les tombes s'en aillent pendant la nuit ? Vous avez voulu vous recueillir avant ?

Marc sourit intérieurement. Il avait reconnu le gardien du cimetière. Il ne pouvait y avoir entrée en matière plus adaptée.

– Je peux vous expliquer.

– Ça, j'en doute pas.

Au ton utilisé, il était évident qu'il n'y avait aucune alternative…

– Je suis juge d'instruction. (Marc sortit sa carte.) Tenez, vous pouvez vérifier.

– Je sais qui vous êtes.

– Comment ça ?

– Vous étiez venu il y a longtemps sur les tombes de Calas et de Marguerite Long. Et vous repartiez avec des bouquets qui n'étaient pas fanés.

Marc resta bouche bée. Le gardien désigna le bouquet posé sur la terre, derrière Marc.

– Celui-ci aussi, vous allez l'emporter ?

– Il faudrait, oui.

De ses yeux malins, le gardien sonda Marc.

– Prenez-le, je vous offre un verre, vous m'expliquerez.

À nouveau, il n'y avait pas de contestation possible.

36

Servi par les circonstances, le gardien avait acquis un ascendant provisoire sur le juge. Un petit sourire accroché aux lèvres, il entendait jouir de ce privilège sur l'intégralité du parcours qui menait les deux hommes à son logement de fonction. Son bouquet de fleurs à la main, Marc le suivait docilement au milieu des tombes. Le gardien portait des vieilles tongs qui remuaient la terre à chacun de ses pas et lui donnaient des allures de campeur regagnant sa tente au milieu de la nuit. Ils arrivèrent enfin sous la grande arche et l'homme ouvrit la porte devant laquelle le petit chien s'était posté en remuant la queue. D'un mouvement de tête, il invita Marc à entrer. Marc s'exécuta en observant au passage les énormes serpents tatoués symétriquement sur chacun des bras de son hôte. Ils auraient couvert n'importe quel homme de ridicule, mais allaient si bien à celui-là qu'il semblait être né avec.

Le petit chien s'engouffra entre les jambes du juge et bondit sur un canapé en velours usé couleur caramel. On ne le vit plus. L'intérieur de la maison était vaste, à l'image du cimetière. Les plafonds immenses souffraient du même mal que le petit couloir emprunté autrefois par Marc pour se rendre au cimetière : la peinture qui tombait en lambeaux semblait désespérément attendre une rénovation qui n'arriverait jamais. La bâtisse ouvrait à l'est sur la grande avenue et à l'ouest sur les morts. L'aménagement ne ressemblait pas au gardien. Tout y respirait le vieux et la naphtaline. L'armoire en bois décrépit, le sol en vieux pavé de quartz, le crucifix accroché au mur. Seul un ordinateur dernier cri, carrossé comme une voiture de course, ramenait un semblant de modernité. Il rangea son fusil au-dessus d'un buffet des années 30. Puis il attrapa deux petits verres, une bouteille de liqueur et posa l'ensemble sur une table en Formica recouverte d'une toile cirée à fleurs. D'autorité, il remplit les godets et tendit le sien pour trinquer, en rivant ses yeux dans ceux de Marc.

– Je m'appelle Pietr Draganov.

– Marc Ferrer.

– À Solenna Demoncheva !

Marc leva un sourcil d'incompréhension.

– Tenancière de bordel et sacrée bonne femme qui m'a sauvé la vie en 1985. Elle m'a appris à fabriquer la meilleure liqueur du monde ! Depuis, je ne trinque plus qu'à elle !

D'un trait, il engloutit le liquide. Marc fit de même et sentit une boule de feu cautériser chaque millimètre de son œsophage. Il lutta pour que ses yeux ne se voilent pas et y parvint avec assez de fierté. Pietr les resservit aussitôt et les deux hommes s'assirent sur des vieilles chaises en osier percées.

– Racontez-moi.

Il parlait avec un très léger accent slave, en détachant les syllabes comme s'il appréciait et mesurait chaque parole prononcée. Marc ne se voyait pas refuser. D'ailleurs, il n'en avait pas envie. Il réalisa que personne ne connaissait l'intégralité de son histoire. Pietr était un homme d'honneur, c'était évident. Il pourrait en être le dépositaire. Marc entama alors son récit depuis le début, de sa rencontre avec la femme au masque blanc jusqu'à ce nouveau bouquet la veille, en passant par la mort de Veronica, celle d'Inès et l'implication possible d'Albuquerque. Il avait bien conscience de violer le secret de l'instruction. Même si son interlocuteur lui inspirait la plus grande confiance, un verre à la main, il passait le plus tranquillement du monde cette barrière qui quelques semaines auparavant lui aurait semblé infranchissable.

Il finit son exposé et vida son verre. Cette fois, il n'eut pas à lutter pour que ses yeux ne s'embuent pas. Comme si le contact de Pietr lui avait durci le cuir. Imperturbable, le gardien entama sa propre histoire, pour rétablir l'équité. D'origine polonaise, il était arrivé à Strasbourg à l'âge de six ans. Son père, maçon, était mort alcoolique lorsqu'il avait seize ans. Il avait alors trouvé un poste d'assistant jardinier dans un château alsacien et s'était découvert une vraie passion pour les plantes. À cette époque, sa vie professionnelle semblait toute tracée : il serait jardinier ou rien. Mais le sort en avait décidé autrement. Trop fier et trop bagarreur, d'un coup de poing il avait expédié un rival à l'hôpital et écopé, du même coup, d'un an de prison. Fini le jardinage et les rêves de botanique. À sa sortie, avec pour tout CV sa nationalité polonaise et son casier judiciaire, il n'avait pas trouvé de travail. Une affiche de la Légion étrangère avait alors changé sa vie. Au bureau de recrutement, ses défauts étaient devenus des qualités. Puisqu'il devait aider sa mère, il avait signé pour cinq ans et en avait fait quinze. Pendant toute cette période, il n'avait jamais perdu le goût de la botanique, ni laissé filer une occasion de ramener quelques graines d'une nouvelle variété de plantes. Une fois rendu au monde civil, un « frère » légionnaire lui avait parlé de ce poste que son père, qui venait de mourir, avait occupé. Dans un cimetière, il y a des arbres et des fleurs. Il avait aussitôt postulé.

– Ça n'est pas rien, le bouquet qu'on a laissé pour vous, vous savez, dit-il en guise de conclusion en regardant les fleurs posées sur la table.

– Pourquoi ? demanda Marc.

Pietr désigna les fleurs pourpres.

– Celle-ci, c'est la rose qui a donné ses gènes à toutes les autres. La plus ancienne de toutes. Elle ne ressemble pas à ses descendantes, hein ?

En effet, elle n'avait rien à voir avec une rose.

– Elle s'appelle rose de France.

Il toucha ensuite de la main les longues feuilles vertes des branches qui avaient été disposées en couronne et qui libérèrent instantanément leur parfum de médicament.

– Ça, vous reconnaissez ?

– C'est de l'eucalyptus ?

– Exactement. Et celles-ci, Pietr pointait les autres fleurs jaunes, dans la couronne intermédiaire, ce sont des glaïeuls.

Marc les avait reconnues. Le légionnaire se tourna vers le juge.

– Moi, je suis imbattable pour vous donner le nom des fleurs, mais je ne sais pas ce qu'elles veulent dire. Ça m'intéresse, votre truc. Il faudra que je me renseigne.

– J'ai un livre. Je vous montrerai.

Pietr le dévisageait. Il sembla prendre une décision.

– Suivez-moi, dit-il en se levant, moi aussi j'ai quelque chose à vous montrer.

Il était le genre d'homme à donner autant que ce qu'il recevait. Tous deux avancèrent au bout d'un étroit couloir, jusqu'à une épaisse porte en bois. Le gardien l'ouvrit. Un éclairage automatique s'enclencha. Il y avait là une petite cour fermée, d'environ dix mètres sur dix, à l'abri de tous les regards. Des centaines d'espèces différentes poussaient ici. Marc n'en connaissait aucune. Certaines arboraient des fleurs aux couleurs si vives qu'elles lui semblaient presque artificielles. D'autres, merveilleuses et inquiétantes, déployaient leurs feuilles gigantesques jusqu'au sommet des murs, pendant que leurs racines rouges et tentaculaires s'entrelaçaient dans la terre noire que Pietr avait fait déposer là. Toutes ces plantes mélangeaient leurs parfums dans cet extraordinaire cocon, ce véritable jardin des sens, né de l'imagination du légionnaire, mais qui semblait tout droit sorti d'un décor de conte de fées.

Marc comprit qu'il découvrait l'œuvre d'une vie, le jardin le plus extraordinaire qu'il lui avait été donné de voir.

– C'est magnifique, dit-il.

Pietr sourit fièrement. Les deux hommes rentrèrent.

- Pietr, la tombe de Veronica Rossi, qu'est-elle devenue ? demanda Marc alors qu'ils pénétraient dans le salon.

– J'ai reçu un avis de transfert il y a deux ans. Deux types sont venus et ont emporté le cercueil.

– Tu sais où?

Il venait de le tutoyer le plus naturellement du monde.

– La Légion m'a appris à obéir sans poser de question.

Marc lui sourit pour le rassurer.

– Ce n'est pas grave. Je vais finir par trouver.

En d'autres circonstances, il serait resté bien plus longtemps en compagnie de l'ancien légionnaire. Mais il se faisait tard et son attention était sans cesse ramenée, malgré lui, vers ce bouquet qu'il avait posé sur la nappe en toile cirée. Il devait partir et pourtant ne pas en rester là...

– J'ai une maison ici, avec mille mètres carrés de terrain. De la bonne terre, sur les hauteurs, derrière la Tour Magne. Je n'y suis presque jamais, toujours coincé à Paris, et c'est un peu le souk. Les oliviers sont piqués, le mimosa plie sous son propre poids…

Pietr apprécia le trait d'union qui lui était proposé.

– Tu n'auras plus de problème avec ton jardin. Je passerai la semaine prochaine.

Marc lui griffonna l'adresse et lui laissa aussi son numéro de portable.

– Je te ferai goûter une liqueur de verveine maison, bien qu'à côté de la tienne, ça te paraîtra du sirop pour enfant…

– C'est bon aussi, le sirop pour enfant.

– Si jamais je n'y suis pas, la porte sur la gauche du portail reste ouverte.

Le taxi qu'il avait appelé arriva. Il serra pudiquement la main du légionnaire botaniste et s'engouffra dans la voiture.

La première chose qu'il fit en arrivant au mazet, fut d'exhumer un livre qu'il n'aurait jamais pensé feuilleter à nouveau ; celui de Jules Calas, qui dormait paisiblement au milieu de dizaines d'autres, dans la petite bibliothèque en teck du bureau du premier étage. Il ne put s'empêcher de passer la main sur la couverture, comme on caresse un chat. Il s'assit par terre, ramena le bouquet près de lui et ouvrit le livre. L'odeur du papier qu'on a enfermé trop longtemps exhala des volutes de vieux souvenirs, de sensations qui s'échappent à peine effleurées. Calas donnait la même signification à la rose de France qu'au glaïeul jaune : *Retrouvez-moi.* L'eucalyptus signifiait : *Amour du voyage, Désir de voyage* ou encore *Partez en voyage.*

Marc posa le livre au sol et réfléchit au message qui lui était livré. Il n'y avait qu'un déchiffrage possible : quelqu'un lui demandait de partir en voyage pour retrouver Veronica Rossi.

37

Il était à peine huit heures du matin lorsque Marc se fit déposer à l'entrée du CHU de Nîmes. Il entra dans l'enceinte de l'hôpital et se dirigea vers l'institut médico-légal. Il longea une pelouse parfaitement entretenue et passa devant plusieurs pavillons qui abritaient différents services. Il avait dépassé deux pavillons quand une voix l'interpella :

– Marc ?

C'était son père qui sortait du pavillon cardiologie. Marc s'arrêta et se laissa rejoindre.

– Ça va papa ? Qu'est-ce que tu fais là ?

– Et toi ? demanda Hyppolite inquiet. Tu as un souci ?

– Non. Tu te préoccupes de ma santé ?

Marc regretta ces mots aussitôt prononcés. Hyppolite ne les releva pas.

– Qu'est-ce que tu faisais en cardiologie ?

– Pour une fois, j'étais pas en train de draguer une infirmière. Ça ne risque plus de m'arriver depuis Isabelle. Tu te souviens d'elle ?

– Papa…

– O.K. O.K… Ce n'est rien, rassure-toi. Juste une visite de

contrôle. Quand on vole, passé un certain âge, il faut se surveiller.

Il montra le dossier qu'il avait en main.

– Mais ce qui est là-dedans dit que tout va bien, pour l'instant.

« Pour l'instant »... Marc prit soudain conscience de l'âge de son père. Les rides, les traits tirés, le dos légèrement courbé, la démarche plus lente qu'avant, Hyppolite avait vieilli sans qu'il s'en rende compte.

– Le temps passe et se contrefout des vieilles rancœurs, reprit Hyppolite comme s'il avait deviné les réflexions de son fils. Je suis vieux aujourd'hui. J'ai l'impression que tu ne t'en étais pas encore rendu compte, je me trompe?

Marc fut surpris par la remarque.

– Non, je...

– Ne te justifie pas... Il m'a fallu attendre quarante-cinq ans pour comprendre que le temps filait et que mes parents n'étaient pas éternels. Et toi, tu vas où ?

– À la morgue. Une affaire importante.

– Je n'aurais jamais pu faire ton boulot. Il y a tellement de choses plus intéressantes que les cadavres... Mais je ne veux pas te retarder. Le travail, c'est important.

Il s'éloigna en direction du parking.

– Prends soin de toi d'accord ? dit-il en adressant un dernier regard à son fils.

Marc acquiesça et le regarda partir. Il aurait aimé répondre « toi aussi », mais il en fut incapable. Les mots pourtant, n'étaient plus aussi loin qu'autrefois.

38

La double porte en verre de l'entrée principale se referma derrière lui. Sans prêter attention à l'infirmière assise au bureau d'accueil, il emprunta le couloir de gauche, tapissé de néons. Après trois années passées au Palais de Nîmes, il savait parfaitement comment traverser le bâtiment pour se rendre à la morgue. Au fil du temps, les locaux de la médecine légale s'étaient laissé grignoter par l'hôpital, pour finir dans une pièce d'une trentaine de mètres carrés, au fond d'un couloir du rez-de-chaussée. En avançant, il ressentit le même malaise qui l'étreignait toutes les fois qu'il mettait les pieds dans un bâtiment médical : l'impression de pénétrer dans un espace qui vit selon ses propres règles, ses propres connaissances, et où l'on ne maîtrise plus rien. Exactement comme dans un avion : à la merci de ceux qui commandent.

Il accéléra le pas pour échapper le plus rapidement possible à l'odeur de formol qui le prenait à la gorge, à ces malades aux joues creuses qui le regardaient avec insistance exhiber sa vitalité, lui rappelant qu'un jour, peut-être, ce serait son tour. Il tourna enfin au bout du troisième couloir et déboucha sur celui, très long, qui menait à la morgue.

Tout au bout, il aperçut Harriet Isboux, le médecin-légiste principal de Nîmes. C'était une charmante petite femme de trente-cinq ans au physique de poupée.

Marc et Harriett avaient eu une relation huit ans plus tôt, peu de temps après l'affaire Fouisson. À cette époque, elle sortait tout juste d'une séparation douloureuse et Marc, de son côté, se battait pour ne pas sombrer. Leur indisponibilité affective avait posé les bases d'une relation sans enjeu et sans engagement, que tous deux qualifiaient de thérapeutique. Lorsque Marc y avait mis un terme, peu de temps avant qu'il ne rencontre Adélaïde, Harriett lui avait dit en l'embrassant : « Ne m'en veux pas de ne pas pleurer. Les larmes, c'est un truc que je n'ai plus en stock pour le moment. »

Ils étaient restés amis. Harriett avait finalement pris goût au célibat, que son physique avantageux lui permettait de vivre pleinement. Elle s'était mise à collectionner les aventures et assumait parfaitement son nouveau statut de dévoreuse d'hommes. Juste avant que Marc ne soit muté à Paris, elle lui avait confié ne pas vouloir s'encombrer d'un enfant et encore moins d'un mari qui laisserait tôt ou tard traîner ses chaussettes aux quatre coins de la maison. Mais elle avait ajouté : « Si tu te mets un jour en tête de fonder une famille, reviens quand même me voir, parce que s'il advenait que je change d'avis, c'est un mec dans ton genre que je chercherais : ennuyeux comme la pluie, mais sensible comme personne. Sans parler de notre entente sexuelle... » Marc avait gardé une grande affection pour cette femme franche et entière à l'humour décapant, et beaucoup de respect pour ses choix. Elle avait choisi cet étrange métier parce que, pour elle, la morgue était l'endroit où échouaient tous les mystères que la ville rejetait. Et les mystères la captivaient.

Marc arriva à sa hauteur. Harriett n'avait pas changé ; en dehors de sa très petite taille, qu'elle compensait par le port de talons gigantesques, il était difficile de lui trouver le moindre défaut. Elle était vêtue d'une robe noire surpiquée de dentelle et dont le décolleté plongeant débordait par-dessus sa blouse blanche de légiste.

– Un revenant, dit-elle froidement.

– Ta joie fait plaisir à voir.

– Parce qu'en plus je devrais être contente de te revoir ?

Il lui sourit et se jeta dans ses bras.

– Tu m'as manqué Marc.

Ils s'embrassèrent affectueusement.

– Tu vas bien ? demanda-t-il.

– On ne peut mieux. Tu es toujours avec Adélaïde ?

– Oui.

– Elle va bien ?

– Je crois.

– Dommage.

– Désolé de te décevoir.

– C'est ta fidélité qui me déçoit. C'est d'un ennui…

– Salinque n'est pas là ?

– Où veux-tu qu'il soit ? Il est au téléphone, dehors. T'as pas l'air dans ton assiette…

– Je suis un peu préoccupé par cette affaire. Tu me dis ce que tu sais sur la victime ?

– Les retrouvailles auront pas duré longtemps dis donc, toujours aussi professionnel.

Elle attrapa un dossier qu'elle consulta.

– Alors, cage thoracique enfoncée, poumons perforés, hémorragie interne massive. Elle est morte très rapidement. Et elle était enceinte.

– Tu es sûre ?

– De deux mois et demi. Le véhicule qui l'a percutée doit être un genre de 4x4, je peux te donner la hauteur du capot avec une certaine précision. Suis-moi.

Ils traversèrent la salle d'autopsie derrière laquelle se trouvait son bureau. La température y était glaciale. Deux tables en inox occupaient la pièce. Sur l'une d'elles gisait un corps recouvert d'un drap ; les pieds nus d'Inès dépassaient, une étiquette accrochée à un orteil. Marc ne s'était jamais habitué à ce détail sordide. Il sentit une chape de culpabilité s'abattre sur lui. Il aurait dû anticiper, se douter qu'Albuquerque ne laisserait pas un témoin le détruire. Inès avait placé ses espoirs en lui. Elle reposait maintenant sous ce drap blanc, le corps mutilé.

Il entra dans le bureau d'Harriet, la rage au cœur et les poings fermés. Il se dégageait de lui une telle force sombre que Harriet ne prit pas le risque de lui faire remarquer qu'une larme amère coulait au coin d'un de ses yeux.

39

Marc sortit du bâtiment, et rejoignit Salinque qui venait à peine de terminer sa conversation téléphonique.

– Salut Juge. Ça fait plaisir de vous voir.

– Moi aussi ça me fait plaisir Grégoire.

– Je dis à mes hommes de se mettre en route ?

Le policier faisait référence à la perquisition chez Albuquerque que Marc lui avait demandé de mettre en place.

– Oui. Retrouvons-les sur la route.

Ils avancèrent dans une des allées du parking. Salinque s'empressa d'allumer une cigarette. Il faisait partie de ces fumeurs à qui personne, jamais, n'ose demander quand ils comptent s'arrêter. Il passerait dans l'autre monde une cigarette à la bouche et le savait. Pour autant, le policier n'aurait pas supporté que quiconque lui fasse la morale à ce sujet. Son grand-père, fumeur invétéré, était mort en bonne santé à quatre-vingt-quinze ans et sa famille défiait la médecine, ses statistiques et les poumons des non-fumeurs. Ils s'arrêtèrent devant la voiture du policier, une Twingo moutarde qui lui servait de débarras et dont les sièges maculés de poils de chien n'avaient jamais rencontré une housse de leur vie.

– Je peux vous poser une question ? demanda le policier.

Marc regarda Salinque qui avait plissé ses petits yeux, perdus au milieu de son large visage, ce qui voulait dire « il y a vraiment quelque chose que j'ai besoin de comprendre ».

– Allez-y.

– Il y a huit ans, il y a eu un accident avec délit de fuite. La victime s'appelait Veronica Rossi. Vous devez vous en souvenir, vous m'appeliez tous les jours pour savoir si l'enquête avançait.

– Je m'en souviens très bien.

– J'ai confiance en vous, Juge, vous le savez. (Il appuya cette phrase d'un regard franc.) Mais pour enquêter correctement, j'ai juste besoin de savoir si les deux affaires sont liées…

Sa question était légitime. Il lui répondit avec franchise.

– Je donnerais n'importe quoi pour le savoir.

– C'est quoi votre lien avec Veronica, et en quoi Albuquerque pourrait être impliqué ?

– J'ai rencontré cette fille lors d'une soirée, au château des Ortolans. Albuquerque était présent. Il y avait pas mal de monde. C'est le seul lien apparent. Mais pour répondre à la question que vous avez sur l'estomac depuis huit ans : non, je ne conduisais pas la voiture qui l'a tuée.

Le policier eut un sourire soulagé.

– Sa tombe a été déplacée il y a quelque temps. J'ai besoin de savoir où elle se trouve maintenant.

Salinque ne posa pas de question et acquiesça d'un mouvement de tête. Il allait se renseigner.

– Grégoire, reprit Marc, il faut que je vous parle d'un problème dont je n'ai parlé à personne.

– Je vous écoute.

– Jérôme Corti m'a menacé de mort.

– Comment ?

– Il est venu me trouver au départ du TGV. Il me tient pour responsable de la mort de son frère.

– Pourquoi ne dites-vous rien à votre hiérarchie ?

– Parce que je serais immédiatement mis sous protection, ce qui m'obligerait à abandonner l'affaire en cours.

– On parle de votre vie, là.

– Je sais. Mais je ne veux pas céder à l'intimidation.

– Il y a pas mal de collègues qui le recherchent, mais je vais m'y coller aussi.

– Merci Grégoire.

– Mais vous devriez vous laisser mettre sous protection. Corti, c'est pas un enfant de chœur.

Marc s'approcha de la voiture.

– J'ai peut-être une piste pour arrêter Albuquerque, si c'est lui qui a tué Inès, reprit Salinque.

Marc s'arrêta, attendant la suite.

– Elle a été tuée en bas de chez elle. Juste à côté, sous l'arche du pont des chemins de fer, il y avait un clodo. Un type qui avait installé une tente depuis des mois. Il n'est plus là depuis.

– Et vous trouvez cette coïncidence étrange ?

– Un clochard solitaire a du mal à se trouver un coin à lui. Souvent, il faut qu'il se batte pour son territoire jusqu'à ce qu'on l'emmerde plus. Lui, il a fait tout le boulot, et maintenant qu'il était tranquille, qu'il avait son coin à lui, il se barre. C'est pas logique.

– Vous pensez qu'il a vu Albuquerque renverser Inès ?

– Si c'est le cas, il ne pouvait pas le laisser là.

– Ce n'est pas un tueur professionnel. Il ne pouvait pas se mettre à courir derrière un type pour le tuer, le porter dans son coffre, et se débarrasser du corps en laissant des dizaines de traces que la police scientifique n'aurait eu aucun mal à analyser.

– Non. Je pense qu'il l'a acheté. Je fais vérifier les retraits qu'a effectués Albuquerque après le meurtre et je vais fouiner un peu pour savoir si les autres clodos du coin savent ce qui lui est arrivé. Si aucun ne le sait, c'est qu'on est sur la bonne voie. Et faudra alors que je mette la main dessus.

– Vous savez à quoi il ressemble ?

– Aucune idée.

– Comment ferez-vous ?

Le policier jeta au sol sa cigarette, qu'il écrasa du pied.

– Ça c'est mon boulot, mais je peux rien vous promettre.

Il se perdit un moment en réflexion.

– Dites, Inès, vous croyez qu'elle attendait l'enfant d'Albuquerque ?

– C'est possible.

– Merde alors…

Marc ouvrit enfin la portière de la Twingo pendant que Salinque s'installait au volant. Il se demandait s'il n'était pas plus sage de tout lui raconter. Après tout, le bouquet pouvait signifier qu'Albuquerque avait une longueur d'avance, et peut-être, sans que Marc comprenne lequel, un moyen de pression. Il décida finalement de ne rien dire. Il avait déjà raconté son histoire à Pietr, cela suffisait. Il allait affronter Albuquerque sur ses terres. Il devait se concentrer, aiguiser les lames et consolider les boucliers.

40

Le cortège de voitures grimpait en direction des Cévennes. Celle de Salinque ouvrait la voie. Les pieds sur un carton d'abricots qui traînait devant le siège passager, Marc regardait danser le petit arbre vert sous le rétroviseur, un petit sapin de buvard sensé débarrasser l'habitacle de ses odeurs de fumée. Les effluves de tabac avaient eu raison de son parfum et sa couleur tournait maintenant au gris. Marc baissa les yeux vers le cendrier dans lequel le policier venait d'écraser sa deuxième cigarette. Salinque fumait bien plus vite qu'il n'avait l'occasion de le vider, et une fumée nauséabonde s'échappait encore de cette fosse à mégots. Marc tenta d'ouvrir la fenêtre mais la poignée lui resta dans les mains. Salinque lui adressa une moue désolée qui masquait mal qu'il n'en avait rien à faire. Marc sourit et se sentit un peu mieux. À l'orée d'un virage apparut enfin le chemin de terre. Celui qu'il n'avait plus emprunté depuis le lendemain de sa rencontre avec la pianiste des Ortolans. Salinque bifurqua sur la droite et s'y engagea.

Depuis plus de deux mois, aucune goutte de pluie n'était venue abreuver la terre qui commençait à se craqueler. Les pneus de la Renault soulevaient un nuage de poussière ocre dont les fines particules retombaient implacablement sur les autres voitures de police. À la radio, que Salinque laissait toujours en fond, un énième spécialiste venait en contredire un autre : à cause d'un phénomène de pression atmosphérique, lui-même dû au dérèglement du fonctionnement de la planète, il était certain qu'il ne pleuvrait pas et que l'été approchant serait un tunnel de sécheresse. Le ciel de ce pays était parfois ainsi ; malgré toutes les prières du monde, les nuages narguaient les paysans et la terre assoiffée sans jamais les exaucer.

Soudain, une lourde goutte d'eau s'écrasa sur le pare-brise. La lumière déclina et un déluge de pluie s'abattit sur la voiture dans un fracas assourdissant. Les prières, pour une fois, avaient été entendues. Le chemin se transforma aussitôt en rivière de boue et une odeur d'ozone envahit l'habitacle. Salinque actionna ses essuie-glaces mais les balais, largement dépassés par l'ampleur des trombes d'eau, ne semblaient s'agiter que par principe. Une ambiance de fin du monde régnait désormais sur ces lieux surgis du passé. Dans cette atmosphère étrange, un sentiment noir grandissait en Marc, au fur et à mesure que l'espace et le temps qui le séparaient de l'avocat se réduisaient. Jamais il n'avait éprouvé autant de haine à son égard. Elle se propageait comme une trainée de poudre, et réveillait en lui une telle violence que pour la première fois de sa vie, sa conscience et sa volonté lui échappaient. Il tenta de se défaire de son emprise tyrannique, d'éteindre l'incendie qui embrasait son âme. Après tout, quel mal l'avocat lui avait-il fait pour qu'il le déteste à ce point ? Il repassa en un instant toute l'affaire Fouisson. Sans doute Albuquerque avait-il commandité le vol du 4x4, et par là même fait disparaître la seule preuve que Marc tenait contre le ferrailleur.

Il serra les dents ; l'avocat avait volé sa victoire, et malgré ses airs de voyou loyal, avait gagné en trichant. Il se souvint de la première fois où il l'avait vu, huit ans plus tôt, dans ce même château des Ortolans. Fantasque, flamboyant, sûr de son charme et de son charisme, il avait conquis l'assemblée dès ses premières paroles. Le monde, qui prétendait honnir le mensonge, la cupidité et la vantardise, adulait les menteurs, les cupides et les vantards. Marc se demanda s'il avait choisi le bon camp. La justice, comme une religion austère, avait redressé tous ses plis, étouffé dans l'œuf sa fantaisie, et fait de lui un serviteur loyal, un type bien qui n'intéressait personne. Il comprit soudain qu'il n'appartenait pas au monde qu'il croyait servir. Il n'en était qu'un masque. Et derrière le masque du monde, ce n'était pas l'avocat qu'il haïssait, mais le monde lui-même, ou plutôt l'hypocrisie du monde. La haine se transforma en glace lorsqu'il aperçut au bout du chemin la Porsche de l'avocat garée près d'une autre de ses voitures, un coupé Mercedes. Albuquerque avait une passion pour les belles voitures, tout comme Hyppolite. Ce trait d'union avec son père venait de lui jeter à la figure une évidence qui lui glaçait le sang : Albuquerque était sans doute le fils qu'Hyppolite aurait voulu avoir.

– Saloperies d'essuie-glaces ! pesta Salinque en se garant.

Le juge ne continua pas sur le chemin glissant où il venait de s'engager. La colère de Salinque envers ses balais rongés jusqu'au fer l'avait arraché à ses idées noires. La tempête se calma aussi vite qu'elle était venue et le rideau s'ouvrit sur le château qui se dressait à quelques dizaines de mètres.

Marc remonta le col de sa veste et sortit de la voiture. Le policier coupa le moteur et attrapa son portable. Le temps que les deux autres voitures se garent à leur tour, le juge fixa le château. Il avait anticipé cet instant. Il s'y était préparé. Sous aucun prétexte il ne devait se laisser déstabiliser par ces lieux, par cette histoire de pianiste et de bouquets. Il tourna son regard vers le parc. Les marronniers et les platanes semblaient endormis, témoins paisibles des agitations ridicules des hommes autour.

– Les choses ont changé ici, dit Salinque.

Le policier l'avait rejoint. Il portait un imperméable en plastique bleu, transparent, semblable à ceux que l'on vend dans les arènes les jours de pluie. Il avait relevé la capuche sur sa tête. Bien que très large, le « vêtement » était pour lui beaucoup trop étroit. À des années-lumière de l'archétype du flic en blouson de cuir, il était presque ridicule.

– Vous êtes déjà venu ? Qu'est-ce qui a changé ? demanda Marc.

– Je connaissais le vieux. Un maquignon comme on en fait plus. Il avait commencé à quatorze ans en vendant des chèvres. Quarante ans plus tard, il achetait le château et les trois cents hectares autour. Une nature. On l'a enterré il y a quatre ans. C'est Sonia, sa fille, qui a hérité de la propriété. Comme elle était mariée à votre copain l'avocat, c'est un peu lui le patron, maintenant. Enfin, quand il n'est pas occupé à Paris pour ses affaires. Au fait, j'ai votre info.

Marc ne fut pas surpris par la rapidité du policier. Son réseau était tentaculaire.

– Elle est à Venise.

– Pardon ?

– Veronica Rossi, elle est à Venise, au cimetière San Michele. Paraît que c'est une toute petite île sur la lagune, avec des tombes. Des tombes et des mouettes.

– Pourquoi Venise ?

– Ses parents sont italiens. Ils ont quitté Nîmes pour rentrer chez eux il y a deux ans. Ils voulaient avoir leur fille près d'eux. Ça peut se comprendre, elle était fille unique.

Marc repensa au bouquet. Il prenait désormais tout son sens.

Quelqu'un voulait l'envoyer à Venise pour retrouver Veronica.

– On y va ? dit Salinque sur un ton blasé, en désignant l'entrée du château.

La porte s'ouvrit. Albuquerque, en jeans de marque et chemise noire, sortit sur le perron et, malgré la distance, planta son regard dans celui de Marc. Le juge réalisa que son adversaire avait un centre de gravité si dense qu'il attirerait à lui tous les soupçons jusqu'à les détruire complètement. Quelle que soit la force de la tempête que déclencherait le juge, il n'oscillerait pas. Il faisait partie de ces rares personnes qui ne se démontent jamais et dont on n'aperçoit pas la limite. C'était sa force, et Marc le savait. Pourtant, ces limites, il fallait à tout prix qu'il parvienne à les atteindre. Il tourna la tête vers le policier.

– Oui, on y va.

Ils s'approchèrent du perron. Albuquerque, perché sur la marche de pierre, les regardait de haut en souriant. Il était parfaitement détendu, élégant et gracieux. Marc ne l'avait d'ailleurs jamais vu autrement qu'ainsi. Les traits de son visage étaient doux. Un visage éclairé de grands yeux noirs électriques qui semblaient vibrer d'une énergie retenue.

– Je vous attendais.

Sa voix n'était pas grave mais son timbre métallique parvenait toujours à faire vibrer les tympans de ses interlocuteurs, même lorsqu'elle était basse. Une voix de ténor, parfaitement placée. Sur ces mots, il ouvrit la porte en grand, invitant les policiers à entrer. Marc avança son premier pion :

– Nous allons plutôt commencer par votre voiture.

À ces mots, l'officier de police technique et scientifique qui les accompagnait s'avança d'un pas. Albuquerque le reconnut à sa mallette caractéristique. Son sourire s'effaça. Marc resta de marbre. Il ne devait montrer aucune émotion et surtout pas la joie qui le traversait à cet instant. Manifestement, Albuquerque ne savait pas qu'Inès était venue lui parler. L'avocat avait d'abord pensé au dossier Corti, qu'il maîtrisait.

– Vous avez une commission rogatoire, bien sûr ?

Il avouait ainsi son inquiétude. Marc reprenait confiance en lui. Il sortit le document et le lui présenta. Albuquerque ne prit pas la peine de le lire. Ses yeux, pétillants et malicieux s'étaient assombris et fixaient le juge.

Il les amena au garage où le 4x4 Mercedes était garé. Sans un mot, le technicien enfila une combinaison et commença à récolter des indices sur l'avant du véhicule. Il passa la calanque au Blue Star mais ne trouva aucune trace de sang. Marc ne quittait pas l'avocat des yeux, guettant ses réactions. Soudain, Albuquerque détourna la tête et toisa à son tour son adversaire. Salinque s'aperçut que les deux hommes étaient « accrochés ». Il brisa l'affrontement.

– On peut le laisser faire et s'occuper du château maintenant.

La phrase eut l'effet escompté. Marc tourna la tête vers le policier et, déstabilisé, acquiesça. Il venait d'entrevoir dans les yeux de l'avocat une haine si intime qu'elle ne pouvait prendre racine dans de simples affaires de justice.

Les trois hommes, suivis des officiers de police, emprunterent une allée bordée d'anciennes jardinières, de tulipes et de géraniums. Un parterre de jonquilles répandait dans l'air humide un parfum de printemps.

– Vous aimez les fleurs monsieur le juge ? demanda l'avocat.

Marc tressaillit. Albuquerque n'était sûrement pas étranger à l'arrivée du bouquet sur son bureau.

– À quoi jouez-vous ? lança Marc.

– À rien, je vous assure.

– Je viens perquisitionner chez vous, et vous me demandez si j'aime les fleurs ?

– Vous êtes juge, je suis avocat, vous pensez être du bon côté et vous croyez que je suis du mauvais. Mais nous pouvons tous deux aimer les fleurs, n'est-ce pas ?

– Sans doute pas pour les mêmes raisons...

Il y avait plus d'agressivité dans sa voix qu'il ne l'aurait voulu. Albuquerque ralentit le pas en le regardant du coin de l'œil.

– Qu'allez-vous chercher chez moi ?

Marc hésita à répondre. Mais il n'avait rien à perdre et pouvait gagner une indication en fonction de la réaction d'Albuquerque.

– Une clé USB.

L'effet fonctionna. Malgré des années de plaidoirie, l'avocat ne put contenir le trouble qui le gagnait. Le juge eut alors la confirmation de ce qu'il soupçonnait : il ne savait pas qu'Inès lui avait déjà parlé, ni le contenu de ce qu'elle lui avait révélé...

Ils arrivèrent au château et s'arrêtèrent dans le grand vestibule, celui où huit ans plus tôt, Marc avait emprunté un masque vénitien. Salinque s'avança devant l'avocat.

– Il y a quelqu'un d'autre que vous dans la maison ?

– Non. Notre cuisinière ne revient qu'à dix-sept heures et ma femme est partie à cheval. Elle ne sera de retour que dans deux bonnes heures.

Salinque fit signe à son équipe. Elle se déploya aussitôt.

Albuquerque se tourna vers le juge avec un grand sourire.

– Et si nous allions nous asseoir dehors ? J'imagine que vous avez des tas de questions à me poser...

Les trois hommes débouchèrent sur la grande terrasse du château. À nouveau, Marc se demanda si l'endroit avait été choisi au hasard... Ils s'avancèrent vers un grand dais de toile blanche qui servait de toit à une balancelle. Devant, se trouvaient deux fauteuils en osier et un salon en fer forgé. Albuquerque s'installa sur la balancelle. Marc et Salinque prirent place sur les fauteuils.

Malgré la pluie fine qui continuait à tomber, l'endroit était agréable. Rien n'avait changé depuis cette soirée de printemps où trois voyants du tableau de bord de sa voiture avait bousculé sa vie. À seulement quelques mètres, la porte du petit salon où se trouvait le piano était ouverte. Marc s'efforçait de ne pas la regarder, comme s'il avait redouté qu'à peine conçues, l'avocat ne lise ses pensées et ne les lui renvoie en pleine figure.

Albuquerque avait attrapé une tasse de café froid posée sur une table métallique. Il le buvait nonchalamment, par petites gorgées, sans en avoir proposé à ses hôtes, tout en se balançant d'avant en arrière avec son pied resté au sol. Le mécanisme grinçait doucement, comme les battements discrets d'un métronome imprimant la cadence de son interrogatoire à venir.

– Manifestement, vous n'êtes pas ici pour l'affaire Corti, sinon je ne vois pas en quoi ma voiture vous intéresserait. Je me trompe ?

Il avait recouvré son sang-froid et son sourire arrogant. Marc, qui faisait son possible pour ne pas laisser son affaire privée prendre le pas sur l'autre, sortit un dossier et le posa sur la table.

– Connaissez-vous une jeune femme du nom d'Inès Gabarre ?

– Oui.

– Quelle est la nature de votre relation avec elle ?

– Elle tient une boutique de vêtements pour hommes dans laquelle je me fournis de temps en temps. Disons que c'est une amie. Rien de plus. Pourquoi ?

– Avant-hier, aux environs de vingt-trois heures cinquante, une voiture l'a percutée dans la rue de Terraube. Le conducteur a quitté la scène aussitôt. Mlle Gabarre est morte quelques minutes après le choc.

– C'est terrible, ponctua l'avocat en étendant son bras sur la balancelle et en croisant les jambes. Mais ça n'est malheureusement pas le premier délit de fuite et ça ne sera pas le dernier.

S'il était affecté, il le cachait merveilleusement bien. Le juge reprit :

– Elle revenait de Paris. Elle était venue me voir.

Albuquerque soutenait son regard la tête haute.

– Elle affirmait être en possession de renseignements susceptibles de prouver votre implication dans l'affaire Corti, et dans quelques autres.

L'avocat décroisa les jambes puis répliqua sur un ton qui trahissait son agacement.

– Et vous pensez que je l'ai tuée ?

– Où étiez-vous le 18 mai à vingt-trois heures cinquante ?

– D'abord, comment savez-vous que c'est un crime et pas, tout simplement, un accident avec délit de fuite ?

Cette fois, ce fut Salinque qui répondit :

– La trajectoire de la voiture ne laisse planer aucun doute. Mlle Gabarre n'était pas sur la route lorsqu'elle a été percutée. La voiture est volontairement montée sur le trottoir.

– Je ne me souviens plus très bien où j'étais.

Marc consulta son dossier et continua :

– Vous vous êtes rendu au *News café*, un bar de nuit du boulevard Gambetta. Plusieurs témoins vous y ont vu. Vous avez bu plusieurs verres et vous en êtes sorti aux alentours de vingt-trois heures quarante. Le rapport d'activités de la borne automatique du parking de la place d'Assas, dans lequel vous louez un emplacement, confirme que vous êtes sorti au volant de votre voiture sept minutes plus tard, à vingt-trois heures quarante-sept.

L'air d'une chanson paillarde locale interrompit soudainement les échanges et réchauffa, un court instant, l'ambiance glaciale qui pesait sur la terrasse ; un téléphone portable sonnait. Les regards des trois hommes convergèrent alors vers le pantalon de toile beige de Salinque d'où s'échappait la mélodie, tandis qu'une vibration alternative secouait une de ses poches. Le policier, qui semblait parfaitement assumer son goût pour les musiques de fanfare, attrapa son téléphone puis interrompit le vacarme avec un « allo » guttural. Plus méprisant que jamais, Albuquerque ne prêta pas la moindre attention à lui lorsqu'il s'éloigna pour continuer sa conversation. Il se tourna vers Marc et lui répliqua simplement :

– Et alors ?

– Ce soir-là, Inès Gabarre a pris le train de vingt heures cinquante-cinq à la gare de Lyon. Elle est arrivée en gare de Nîmes deux heures cinquante plus tard, à vingt-trois heures quarante-cinq. Il lui a fallu cinq minutes environ pour rentrer chez elle. Pour aller chez vous depuis le parking d'Assas, vous ne passez pas très loin de son domicile. Ce qui veut dire que vous vous êtes retrouvé en voiture dans le même quartier qu'elle au moment où elle a été tuée. Elle était à pied, sur le trottoir. Vous étiez au volant de votre 4x4. C'était la nuit. Vous avez pu la croiser. La rue était déserte. Et la tentation de la faire taire une fois pour toutes sans doute très grande.

L'affrontement était maintenant très clair. Albuquerque regardait Marc comme un prédateur observe la proie qu'il va, tôt ou tard, dévorer.

– Vous avez un témoin ? demanda l'avocat.

Marc ne répondit pas.

– Je suis en effet allé boire quelques verres au *News*, puis j'ai pris ma voiture au parking et je suis rentré chez moi juste après. Ça me revient maintenant. Je n'ai vu ni Inès, ni personne d'ailleurs. Vous voulez me coller un PV pour conduite en état d'ivresse ?

Salinque avait rangé son portable et s'était rapproché. Il ne laissa pas le temps à Marc de répondre :

– Vingt minutes après le meurtre, vous avez retiré la somme de trois mille euros au distributeur de billets de votre banque. Votre carte platinium vous permet de le faire. Vous avez ensuite emprunté l'autoroute A6 en direction de Montpellier, vous avez payé le péage de Gallargue à minuit quarante. On vient de me confirmer tout ça.

Marc apprécia l'information, laissa passer un temps et enchaîna :

– Pourtant vous venez de déclarer être rentré chez vous après avoir pris votre voiture au parking.

Albuquerque esquissa un mince sourire.

– J'avais oublié. Je suis allé boire un autre verre dans un club, à Montpellier.

Salinque sortit un mouchoir en coton. Il avait gardé cette vieille habitude que lui avait donnée sa mère et ne se faisait pas aux mouchoirs en papier. Il se moucha bruyamment puis planta ses deux petits yeux malins dans les pupilles sombres de l'avocat :

– Le témoin, on ne l'a pas encore. Mais ça n'est qu'une question de temps...

La phrase resta en suspens. Marc s'engouffra dans la brèche :

– Saviez-vous qu'Inès attendait un bébé ?

Albuquerque stoppa net les oscillations de la balancelle. Il venait de prendre un coup de poing dans le ventre. Le juge le coinça dans les cordes et se déchaîna :

– Elle était enceinte de deux mois et demi. Elle avait peur. Elle voulait se protéger de vous. Il semble qu'elle avait raison.

Pour la première fois, l'avocat ne réagit pas. Il y eut un silence.

– C'était votre maîtresse, n'est-ce pas ?

– Je n'ai rien à vous dire à ce sujet, pour l'instant.

Il se leva.

– Nous avons terminé ?

Marc resta assis et, d'un mouvement de tête, signifia à Salinque qu'ils en avaient terminé. Albuquerque s'éloigna, suivi du policier qui avait pour mission de ne pas le lâcher d'un pouce pour toute la durée de la perquisition.

Il se retrouva seul sur son fauteuil en osier. Mais cette soudaine intimité à quelques mètres seulement du petit salon dont la porte était restée ouverte le troubla. Les émotions qu'il contenait depuis son arrivée au château et auxquelles la raison officielle de sa présence faisait barrage remontèrent brutalement. Pour la première fois depuis huit ans, les souvenirs enfouis dans sa mémoire remontèrent à la surface, avec une telle précision et une telle fraîcheur qu'il lui sembla apercevoir près de la rambarde de pierre la silhouette gracieuse d'une femme vêtue d'une robe légère et portant un masque blanc. Le vent s'était levé, chassant les derniers nuages du ciel cévenol et faisant frissonner à l'unisson les feuilles des marronniers en fleur. Il ne quittait plus des yeux la porte-fenêtre du petit salon par laquelle sortait un rideau blanc que le mistral gonflait comme une voile. Il se sentait irrémédiablement attiré par cette pièce où tout avait commencé et où dormait un piano noir sous deux anges dorés.

Sa raison, qui avait momentanément repris le dessus, lui fit tourner les talons. Il se leva, fit quelques pas mais s'arrêta brutalement. Du petit salon venaient de s'échapper des notes de piano, que le vent avait portées jusqu'à lui. L'adagio du *Concerto en sol* résonnait à nouveau entre les pierres des Ortolans. Et cette fois, il ne rêvait pas...

Il resta pétrifié, le visage aussi blanc que celui de Cybèle dont la statue posée sur la rambarde de pierre dominait l'escalier. Son souffle restait suspendu aux notes qui s'égrenaient au fil de la partition de Ravel et qui fendaient un silence soudain, comme si les policiers et l'avocat avaient été contraints de quitter les lieux dans l'instant, pour l'abandonner à ses souvenirs. Le vent lui-même, qui quelques minutes plus tôt soufflait avec vigueur, s'était subitement couché et semblait, lui aussi, obéir à cet ordre divin : laissez Marc à ses fantômes, laissez jouer le piano. Avait-il basculé dans un de ces rêves où l'espace et le temps, chaotiques et facétieux, s'amusent sans cesse à bouleverser les lieux, les personnages et l'époque ? Les notes tombaient doucement, comme une pluie fine enveloppée d'une odeur de terre mouillée, mêlée au parfum des massifs que l'orage avait réveillé. Marc se retourna enfin et dirigea son regard vers le salon d'où s'envolait par lambeaux l'adagio de Ravel. Il reprit ses esprits et parcourut la vingtaine de mètres qui le séparait du petit salon. Il s'arrêta. Cela ne faisait plus aucun doute, quelqu'un jouait de l'autre côté du voile et une seule question tenaillait désormais son âme. Qui ? Qui pouvait bien jouer ici et maintenant cette musique qui depuis des semaines rongeait son esprit ? D'un geste sec, il déplaça le pan de rideau sur le côté. Ce qu'il découvrit le saisit d'effroi. Devant un policier en faction qui observait la scène d'un œil détaché, Albuquerque qui s'était assis devant le piano promenait ses mains longues et fines, des mains de pianiste – Marc le découvrait alors – sur le clavier. Appliqué, concentré, il jouait l'adagio dans ce petit boudoir, investi d'une émotion musicale qui n'était pas feinte. Marc n'en croyait pas ses yeux ni ses oreilles : le diable était musicien. Rien n'avait changé dans cette pièce. La même odeur de violette, le même miroir gardé par des chérubins dorés et dont le teint piqué recelait dans sa lumière bleutée l'image d'un passé que Marc croyait à jamais disparu. Seul l'ange, autrefois assis devant le piano, avait été changé en démon, comme si une volonté maléfique et occulte avait voulu profaner ce souvenir.

Ses soupçons sur l'implication d'Albuquerque dans l'envoi du dernier bouquet se précisaient. L'avocat termina de jouer, les yeux fermés, appréciant la fin de la mélodie. Quand la dernière note s'évanouit enfin, Albuquerque ouvrit les yeux et découvrit dans la glace suspendue au-dessus du piano, l'image de Marc, blanc comme un linge. Il le regarda sans se retourner et s'adressa à lui au travers du miroir :

– Vous n'avez pas l'air bien…

L'inquiétude de l'avocat semblait si sincère que Marc aurait presque pu y croire. Mais il décida de ne pas réagir à la provocation. Tant qu'il ne saurait pas de quoi il retournait, il ne faudrait pas qu'il s'expose. À nouveau, le hasard, qui court sur le monde en semant à chaque instant tant de situations que l'imagination même n'oserait en concevoir, s'imposa à son esprit. « Peu probable » ne signifiait pas « impossible ». Quelque part dans les théories mathématiques, existait une possibilité pour qu'Albuquerque jouât ce morceau-là et pas un autre sans être impliqué dans le jeu de piste qui avait repris. Après tout, Veronica avait été invitée à la soirée des Ortolans. Elle avait donc connu Sonia ou Albuquerque lui-même. Peut-être avait-elle joué ce morceau à d'autres que lui et sans doute à l'avocat qui, en pianiste et mélomane, l'avait apprécié et appris. Marc tenait sûrement une explication.

– Ce n'est rien qu'un coup de fatigue.

– Vous connaissiez ce morceau ? demanda l'autre qui ne s'était toujours pas retourné.

– À un moment de ma vie, il a revêtu une importance particulière.

– Alors le hasard a bien fait les choses, n'est-ce pas ?

– Vous savez que je tente de prouver que vous avez vous-même introduit l'arme qui a permis à Corti de s'évader en tuant un gardien, que je fais rechercher sur votre voiture les traces d'un meurtre que selon moi vous avez commis...

Un léger sourire s'était dessiné sur les lèvres d'Albuquerque qui sentait la suite arriver. Il encouragea Marc à continuer :

– Et... ?

– Et vous me jouez un morceau de piano et parvenez à sauver les apparences en vous inquiétant de mon état de santé...

L'avocat fit pivoter son tabouret d'un demi-tour, croisa les jambes avec assurance et, le regardant droit dans les yeux cette fois, répondit :

– D'abord, je ne vous joue pas un morceau de piano. C'est vous qui êtes venu l'écouter. Ensuite...

Il ne termina pas sa phrase et fit instantanément barrage à la colère qui avait semblé le submerger. Il reprit un ton plus tranquille et, le visage à nouveau apaisé, changea de sujet :

– Ce concerto est la dernière œuvre majeure de Ravel. Il n'a hélas pas eu le temps d'en composer d'autres. Savez-vous de quoi il est mort ?

Marc, qui le regardait avec mépris et agacement, leva légèrement les sourcils sans même se donner la peine de répondre. Albuquerque continua son exposé :

– D'une maladie du cerveau. À la fin de sa vie, il ne pouvait plus écrire sa musique, ni même parler, mais l'entendait dans sa tête, comme je vous entends.

L'avocat jeta un regard circulaire sur la pièce, semblant y puiser son inspiration... Puis il poursuivit :

– La musique est un langage particulier, qui occupe une zone spécifique du cerveau.

À nouveau, Marc blêmit. Ces paroles entraient en résonance avec ses réflexions récentes dans le train, ses interrogations sans réponse sur l'irrationnelle simultanéité des derniers évènements qui avaient bousculé sa vie. Il croyait voir le diable en personne lui signifier une sentence. L'avocat continua, impassible :

– Ravel a emporté avec lui son dernier opéra, *Jeanne d'Arc*, qui ne vit jamais le jour. Mais il l'avait pourtant composé entièrement dans sa tête.

Il se leva et glissa les mains dans ses poches.

– Combien sommes-nous à ne pas pouvoir disposer de ce que l'on possède, monsieur le juge ? C'est tout le drame de la vie, n'est-ce pas ?

Marc l'écoutait avec attention et pour la première fois, mais il n'en avait pas conscience, avait cessé de le haïr.

– Vous voulez me mettre derrière des barreaux, ce n'est pas nouveau. Cette conversation ne revêt aucun caractère officiel.

Je peux vous dire aisément qu'il y aurait de quoi, et je ne vous apprends rien. Et si je vous ai semblé un instant sensible et bienveillant, rassurez-vous, ce n'est pas pour vous détourner des objectifs que vous vous êtes fixé.

– Alors pourquoi ?

Albuquerque sourit en découvrant des dents parfaites et éclatantes. Il montra d'un geste de la main la rangée de touches du piano.

– Nous ne sommes pas des notes noires ou blanches. Nous ne sommes jamais aussi simples.

Sur ces mots, il quitta la pièce, invitant implicitement Marc et le policier à faire de même. Puis sans se retourner, il lança :

– Vous devriez vous reposer. Vous avez l'air épuisé.

41

Un à un, tous les hommes revenaient du château. Marc et Salinque les regardaient reprendre place dans les voitures banalisées sans dire un mot. La perquisition n'avait rien donné. Trois clés USB avaient été trouvées, mais elles ne contenaient que des documents sans importance. Sa valise à la main, un jeune officier de la police scientifique s'approcha de Marc.

Il y a des traces de Javel sur le pare-buffle du 4x4… Vous connaissez les propriétés de la Javel ?

Ce fut Salinque qui répondit :

– Exactement l'inverse de celles d'un désodorisant pour chiottes. C'est sensé désinfecter, mais ça pue… Alors que le désodorisant ?

Il attendait la réciproque de son théorème en fixant son jeune collègue, comme pour le défier. Celui-ci, un peu impressionné, restait muet. Marc lui vint en aide :

– C'est sensé sentir bon, mais le résultat est une infection… On est bien d'accord.

Le jeune homme fit semblant d'être amusé et poursuivit sa leçon, sans réaliser que le juge et le policier en connaissaient parfaitement la fin :

– La Javel est un des rares produits qui effacent efficacement les traces de sang. Même avec des analyses poussées, sur la carrosserie d'une voiture, on est souvent battus.

Salinque ne l'avait même pas écouté. Il s'était avancé en fixant des yeux une minuscule pierre à quelques mètres des marches qu'ils venaient de descendre. Arrivé à son niveau, il mit en branle sa grosse jambe et d'un coup de pied précis envoya voler le galet contre le tronc d'un marronnier situé quelques mètres plus loin. Un tronc qu'il avait manifestement visé. Il était en colère.

– Il nous prend pour des imbéciles ou quoi ? C'est lui qui a tué Inès. Sinon, pourquoi avoir nettoyé ses chromes à la Javel, franchement !

Marc soupira. C'était une certitude. Pas une preuve. Il remercia le scientifique qui rejoignit les autres policiers pendant que lui et Salinque avançaient vers la Twingo.

Salinque brisa le premier le silence :

– Je vais retrouver le témoin, je vous le garantis.

Marc sourit. Salinque ne parlait jamais à la légère.

– J'ai autre chose à vous demander. Il y a une fille, Marlène Michaud, sur laquelle il faudrait aussi mettre la main.

Le policier ne nota pas le nom. D'ailleurs, il ne notait jamais rien, se fiant toujours à sa mémoire phénoménale. Il suffisait qu'on lui dise un nom et il le retenait, malgré lui, pour toujours. Il ne posa aucune question sur les raisons de cette recherche. Marc se demanda s'il était digne d'une confiance aussi aveugle.

– O.K. Je commence par où ?

– Elle fréquente les milieux gothiques. Elle a seize ans. Elle dessine très bien. Elle a déjà été arrêtée pour consommation d'héroïne au cours d'une rave.

– Je vois.

– Elle vivait en région parisienne mais elle a quitté son domicile sans donner de nouvelles. Il est possible qu'elle soit venue par ici, qu'elle ait intégré un squat. Il y a de grandes chances pour qu'elle soit droguée.

Sur ces mots, Marc sortit de la poche de son blouson une photo de Marlène et la tendit à Salinque. Le flic la prit entre ses gros doigts et dévisagea le sourire innocent que lui renvoyait la jeune fille.

– Bien. Marlène Michaud. Gothique. Droguée. Et sourire d'ange. Je vais voir ça. Rien d'autre ?

– Si. Vous savez, ce dont on a parlé tout à l'heure, le premier délit de fuite…

– Veronica Rossi ?

– Oui.

– Et bien ?

– Je veux établir le lien qu'il y a entre Richard Albuquerque et elle.

– Vous êtes sûr qu'il y en a un ?

Ils s'arrêtèrent devant la voiture. Marc réfléchit. Les coïncidences s'accumulaient, ne laissant plus aucune place au doute.

– Certain.

Il avait à peine terminé d'assener sa certitude qu'une cavalière apparut au loin sur un petit chemin caillouteux. Elle avançait au trot sur un cheval aux jambes graciles et à la queue fièrement dressée, un pur-sang arabe de toute évidence. Salinque plissa les yeux et s'accouda au toit de la voiture.

– La maîtresse de maison est de retour…

Marc sauta sur l'occasion.

– Attendez-moi quelques minutes, s'il vous plaît, dit-il avant de s'éloigner en direction de Sonia Pouget, épouse Albuquerque.

Mais plus elle s'approchait et moins Marc reconnaissait la jeune femme effrontée qui l'avait provoqué huit ans plus tôt. Elle immobilisa son cheval tout près de lui et le dévisagea. La pluie l'avait visiblement surprise. Ses traits tirés et mouillés lui donnaient dix ans de plus que son âge. Marc se demandait si elle le reconnaîtrait. La réponse ne tarda pas à tomber.

– Mon invitation à faire une balade à cheval est périmée depuis longtemps...

Des années de tabagie excessive avaient déplacé le timbre de sa voix dans les graves. Son corps, considérablement amaigri, flottait dans son pantalon de cuir. Marc dissimula sa surprise derrière l'humour.

– Je suis un peu lent. Mais ça fait huit ans que je pense à vous.

Il se demandait de quel côté elle allait basculer. Pour l'aider à choisir, il lui sourit.

– Vous ne m'aurez pas à la flatterie. Vous avez retrouvé la fille que vous cherchiez ?

Marc hésita.

– Oui.

– Et ?...

– Et rien. C'est de l'histoire ancienne.

Elle comprit qu'elle avait touché un point sensible. Elle descendit de cheval, fit passer les rênes par-dessus l'encolure de l'animal et se mit à marcher. Tout près de là, se trouvait une petite bâtisse qui servait de sellerie.

– Alors même les juges ont le cœur qui saigne, parfois ?

– Autant que les châtelaines.

Elle s'arrêta et le regarda avec une immense lassitude dans le regard. « La lassitude, c'est comme le vide, se dit Marc ; effrayant et vertigineux. »

– Cela fait longtemps que la châtelaine n'est plus que l'épouse du châtelain et que son cœur n'a plus… Rien à donner.

Elle continua :

– Vous venez pour mon mari ?

– Oui…

– Et ?…

Curieusement, Sonia semblait avoir basculé de son côté. Il lui répondit comme il aurait répondu à Salinque :

– La partie n'est pas gagnée.

Elle prit sur elle et avança en direction de la sellerie.

– C'est normal. Ce n'est pas un enfant de chœur, vous l'aviez remarqué.

– Et vous, vous en êtes où avec lui ?

Elle releva la tête, surprise, comme s'il avait tenté une proposition indécente. Mais elle choisit son camp.

– Vous savez ce qu'est un pervers narcissique ?

– Une personne centrée sur elle-même qui, pour exister, a besoin des victimes qu'elle manipule.

Marc fit immédiatement le rapprochement avec Albuquerque. Sonia avait eu un père despotique, et un mari pervers et manipulateur ; sa vie avait été broyée entre les mains puissantes de ces deux hommes. Depuis le temps qu'elle pliait, elle ne tarderait plus à rompre. Sans doute était-elle prête à tout pour se libérer de cette emprise.

– Pourquoi ne pas divorcer ?

Elle éclata de rire.

– Ça fait plus d'un an que vous enquêtez sur mon mari et vous n'avez toujours pas compris ? On ne divorce pas de Richard.

Marc préféra être honnête.

– Il y a deux affaires, l'évasion de Corti et le meurtre d'une jeune femme. Je patine sur les deux.

– C'est quoi cette histoire de meurtre ?

Marc hésita. Lui parler de la maîtresse de son mari reviendrait à serrer un peu plus l'étau qui l'oppressait.

– On pense que votre mari l'a tuée en la renversant avec sa voiture. Elle pouvait témoigner contre lui.

– Ça s'est passé à Nîmes?

– Oui.

– Qui est-ce ?

– Elle s'appelait Inès Gabarre. Vous ne me demandez pas pourquoi votre mari l'aurait tuée ?

Elle le regarda sans répondre, lasse.

– Vous saviez que c'était sa maîtresse, n'est-ce pas ?

– Bien sûr.

– Elle connaissait l'emplacement d'une clé USB dans laquelle il garde ses dossiers sensibles. Une sorte d'assurance-vie, très compromettante. Elle voulait que je la mette sous protection pour me parler. Je n'en ai pas eu le temps.

Elle paraissait réellement choquée.

– Vous la connaissiez ?

– Elle est tombée sous le charme de mon mari il y a deux ans. Je l'ai appris assez vite. Je suis résignée, mais pas stupide. Je me suis renseignée sur elle. Nîmes est un village, vous le savez bien. Mais bizarrement, personne ne savait rien d'elle ni de son passé. Alors un jour, je suis allée la voir dans sa boutique. C'était une fille à la beauté captivante. Elle n'a pas nié. Elle était désolée pour moi mais m'a clairement signifié qu'elle ne comptait pas mettre un terme à leur relation. C'est étrange, mais cette histoire m'avait soulagée.

– Soulagée ?…

– Je n'étais plus sa seule victime…

– Votre mari a su que vous l'aviez vue ?

– Non, je ne crois pas.

– Savez-vous où est cette clé ?

– Dites-moi pourquoi je devrais vous aider ?

Marc hésita mais il devait jouer cette carte.

– Inès était enceinte.

Sonia le fusilla du regard.

– Vous êtes ignoble.

Il avait conscience qu'à cet instant précis, elle avait raison.

42

Inès fut enterrée le lendemain matin. Marc s'était rendu dans le petit cimetière de Calvisson, un village situé à une vingtaine de kilomètres de Nîmes, où la famille de la jeune femme avait une concession. Il faisait beau et le cimetière était presque plein. Marc, qui se tenait à l'écart, vit arriver Albuquerque, un bouquet à la main. Ce n'était pas un bouquet composé chez un fleuriste, mais plutôt des fleurs qu'il semblait avoir cueillies lui-même. De là où il se trouvait, Marc ne les distinguait pas bien. L'avocat s'isola du reste de l'assistance à une vingtaine de mètres du juge.

Le cercueil en terre et la dalle refermée, le gros de la famille s'éloigna. Albuquerque s'approcha alors de la tombe pour y déposer ses fleurs. Marc eut un frisson dans le dos en les voyant : c'étaient des immortelles, identiques à celles qu'il avait lui-même déposées sur la tombe de Veronica, juste après sa mort, et qui signifiaient *Je ne vous oublierai jamais.*

Il était impossible, à ce stade, que ce soit un hasard.

Marc sentit la colère le submerger. L'avocat se jouait encore de lui ; il était de toute évidence impliqué dans le nouveau jeu de piste.

Albuquerque s'éloignait vers le parking. Au moment où il déverrouillait à distance les portes de sa Porsche Cayenne, Marc le rattrapa.

– Il faut que je vous parle, dit-il.

– Ce n'est pas vraiment le moment, répondit Albuquerque, sombre.

– À quoi jouez-vous ?

– Je ne vois pas où vous voulez en venir.

– Ce bouquet que vous venez de déposer, c'est quoi ?

– Vous vous égarez Marc. C'est un enterrement. Je connaissais Inès. J'ai déposé un bouquet sur sa tombe comme une cinquantaine de personnes aujourd'hui. Qu'est-ce qui vous arrive ?

– Ne me prenez pas pour un idiot. Il est codé.

– Pardon.

– Votre bouquet, il a un sens, vous savez très bien de quoi je veux parler !

L'avocat restait froid face à la colère étrange de Marc.

– Et alors ? Je sais beaucoup de choses, c'est vrai. Le langage des fleurs ne m'est pas étranger. Mais ce n'est ni le moment ni le lieu. Vous ne respectez donc rien ? dit-il en s'approchant de sa voiture.

– Ne me donnez pas de leçon de morale, nous savons tous les deux qui est responsable de la mort de cette femme. Elle était enceinte de vous, n'est-ce pas ?

– Contentez-vous d'instruire votre dossier et laissez ma vie privée à l'écart.

Albuquerque détourna finalement la tête en ouvrant sa portière. Il contenait visiblement sa rage.

– Vous ne voyez que la surface des choses. Vos certitudes vous égarent. Et vous tombez à pieds joints dans l'indélicatesse, ajouta-t-il, avant de monter dans sa voiture.

Il claqua la porte et démarra en trombe.

Marc resta là, perdu.

43

Un taxi le ramenait chez lui. Marc avait un goût rance dans la bouche ; la perquisition n'avait rien donné et le bouquet codé qu'Albuquerque avait déposé sur la tombe d'Inès le dérangeait autant qu'il le troublait. Caché derrière son masque de notable, l'avocat l'avait laissé piétiner, feignant l'innocence.

Il se demanda si tout le monde portait un masque. Lui-même en portait-il un ? À quoi ressemblait-il ? Quelle était l'étendue de son mensonge ? En fermant les yeux, en se concentrant, il aurait pu apercevoir l'image qu'il renvoyait aux autres, sa texture, sa forme, ses couleurs. Sa pensée effleura les bords de ce costume. Ils semblaient épais. Un autre homme se cachait derrière le juge Ferrer, et il n'aimait pas cette idée. Mais comment vivre autrement ? Il trouva une porte de sortie : la question qui l'obsédait. Devait-il se rendre à Venise sur la tombe de Veronica ? Accepterait-il d'être le pantin d'un manipulateur dont il ignorait tout ?

Le taxi le déposa devant le mazet. Il entra par la petite porte du jardin et vit de la lumière au rez-de-chaussée de la maison. Il pensa à Corti. Conscient d'être imprudent, il s'avança dans l'allée. La grille de l'entrée était ouverte mais n'avait pas été fracturée. Adélaïde l'avait appelé deux fois dans la journée mais il n'avait pas trouvé le temps de lui répondre. Elle était la seule, avec Antoine, à avoir les clés. Il ouvrit la porte et la trouva debout devant l'évier, en train de laver des légumes. Elle se retourna et lui sourit.

– Je t'ai appelé, tu ne répondais pas, dit-elle comme pour s'excuser d'être là. Je rencontre un galeriste à Montpellier demain matin. Le rendez-vous s'est calé aujourd'hui. J'ai sauté dans un train. Antoine est là-haut.

Le bouquet qu'il avait laissé par terre, au premier étage, se trouvait maintenant dans un vase sur la table.

Il ne put contenir son malaise en le voyant. Adélaïde s'en aperçut.

– Elles étaient en haut, elles allaient se faner. C'est quoi, ces fleurs ?

Il inventa une histoire, en moins de trois secondes. Lui qui ne mentait jamais fut surpris par la facilité avec laquelle il y parvint.

– J'ai revu Harriet, elle est passée ici, dit-il. Tu la connais, elle apporte toujours des fleurs.

Le mensonge avait un goût agréable, un goût sucré.

Adélaïde se contenta de cette explication, mais Marc ne quittait pas les fleurs des yeux. Celui qui se cachait derrière venait le provoquer chez lui, devant sa femme et son plus vieil ami. Comme une passerelle entre deux univers qui n'auraient jamais dû se rencontrer. Un paradoxe. Une monstruosité.

Pourtant, ces fleurs le fascinaient. Les souvenirs auxquels elles le renvoyaient étaient pour lui, à ce moment précis de sa vie, une sorte de perfusion passionnelle qu'il ne parvenait pas à débrancher lui-même. Il le savait, puisque cette femme était morte sous ses yeux, quelqu'un d'autre se jouait de lui ; mais il ne pouvait s'empêcher de se dire « dommage ». Dommage que ce ne soit pas elle.

Antoine descendit l'escalier, s'approcha de lui et l'embrassa.

– Tu es allé faire un tour dans le garage ?

– Non, pourquoi ?

– Ton père y a garé sa Facel-Vega. Une merveille.

– Ah. J'avais oublié. Tant mieux si elle te plaît.

– T'as toujours une sale tête…

– C'est normal, répondit Adélaïde, il se lève au milieu de la nuit depuis des semaines.

Antoine sortit trois verres d'un vieux meuble chinois et les posa sur la table. Il semblait très préoccupé.

– Tu t'es sauvé comme un voleur hier soir, lui dit-il tout en remplissant les verres de vin.

– J'étais crevé.

Son ami s'approcha de lui, sceptique. Ils se connaissaient trop bien et ne pouvaient faire semblant. « Pas de masques entre amis ? » se demanda Marc.

– Je vois que les choses ne se sont pas arrangées depuis notre conversation au café des *Deux Magots*, dit Antoine en jetant un regard oblique vers le bouquet de fleurs. Tu veux pas qu'on aille faire un tour en Facel ?

Marc venait de se confier à Pietr, et n'avait plus envie de parler du nouveau jeu de piste à personne. Surtout pas à Antoine. Il savait d'avance ce qu'il lui dirait : l'enquête en cours avait bon dos et suivre à nouveau ces bouquets sans en parler à Adélaïde était une trahison envers elle ; la femme au masque blanc était morte, il devenait urgent pour lui de remonter la pente sur laquelle il s'était laisser entraîner.

– Prends-la quand tu veux Antoine, je suis sûr que ça lui fera plaisir. Mais sans moi…

Adélaïde les rejoignit et s'assit avec eux.

– « Mais sans moi ! » reprit-elle d'un air moqueur. Quel boute-en-train tu fais parfois.

– Je préfèrerais qu'on parle d'autre chose, dit Marc.

Le ton était glacial.

– Tu prendrais forcément du plaisir à la conduire, cette voiture, insista Adélaïde, toi qui adores conduire. Tu refuses, juste parce qu'elle est à ton père. Il va bien falloir qu'un jour, tu tournes la page.

Marc la regarda, partagé entre le choix de l'affrontement pour se justifier et la facilité du renoncement ; elle semblait attendre sa décision, prête à en découdre s'il le fallait. Il choisit de se taire.

– Ce n'est pas un monstre ton père, ajouta-t-elle.

Antoine se décida à intervenir.

– Elle a raison, dit-il. La vie est longue et courte en même temps. Peut-être que tu ne devrais pas trop perdre de temps à lui en vouloir.

Oui, la vie était courte. Celle de Veronica, celle d'Inès. À nouveau, il choisit l'esquive et fit un effort pour sourire.

– Je vous promets d'essayer.

Il leva son verre.

– À vous, à mon père, à ses femmes et à ses bagnoles.

Deux heures plus tard, ils finissaient le dîner qu'Adélaïde avait préparé. Antoine était en pleine envolée, fustigeant la société de consommation qui, depuis plusieurs années, avait transformé la périphérie de la ville en champignonnière de centres commerciaux. Tout cela, selon lui, reproduisait les travers du système américain, asservissait un peu plus les masses à coup d'enseignes, de soldes, de promotions, d'offres exceptionnelles et de promesses de faux bonheur. Antoine avait l'habileté rhétorique d'un libraire passionné et Marc ne pouvait s'empêcher d'être fier de lui. Soudain, son ami changea de ton :

– J'ai lu dans la presse que tu t'attaquais à Richard ?

Antoine et l'avocat se connaissaient depuis longtemps. Marc le savait mais ne pouvait s'habituer à cette intimité, à ce prénom qui salissait les lèvres de son meilleur ami.

– Tu le vois souvent ? demanda Marc.

– De temps en temps. Il est passionné de philo. Il dévore tout ce que je reçois. J'ai lu ta théorie dans le *Midi Libre*. Il aurait fait passer une arme à Corti ?

– Je n'ai pas de preuves, pour l'instant.

– Moi je l'aime bien. C'est sans doute un voyou mais bon, quel grand avocat pénaliste ne l'est pas ?

– Tous pourri mais c'est pas si grave, c'est ça ? demanda Marc.

– C'est pas ça, mais chaque fois que je discute avec lui, je sens, au fond, quelque chose de plus profond que la façade de l'avocat aux dents longues.

Antoine vit à sa tête que Marc n'était pas convaincu.

– Tu as du mal à accepter que je le voie et que je puisse l'apprécier...

– Même le diable n'arriverait pas à déteindre sur toi. Alors tu peux bien voir qui tu veux...

Antoine sourit.

– Je te remercie de m'autoriser à le voir, dit-il avec ironie. En attendant, on a beau savoir qu'il est un peu sulfureux, on lui donnerait le bon Dieu sans confession. Et en plus il est beau gosse, ce qui ne gâte rien...

– Il porte peut-être un masque, répondit Adélaïde.

Marc fut tellement surpris par la remarque et par l'intonation, qu'il dut faire un effort pour le dissimuler. Adélaïde précisa :

– On en porte tous un, finalement.

– Tu ne crois pas si bien dire, répondit Antoine. Nous en avons tous une dizaine. Je suis en train de lire un livre sur la commedia dell'arte. Passionnant.

– Sur la commedia dell'arte ? reprit Adélaïde.

Les yeux d'Antoine pétillaient. Chaque fois qu'il s'emballait sur un sujet, ses yeux pétillaient de la même manière. Il s'expliqua :

– Les auteurs, Stefano Scribani et Sébastien Onze, pensent que tous ces personnages qui nous paraissent grotesques, Arlequin, Polichinelle, Scapin et compagnie… ne sont pas une farce. Ils représentent tous les masques que nous portons dans notre vie et c'est par le biais de nos masques que nous communiquons avec les autres. On aurait tous une sorte de théâtre intérieur, en quelque sorte. En fonction des circonstances, on serait tour à tour chacun des personnages de la commedia. Toi par exemple, dit-il en regardant Marc, ton masque le plus important est le *pantalone*, parfaitement symbolisé par le lion de Saint-Marc justement.

Il hésita à continuer. Marc était son ami de toujours. Il aurait préféré démasquer un inconnu. C'est Adélaïde qui l'encouragea.

– Allez, vas-y, raconte, ça a l'air amusant ton truc.

– Bon, O.K. Alors, d'après ce bouquin, le *pantalone* est ferme, déterminé, sans détour, avec un sens aigu de la justice. Sans compromis. On sait tout de suite à qui on a affaire.

Adélaïde sourit en regardant Marc.

– Tu es démasqué !

– C'est simplement un trait de mon caractère, répondit-il. Il n'y a pas besoin d'aller chercher un masque pour expliquer ça.

– Eh bien justement, c'est là que tu te trompes, répondit Antoine. Ce n'est pas forcément ce que tu es, mais la façon dont tu communiques. Ce que tu affiches. Même dans ta posture tu es *pantalone*. Tu te tiens droit, les coudes bien appuyés sur la table, le regard franc, direct. Parfois même, il t'arrive de taper du poing sur la table. Le ton de ta voix est le plus souvent autoritaire. On hésite avant de te contredire.

Il se surprit dans la position que lui décrivait son ami. Instinctivement, il adopta une posture beaucoup plus désinvolte et afficha ce fameux sourire qui désarmait toujours son entourage.

– Voilà maintenant ton masque refoulé qui ressort. Le *Pulcinella* dans toute sa splendeur ! Habile, séducteur, intuitif, sensible…

– Manipulateur ? (Adélaïde avait lancé la pique avec un sourire espiègle.) Ce ne serait pas le masque de Richard Albuquerque justement ?

– Exactement, répondit Antoine. C'est peut-être pour ça que tu le détestes tant, dit-il à Marc qui semblait troublé par ses propos.

Il hésita encore et continua sur un ton beaucoup plus sérieux.

– Tout se jouerait dans l'enfance. On adopterait un masque principal par réaction et on en refoulerait un autre par réaction également. À une personne, un parent, un évènement de la vie. Sur bien des points, Richard me rappelle ton père.

Conscient d'être allé un peu loin, il rétablit l'équilibre en se déshabillant à son tour.

– J'ai fait la même analyse sur moi, je te rassure... Je serais peut-être un *Tartaglia* refoulé, avec mon côté besogneux, organisé et minutieux. Pour des raisons identiques, finalement. Mais tout ça est mouvant. D'après la théorie de ce bouquin, on peut travailler sur nous-mêmes pour se dégager de ces masques, en mettre d'autres en avant et changer les circonstances dans lesquelles on les utilise. Mieux comprendre qui on est, et mieux comprendre les autres aussi.

– Et moi, c'est quoi mon masque? demanda Adélaïde.

– De ce que j'ai lu, je dirais que le plus fréquent chez toi est Scaramouche. Parce que tu te places toujours sous l'angle du beau, de l'esthétique.

Adélaïde sourit.

– Ça a l'air passionnant, ton livre. Tu ne trouves pas Marc ?

– Oui... Ça a l'air.

Il fixait le bouquet dans son vase.

Antoine repoussa son assiette vide en sortant son portable.

– Bon, les amoureux, c'est pas tout ça, mais il est minuit et au cas où vous l'auriez oublié, c'est la féria et je compte bien ne rater aucune soirée de la semaine. Ça vous tente vraiment pas ?

Antoine parti, un silence pesant s'abattit autour de la table. Le bruissement sourd de la fête qui attendait se fit entendre et le poids des non-dits devint écrasant. Pourquoi ne rejoignaient-ils pas leurs amis, eux aussi ? Adélaïde jouait à construire un bonhomme en mie de pain. Marc l'avait toujours vue faire ça quand elle n'allait pas bien ou qu'elle avait quelque chose à lui dire. Il se resservit un verre.

– Que se passe-t-il entre nous, Marc ?

Il ne se sentait pas le courage d'affronter une telle discussion. Il s'emmura dans le silence.

– Que dois-je mettre, moi, dans tes silences ?

La question le glaça un peu plus. Il se demanda ce qu'il devait y mettre lui-même. Il but une gorgée de vin. Adélaïde continua :

– Nous sommes à la dérive. Tu restes hermétique et secret, inaccessible. Tu ne me fais plus l'amour que mécaniquement et jamais nous ne parlons d'enfant.

Il souleva son regard et le plongea dans celui d'Adélaïde, dont les yeux brillaient de larmes. Il tenta de trouver quelque chose à dire.

– Je ne sais pas. C'est compliqué en ce moment pour moi.

Elle écrasa son bonhomme entre ses mains.

– Tu as construit un rempart entre toi et moi. Entre toi et le monde.

Ces mots le frappèrent avec la force de la vérité.

Comme il ne trouvait rien à répondre, il prit la main d'Adélaïde dans la sienne. Elle se laissa faire en baissant les yeux, pestant de ne pouvoir lutter. Au contact de sa peau, il ne put s'empêcher de se dire qu'entre eux existerait toujours une fabuleuse réserve de tendresse. Pris dans des vents contraires, il hésita. Puis, par réflexe, il lui dit « Je t'aime », du bout des lèvres. Il l'avait dit en gommant le point d'interrogation que son cœur y mettait, juste pour savoir si c'était toujours vrai, comme on se pose une question à soi-même pour que la réponse s'impose. Et la réponse semblait invariablement la même : oui, il l'aimait. Alors pourquoi ne parvenait-il pas à la prendre dans ses bras, à l'embrasser, à la rassurer et à la comprendre ?

Elle leva les yeux vers lui. Son regard se situait quelque part entre la colère et la tristesse. Puis elle se retourna sans un mot et monta les escaliers qui menaient à leur chambre. Une fois seul, il regarda sa main qui tremblait. À nouveau il perdait le contrôle, ses idées se percutaient et s'embrouillaient. La rage le gagna. Il sentit son cœur s'emballer à des vitesses vertigineuses ; la crise de panique reprenait de plus belle. Par réflexe il se leva d'un coup, attrapa la table à deux mains et l'envoya s'écraser violemment contre le mur. Cela eut l'effet escompté : son cœur se mit à battre moins vite, ses mains s'arrêtèrent de trembler, la crise passa. Il entendit les pas d'Adélaïde s'arrêter sur le plancher. Puis reprendre et s'éloigner en direction du lit.

Son téléphone sonna, c'était Salinque. Il décrocha.

– Juge, pardon de vous appeler si tard. Tout va bien ?

– Oui Grégoire, répondit Marc un peu surpris par la question, pourquoi ?

– Corti, il est dans le coin. Un des indics du divisionnaire Corbet l'a repéré dans le Vaucluse. J'ai placé deux gars devant chez vous, au cas où.

– Comment ça, deux gars devant chez moi…

– Je savais que ça vous plairait pas. Mais je ne vous ai pas demandé votre avis, puisque je connaissais déjà la réponse. Ils viennent de m'appeler, ils ont entendu du bruit chez vous.

– C'est rien, j'ai fait tomber une étagère.

– Rendez-moi un service s'il vous plaît.

– Lequel ?

– Faites-vous oublier quelques jours. Il ne va rien se passer tout de suite, et on peut bosser par téléphone. Je m'occupe de retrouver la gamine de Michaud et le SDF. Vous, allez quelque part et ne le dites à personne.

Marc regarda la table renversée, les débris des assiettes et des verres au sol. Ses yeux se posèrent alors sur le bouquet de fleurs encore enveloppé de papier de soie.

– D'accord, finit-il par répondre, mais ma femme est ici.

– C'est pas le genre de Corti. Voyou à l'ancienne. On touche pas aux femmes et aux enfants. Mais si ça peut vous rassurer, on continuera à surveiller votre maison.

– Je serai joignable sur mon portable.

Il raccrocha, presque soulagé. C'était l'occasion de partir. Fuir cette dispute avec Adélaïde, et répondre au rendez-vous qu'on lui proposait.

44

Marc attrapa la porte du garage et la fit basculer vers le haut. Une étrange odeur assaillit aussitôt ses narines. Un mélange de cuir, de vieux matériaux et de produits high-tech. Il s'arrêta un instant. Dans la pénombre, luisaient la calandre chromée et les deux phares ronds de la HK500. Il alluma la lumière et découvrit le long capot racé, au bout duquel brillait le grand F dc l'ancienne marque française. Il ouvrit une portière ; l'intérieur était intégralement habillé de cuir rouge, le tableau de bord tapissé de cadrans noirs et de boutons chromés. L'ensemble donnait à l'habitacle des allures de vieux cockpit.

Il jeta son sac sur le siège passager et s'installa sous le grand volant noir. La position n'était pas particulièrement confortable, le volant sur les genoux et les pieds à l'étroit dans l'étrange réduit où étaient logées les pédales. Il s'amusa à l'idée de faire mille kilomètres dans ce genre d'engin qu'on ne sortait que d'un musée à l'autre. Mais après tout, son père l'avait bien descendu de Paris, cet engin. Il en éprouvait même de la fierté. Il s'arrêterait là où il tomberait en panne, voilà tout. En attendant, ça le calmerait. Il introduit la clé dans le barillet, respira profondément et d'un tour de doigts réveilla les huit cylindres de la Vega.

Deux minutes plus tard, le portail du mazet s'ouvrait devant les deux policiers en faction, que l'énorme V8 Chrysler avait tiré de leur sommeil. Marc leur fit un petit salut et, sans aucun ménagement, appuya sur l'accélérateur avec un sourire satisfait. Le monstre de deux tonnes disparut en quelques secondes au bout de la rue, dans un vacarme d'un autre monde et sous les regards médusés des hommes postés par Salinque.

Il quitta Nîmes par une de ses plus austères avenues.

De l'autre côté de la dizaine d'heures à venir, Venise n'était encore pour lui qu'une destination brumeuse et incertaine.

45

Il raccrocha le pistolet à la pompe à essence et se dirigea vers la cabine qui servait de caisse. Le soleil venait à peine de se lever, droit devant lui. La journée avait une fois de plus commencé bien trop tôt. Il avait laissé Adélaïde à son sommeil et était parti sans même dormir une heure.

– Quel numéro de pompe ?

Voyant qu'il n'en avait aucune idée, l'homme jeta un regard fatigué par-dessus l'épaule de son client, en direction de la Facel.

– Ça fait cent cinquante euros.

Marc sortit machinalement de sa poche sa carte bancaire et la jeta dans le tiroir coulissant métallique qui reliait la cabine au reste du monde. Cette voiture était un gouffre…

Après avoir composé son code et récupéré sa carte, il regagna sa voiture et la gara quelques mètres plus loin, à l'entrée de la boutique. Une dizaine de routiers, intrigués par le bruit du moteur, le dévisagèrent au travers des grandes baies vitrées de la station. Il entra et se dirigea vers les machines à café. Il glissa sa monnaie dans l'appareil, attendit que son expresso tombe dans l'automate et, quelques touches de sucre plus tard, le but par petites gorgées. Des voitures arrivaient, d'autres partaient. Tous ces gens en transit semblaient savoir où ils allaient et pourquoi ils y allaient. Lui, ne savait plus grand-chose de ce qu'il voulait, ni de l'endroit où il passerait la nuit prochaine.

Il sortit d'un pas vif, jeta son gobelet dans une des poubelles-cendrier constellées de mégots et remonta dans sa voiture. Puis, dans un vacarme d'échappements, il reprit la route.

Il avait en tête un itinéraire approximatif qu'il suivait comme un automate. Son pied droit domptait un nombre invraisemblable de chevaux. Des chevaux que, jusque-là, son respect naturel de l'ordre l'avait empêché de libérer totalement. Pourtant, lorsque la Vega s'engagea dans la succession de tunnels et de ponts que traverse l'autoroute jusqu'à Gênes, il ne put réprimer son envie d'appuyer. Le moteur répondit instantanément à cette sollicitation et les aiguilles des compteurs Geiger se mirent à grimper, dans un bruit sourd d'avion qui décolle. Au même instant, la mer et le ciel semblèrent avoir été engloutis par la montagne. La vieille radio ne diffusait plus que par intermittence cette variété italienne que l'étranger non initié perçoit comme une seule et même litanie, reprise par toutes les ondes du pays. Curieusement, cette soudaine plongée dans l'obscurité l'apaisait. Et puisqu'il était plus détendu, pour la première fois depuis son départ, il pensa à la ville célèbre où il dormirait le soir même. « La ville des amoureux… » Adélaïde et lui ne s'y étaient jamais rendus. Il se demanda encore une fois pourquoi il ne lui avait pas parlé de tout ce qui le tourmentait depuis des semaines. Pourquoi n'avait-il jamais prononcé le nom de Veronica ? Pourquoi n'avait-il pas évoqué ce bouquet revenu sur son bureau ?

Il fit l'inventaire de ce qu'il pensait savoir de Venise.

Pas grand-chose finalement.

De l'eau, une grande place pleine de pigeons, et des gondoles.

Quant au cimetière, quelques heures auparavant, il ignorait jusqu'à son existence. Bien sûr, aucune carte postale n'en faisait la publicité. Mais comme Salinque le lui avait judicieusement fait remarquer, puisque près de quatre cent mille habitants vivaient sur la lagune, sûrement autant devaient y mourir et y être enterrés. Il réalisa soudain que l'aiguille du compteur flirtait avec les deux cents kilomètres heure.

Une voiture qui se trouvait sur la file de droite déboîta brusquement devant lui.

Il enfonça la pédale de frein de toutes ses forces. Le bolide de deux tonnes continua sa course en zigzaguant dans un crissement de pneus assourdissant.

Une seconde passa, interminable. Il ne contrôlait plus la voiture.

Il relâcha la pression sur la pédale. La Facel reprit immédiatement une trajectoire normale et tout rentra dans l'ordre.

Une berline le doubla en klaxonnant.

Il se rabattit sur la file de droite et se cala à une vitesse raisonnable. Il s'en voulait. Il s'en voulait autant qu'il pouvait en vouloir au chauffard qui avait renversé Veronica.

Quelques heures plus tard, il arriva aux environs de Vérone. Son portable se mit à vibrer. Il attrapa l'oreillette et décrocha.

– Ferrer, c'est Roux. On a le nom du coursier qui a livré les fleurs à votre cabinet.

Une bouffée d'enthousiasme l'envahit et balaya provisoirement la fatigue.

– C'est qui ? Qui l'a embauché ? Qui a les envoyées ?

– Oh là, calmez-vous, j'ai dit qu'on avait son nom. Mais je vous rappelle que j'agis sans commission rogatoire, c'est un peu plus long que d'habitude. Je peux pas mettre le gars en garde à vue. Je termine deux-trois trucs et je file le voir. Je vous appellerai quand je serai avec lui, d'ici une heure.

– Je reste joignable.

– Dites, il y a des bruits qui courent ici.

– Quel genre ?

– Genre Corti vous cherche pour vous faire la peau.

– Faut pas écouter les bruits.

– Ouais. Rendez-moi un service.

– Lequel ?

– Restez en vie.

– Je vous promets d'essayer.

Il raccrocha et soupira.

Enfin, il allait pouvoir mettre un nom sur la personne qui lui avait envoyé ce bouquet. Il n'avait plus qu'une heure à attendre. Son estomac se contracta dans un spasme. La faim le dévorait et il ne s'en était pas encore rendu compte. Il devait manger et faire une pause. Il décida d'éviter le sandwich d'autoroute et sortit un peu en amont de la célèbre ville italienne, aux abords du lac de Garde. Immédiatement après avoir passé le péage, il s'engagea sur une route, au bord de laquelle une guinguette avait étalé quelques tables. Il se gara sur le bas-côté et consulta une carte sur son smartphone. Au bout d'une presqu'île, à seulement dix kilomètres de là, figurait un village : Sirmione. Il redémarra.

Cette parenthèse dans sa course folle, la première, le déviait un peu de sa trajectoire. Mais cette idée lui plaisait. Après tout, quelle était-elle, sa trajectoire ? Puisqu'il accomplissait presque malgré lui les plans d'une personne dont il ignorait tout pour l'instant, puisqu'il ne maîtrisait pas le « quoi », il entendait bien garder l'initiative du « quand » et du « comment ». Il enclencha la première vitesse et se remit en route en s'habillant un peu l'âme de cette insouciance que la liberté dans l'espace et le temps confère au touriste. Un peu plus tard, au sortir d'un virage, il aperçut le lac.

Un instant, il se crut au bord de la mer. Ce qu'il découvrait n'avait pas grand-chose à voir avec le lac d'altitude qu'il s'était imaginé de façon arithmétique, en faisant la stricte moyenne de tous les lacs qu'il connaissait. De là où il se trouvait, le lac de Gardes était une vaste étendue d'eau bordée de pins parasols, d'oliviers et de cyprès toscans. Les premiers reliefs des Alpes en découpaient les contours et lui donnaient au loin des allures de fjord, semblables à ceux qu'il avait eu l'occasion de voir en Norvège.

Il traversa un ravissant village et s'engagea sur la presqu'île. Alors, il leva le pied et contempla le paysage. Le bleu pâle du capot de la Facel se mêlait à ceux, plus vifs, du ciel et de l'eau. Il lui semblait flotter dans un paysage de conte de fées, au bout duquel déjà, se dessinait le village fortifié de Sirmione.

Il prit une voie qui menait à une villa romaine transformée en hôtel. Il se gara entre deux cèdres sur un parking improvisé et embrassa du regard l'endroit où le hasard l'avait conduit. Au bout d'un chemin bordé de fleurs se trouvait l'hôtel. C'était un palais doté d'un véritable péristyle et dont le fronton, au-dessus des colonnes de pierre qui délimitaient le porche, avait cette forme triangulaire propre à ceux de la Rome antique. Devant, le lac ressemblait à s'y méprendre à ces coins de Méditerranée où les voiliers jettent l'ancre l'été. Marc s'avança sur l'allée et emprunta un grand escalier au pied duquel était affiché un menu, sur un pupitre en fer forgé. Il découvrit alors une terrasse aménagée entre les colonnes et sous un haut plafond de pierre. Il y avait une vingtaine de tables et presque autant de serveurs. Une femme s'approcha. Elle n'avait pas la tenue d'une serveuse et n'en avait pas non plus l'allure. Sa peau était fine et mate. Ses cheveux bruns, tirés en arrière, rehaussaient son visage, un visage sombre maquillé comme celui d'une danseuse andalouse. Elle s'adressa à Marc avec un savant mélange de prévenance et de distance dans un français presque parfait.

– Il y a une table au bord de la terrasse avec vue sur le lac. Cela vous convient ?

Marc se laissa guider. Lorsqu'il fut assis, elle lui tendit un menu.

– Vous désirez boire quelque chose ?

Il voulait arriver à Venise avant la fermeture du cimetière et s'empressa de regarder la carte.

– Donnez-moi une eau gazeuse. Et des lasagnes, s'il vous plaît.

– Une eau gazeuse et des lasagnes, répéta la femme en faisant chanter les mots.

Puis elle griffonna ces noms sur un petit carnet, reprit le menu et s'en alla.

Il se tourna vers le lac. La silhouette d'un voilier se dessinait à horizon. Les gens attablés autour mangeaient avec la distinction d'usage dans ce type d'établissement ; ils parlaient peu, sans éclats de voix, laissant le premier rôle acoustique au tintement délicat des couverts en argent et des verres en cristal. La beauté ici imposait son rythme, ses idées et ses couleurs, comme la laideur, ailleurs, voile les âmes de noir. Du restaurant de bord de route où il n'avait pas voulu s'arrêter, sans doute aurait-il vu le sang de Veronica sur le bitume, le corps froid d'Inès sur un chariot d'inox ou encore le visage évanescent d'Adélaïde dans son couple à la dérive. Mais ce temple quatre étoiles était l'antichambre du paradis terrestre. Il y diluait la mort dans l'eau turquoise du lac et mélangeait ses fleurs de cimetière aux parterres exotiques et aux cyprès toscans.

– Tu es malade ?

Il sursauta. Devant lui se tenait un petit garçon ébouriffé, à l'œil canaille et à la tenue approximative. Il devait avoir cinq ou six ans. Il était vêtu d'un short, d'un tee-shirt taché de glace à la fraise et d'une paires de sandales en cuir, fermées par une lanière à boucle, semblables à celles que Marc avait autrefois portées dans son enfance. Il les détailla. Elles étaient un lien entre lui et son jeune interlocuteur.

– Je ne suis pas malade, juste un peu fatigué... Qu'est-ce qui est arrivé à ton robot ?

Marc pointa le bonhomme en plastique unijambiste que l'enfant tenait dans sa main droite. Sa gauche, elle, serrait une espèce de chose informe qui semblait bien être la jambe manquant à l'appel.

Le garçon prit la question pour une proposition de réparation. Il posa le bonhomme en pièces détachées sur les genoux de Marc, qui s'exécuta aussitôt. Il y eut un court silence et l'enfant, qui avait gardé son sourire goguenard, reprit la parole :

– Je sais pourquoi tu es fatigué moi...

Marc avait déjà diagnostiqué le mal dont souffrait la créature difforme et s'appliquait à écarter les deux pièces de plastique qui faisaient office de rotule. Il répondit machinalement.

– Ah bon ? Pourquoi alors ?

– Parce que tu fais des cauchemars et que tu ne peux pas dormir dans le lit de ton papa et de ta maman parce que tu es trop vieux.

Marc sourit.

– D'abord, je ne suis pas si vieux que ça ! Et puis tu sais, quand on est adulte, on n'a plus besoin de ses parents la nuit. Heureusement... Et toi bonhomme, tu fais des cauchemars parfois ?

Une voix féminine s'éleva au milieu des tables silencieuses :

– Olivier, laisse le monsieur tranquille.

Marc leva les yeux. La mère d'Olivier était une Française aussi élégante que l'allure de son fils était bohème. Il mit cette dysharmonie sur le compte d'une probable éducation à l'ancienne et afficha un sourire de circonstance. Olivier répondit :

– Oui, des fois je rêve qu'il y a des monstres qui viennent pour me tuer. Mes parents, ils veulent plus que j'aille dans leur lit, ils disent que je suis trop grand.

Un grand « clac » mit un terme aux efforts que Marc appliquait sur la jambe du robot. Il le tendit au petit garçon.

– Tiens, il est réparé maintenant. Tu sais, les monstres, il suffit de crier plus fort qu'eux... Et puis si ça ne suffit pas, tu n'as qu'à appeler ta maman dans ton rêve. Je t'assure que ça marche.

La maman d'Olivier s'approcha et le prit par la main.

– Excusez-nous monsieur.

– Je vous en prie, il est très gentil...

Quarante minutes plus tard, il avait mangé, et payé. Il s'approcha d'un livre d'or posé sur une table en fer forgé à l'entrée du restaurant. Il attrapa le stylo argenté attaché à côté et posa sa main sur le papier.

– À votre place je ne ferais pas ça... dit une voix derrière lui.

Surpris, il se retourna et découvrit un homme distingué, grand et mince, d'une quarantaine d'années. Il portait une petite moustache et s'apprêtait à ouvrir la portière de sa voiture, un superbe coupé Mercedes des années cinquante. Il parlait un français impeccable.

– Pourquoi donc ? répondit Marc, agacé.

– Albert Camus est mort en 1960 sur la route, après avoir signé un livre d'or semblable à celui-ci.

– Je ne vois pas le rapport.

L'autre se retourna vers la voiture de Marc qu'il montra d'un signe de main.

– C'est dans une Facel-Vega parfaitement identique à la vôtre qu'il s'est tué. C'était Gallimard, le neveu du célèbre éditeur, qui conduisait. Sans qu'on sache pourquoi, la voiture a quitté la route et s'est écrasée contre un platane. Remarquez, Franck Sinatra, Ava Gardner et tous ceux qui ont possédé ce modèle ne se sont pas tués avec. Même s'il leur est sûrement arrivé de signer un livre d'or.

– Je ne suis pas superstitieux, répondit Marc. Même si l'homme le plus cartésien du monde aura toujours sa journée gâchée lorsqu'un oiseau de mauvais augure lui prédit qu'elle sera sa dernière, ajouta-t-il.

L'homme sourit, amusé.

– Vous ne semblez pas très renseigné sur la merveille que vous conduisez.

– Ce n'est pas ma voiture. Elle appartient à mon père, dit-il en laissant un mot sur le livre d'or.

– Un type bien, votre père.

– Tous les collectionneurs de vieilles voitures sont des types bien ?

– Pardonnez-moi si j'ai été indélicat.

– Ce n'est rien.

– Faites bien attention à vous, dit l'homme en guise de conclusion en montant dans sa voiture.

Marc le regarda démarrer et s'éloigner puis se dirigea à son tour vers sa voiture. Il s'apprêtait à en ouvrir la portière lorsqu'un homme s'avança vers lui. Grand, maigre, il portait un costume sombre et semblait sortir de nulle part.

– *Scusi*... Vous avez du feu ? demanda-t-il en jetant un regard circulaire sur le parking.

Sans attendre la réponse, l'individu plongea la main dans la poche intérieure de sa veste. Marc retint son souffle. Le type sortit un paquet de cigarettes.

– Non, je ne fume pas, répondit Marc soulagé.

– Vous avez raison, dit le type en s'éloignant. Moi, ça finira par me tuer.

Marc ouvrit sa portière et s'assit sur le gros siège en cuir rouge de la Vega. Il réalisa à quel point il était une cible facile. Il n'avait aucune arme sur lui, rien qui pourrait lui servir en cas d'agression. Il ouvrit la boîte à gants à tout hasard. Elle ne contenait qu'un papier cartonné plié en deux ; c'était une photo de son père. Il posait au milieu d'une dizaine de Facel-Vega, en compagnie d'autres passionnés. Il semblait heureux. La joie qu'il lut sur le visage d'Hyppolite l'apaisa. À cet instant, il aurait voulu qu'il soit assis près de lui, sur le siège passager.

Il introduisit la clé dans le barillet.

Avant de démarrer, il vérifia que son téléphone était allumé et captait un réseau. Au même moment le nom de Roux apparut, et la sonnerie retentit. Il décrocha sur-le-champ.

– Oui ?

– Bon, c'est pas gagné. J'ai le gars devant moi. Un artisan qui a sa propre boîte.

– Qui l'a embauché ?

– Il n'en sait rien.

– Comment ça ?

– Eh bien c'est assez étrange. Il a reçu une lettre avec cent euros à l'intérieur. C'était pas une lettre de la poste. On a sonné et il l'a trouvée en ouvrant la porte. Dans cette lettre on lui demandait de récupérer un bouquet de fleurs dans la matinée, à la consigne de la gare de Lyon, et de le livrer le jour même à votre cabinet. Pour s'assurer qu'il y aille, il y avait cent euros de plus qui l'attendaient à la consigne.

– Et ça ne lui a pas semblé bizarre ?

– Non… D'après ce qu'il m'a dit, c'est loin d'être la plus bizarre des courses qu'on lui ait demandées.

– Oui, évidemment. Il l'a encore, cette lettre ?

– Non. Et bien sûr, elle n'était pas signée.

– Et après ?

– Après, il y est allé, il a trouvé le bouquet et l'argent, il a livré, fin de l'histoire.

– Ça s'est passé quand ?

– Hier matin à onze heures. Il a fait la course vers quinze heures.

– Donc la personne qui a déposé le bouquet a dû le faire juste avant, puisque les fleurs étaient fraîches.

– Oui, et ?

– Je sais que j'exagère, mais vous pourriez vérifier les bandes vidéo de la gare durant les trois heures qui ont précédé le coup de fil au coursier ?

– C'est à ce point important pour vous ?

– Oui.

– Vous savez bien que je ne fais pas toujours tout dans les clous, mais à chaque fois c'est pour la bonne cause. J'aime bien savoir pourquoi je prends des risques.

– Je comprends.

– Je vais m'en occuper, mais je ne peux pas m'échapper comme ça. Je ferai au plus vite, je vais être obligé de bidonner un truc. Je vous rappelle dès que j'ai des nouvelles.

– À n'importe quelle heure, n'hésitez pas.

Les panneaux verts *Venezia* se faisaient de plus en plus nombreux. Après un ultime plein d'essence, aux environs de seize heures, la Vega entra dans Mestre, aux portes de Venise. C'était une ville simple, sans relief et sans intérêt. Il gara la Facel dans l'immense parking couvert construit aux abords de la gare et laissa au gardien un gros billet pour qu'il prenne soin de sa voiture. Il s'engouffra dans le premier train et en descendit cinq minutes plus tard, sans que rien encore lui ait suggéré une seule de ces images de cartes postales qu'il avait en tête.

46

Il s'était toujours demandé si Venise était à la hauteur de sa réputation, comme un chanteur d'opéra encore célèbre malgré sa voix fatiguée. Mais dès la seconde où les rayons du soleil de l'Adriatique se posèrent sur lui, il sut qu'il allait être conquis. Il sortit de la gare et se retrouva sur un immense parvis. Des palais plongeaient leur reflet dans les eaux vertes du Grand Canal, enfonçant leurs racines organiques dans le sable de la lagune. Un peu plus loin, une horde de touristes prenait d'assaut un large pont de pierre. Il fit quelques pas et s'approcha du pont. Il aurait dû s'inquiéter tout de suite de la manière de se rendre au cimetière. Pourtant, malgré lui, il suivit le flot. Il faisait beau, l'air était doux ; lutter n'aurait servi à rien.

Il se mêla à la foule qui s'enfonçait dans les minuscules rues du quartier de Santa Croce. La sensation d'avoir basculé dans un autre monde se renforça. Un monde fait de canaux, de ruelles étroites, et baignant dans le calme serein d'une ville en marge, sans voiture. Après plusieurs minutes de marche, il était au bord de l'épuisement. Le manque de sommeil, la fatigue du voyage, le plongeaient dans un état vaporeux où le sol semblait se dérober sous chacun de ses pas. Cette ville, saturée de beauté et de charme, n'était pas réelle. Il parvint au marché des halles qui, en cette fin d'après-midi, n'étaient plus fréquentées que par les mouettes. Il s'approcha d'un homme en uniforme, pour lui demander son chemin.

– *Scusi*, vous parlez français ?

– Un petit peu…

– Je voudrais aller au cimetière.

Le carabinier le regarda étrangement. Marc était probablement le premier touriste qui lui demandait la direction du cimetière.

– Il faut aller place San Marco. C'est le vaporetto numéro 42, dit-il en lui montrant un panneau fléché, fixé sur un vieux mur. Ça va bien ? ajouta-t-il.

– Oui, très bien, mentit Marc.

Il emprunta plusieurs ruelles et déboucha enfin face aux grandes marches du pont du Rialto. Pressé par la foule, il s'engagea sur le célèbre monument habillé d'arches blanches, et s'arrêta au-dessus du Grand Canal. Le cours d'eau avait ici des allures de grande avenue. Des petites péniches remplies de touristes arpentaient ses eaux vertes au milieu des gondoles et des bateaux-taxi. Le long des berges, les restaurants déroulaient leurs terrasses et mélangeaient leurs guirlandes. Il regarda au loin. La vue sur les palais était féerique. Il reconnaissait tous les tableaux de Venise, peints au fil des siècles. Une pensée traversa son esprit, en écho au plus célèbre poème d'Apollinaire : les gens passaient sur le pont du Rialto, mais le temps lui, semblait y demeurer.

Mais pourquoi ne partageait-il pas cet instant avec Adélaïde ? Pourquoi n'avait-il jamais pris le temps de l'emmener ici ?

Il quitta le pont et s'enfonça dans les ruelles. Arrivé sur une place, il vit un homme qui semblait attendre quelqu'un.

Il portait une veste noire et une chemise rouge. Trois heures plus tôt, dans le restaurant du lac de Garde, ce rouge et ce noir avaient déjà accroché son regard, tout au bout de la terrasse où il s'était installé : un touriste vêtu d'une chemise rouge qui lui tournait le dos, sa veste noire, elle, étant posée sur le montant de sa chaise. L'homme se retourna vers Marc, le regarda d'un air étrange et s'éloigna. Se pouvait-il que ce fût un hasard ?

Un malaise le gagna. Des centaines de masques blancs, aux traits figés et au regard mort, le fixaient derrière les vitrines des rues qu'il traversait. Il lui semblait être un spectre lui-même, et marcher au milieu d'une armée de fantômes. Son arrivée sur la place Saint-Marc le sortit brutalement de ce cauchemar. L'endroit était un havre d'espace et de clarté. Il le traversa pourtant comme une ombre, tête baissée, longeant la basilique et le palais des Doges au milieu des touristes émerveillés. Arrivé au bout, il leva les yeux sur une immense colonne de granit. Une statue en bronze trônait au sommet du monument et semblait défier la mer Adriatique : le lion ailé de Saint-Marc.

Il longea les quais à la recherche de son vaporetto. Les terrasses des cafés étaient bondées et il dut se frayer un chemin à travers la foule et les boutiquiers ambulants. Il repéra enfin la station 42. Elle ressemblait à un gros mobile home relié à la berge par un pont métallique. Il s'approcha d'un guichet pour acheter un ticket. On lui donna une carte magnétique, aussi moderne que ces bus flottants semblaient vétustes. Il monta sur l'embarcadère de fortune et attendit le sien. Le vent de la mer lui caressait le visage et le maintenait un peu en éveil. Son vaporetto ne tarda pas à arriver. Il grimpa sur le pont. Entre la cabine de l'avant et celle de l'arrière, une plate-forme permettait de rester à l'air libre tout en admirant le paysage. Il s'y fit une place.

Arsenale, Giardinni, Biennale, Certosa, les arrêts défilaient, déversant à chaque fois leur flot de touristes, qu'un autre venait aussitôt remplacer. Le bateau accosta bientôt à l'hôpital de Venise où quelques personnes âgées embarquèrent. Marc se sentait perdu. Où était le cimetière ? Quand devait-il descendre ? Bercé par le tangage de l'embarcation, il se laissa gagner par le sommeil. Ses yeux se fermèrent mais se rouvrirent aussitôt. Il s'immobilisa, les sens en éveil. Parmi les odeurs diffuses qui s'échappaient de la cabine, surnageait un parfum léger. Seconde après seconde son cerveau reconstituait un décor, dessinait une silhouette, rejouait une musique. La femme au masque blanc lui apparut alors. Il réalisa soudain : ce parfum avait été le sien.

Il se leva brutalement et scruta l'ensemble des personnes assises à l'intérieur. Il respira profondément et se calma. C'était exactement la troisième fois qu'il sentait ce parfum depuis la nuit de leur rencontre. La première, cinq ans plus tôt, s'était produite dans son cabinet. Il avait auditionné une jeune fille et avait eu toutes les difficultés du monde à rester concentré. La deuxième, quelques semaines plus tard, dans un supermarché. Comme les précédentes, cette troisième fois était sûrement due au hasard. Un vieil homme se tenait debout, tout près de lui. Il décida de lui demander où il devait descendre.

Le Vénitien tendit le bras vers le large et pointa, à moins d'un kilomètre de là, une île d'environ trois cents mètres de long sur à peu près autant de large. Elle était ceinturée d'un mur de pierre rouge et son entrée ressemblait à un palais du Grand Canal. Derrière la muraille, Marc aperçut le dôme d'une église et les cimes de quelques pins.

Le vaporetto s'arrêta à F.te Nove puis bifurqua à quatre-vingt-dix degrés pour prendre la direction de l'île.

Il débarqua en compagnie d'un petit groupe de touristes et de quatre octogénaires. Au-dessus de la plate-forme en pierre, collée au mur d'enceinte, se trouvaient deux hautes portes en bois. Les touristes et les personnes âgées passèrent le porche, et se dispersèrent aussitôt. Marc s'avança plus lentement. Un panneau mettait en garde le visiteur : le cimetière fermait ses portes à dix-huit heures trente. Il ne lui restait guère plus d'une heure. Sur sa gauche, une cour abritait la loge du gardien. Il s'y dirigea et frappa trois coups à la porte vitrée. Comme personne ne venait lui ouvrir, il se décida à faire demi-tour et, incertain, franchit la grande arche. Ses jambes, comme son esprit, commençaient à défaillir. Hagard, les yeux à moitié ouverts, il déambula dans un espace qui en toute autre circonstance aurait éveillé son attention et sa curiosité. Cette partie du cimetière, sans doute la plus ancienne, avait des allures de forum romain. Des dizaines de chapelles aux dimensions identiques avaient été disposées en arcs de cercles. Au milieu se trouvait un jardin, dominé par deux immenses eucalyptus. Marc s'approcha de l'édifice et comprit qu'il servait d'ultime demeure aux grandes familles vénitiennes. Grille après grille, il parcourut chacune des chapelles, à la recherche d'un bouquet enveloppé de papier de soie.

Arrivé au bout, il se retourna et regarda autour de lui. À quelques dizaines de mètres devant, se trouvait l'église qu'il avait aperçue du bateau. De là partaient plusieurs voies qui s'enfonçaient dans le cimetière. Il rassembla ses forces, se dirigea vers le sanctuaire et emprunta un chemin au hasard. Après avoir traversé la forêt de croix blanches du carré des religieuses, il parvint dans un secteur où l'architecture funéraire était anguleuse et moderne.

Épuisé, il continua comme un spectre au milieu des tombes. Il vit alors un banc, et ne put s'empêcher de s'y asseoir. Une vague de sommeil le gagna. Il se laissa tenter mais se reprit rapidement. Il ne pouvait pas s'effondrer, pas maintenant. Il se remit sur ses jambes et longea un mur en granit. Le silence était oppressant. Ses yeux glissaient sur tout ce qu'ils rencontraient, attendant désespérément un bouquet pour s'y accrocher. Il aperçut bientôt une fontaine, tout près d'un arbre. Il s'avança, actionna le robinet et plongea sa tête sous l'eau. Il se sentit immédiatement mieux. Après avoir longuement bu, il se remit en marche. Une grille aménagée dans le mur attira bientôt son attention. Il jeta un coup d'œil de l'autre côté et découvrit un carré d'environ cent mètres sur cent dont la moitié la plus éloignée avait été laissée à l'état sauvage, sans sépultures. Une centaine de tombes occupait ce terrain qui aurait pu en contenir cinq ou six fois plus. L'espace, si précieux ailleurs, semblait ici gaspillé. Il réussit à lire quelques noms. Tous avaient des consonances russes et grecques ; ce grand champ était donc dédié aux orthodoxes.

Il s'apprêtait à repartir lorsqu'une femme pénétra dans le carré et avança vers une tombe. Il la voyait de dos. Elle portait des hauts talons et un manteau vert en mousseline légère. Ses cheveux, coupés aux épaules, étaient blonds. Sans savoir pourquoi, sans doute parce qu'elle était la première personne qu'il croisait ici, il l'observa. Elle s'arrêta sur une tombe. Par pure curiosité sans doute, il plissa les yeux pour lire le nom sur la stèle. L'image se fit plus nette.

« Rossi » était gravé en lettres d'or.

47

La femme l'empêchait de lire le prénom, mais il lui semblait bien qu'il commençait par un V…

Il se mit à courir. Il tourna sur la gauche et se retrouva dans une allée balisée par un panneau portant l'inscription « Stravinsky ». Il s'y précipita avec toute l'énergie qui lui restait. Rapidement, cette course le plongea dans un état second. Sa respiration trouva son rythme et les questions émergèrent : si la tombe qu'il avait aperçue était celle de Veronica, qui pouvait bien être cette personne au manteau vert ? Était-ce cette femme qui le manipulait depuis le début ? Soudain, une dizaine de points lumineux se mirent à virevolter comme des feux follets. Petit garçon, il avait entendu parler d'une vieille dame qui voyait des papillons chaque fois qu'elle faisait un malaise. Longtemps il avait espéré qu'un jour, lui aussi les verrait, ces papillons imaginaires. Aujourd'hui ils brillaient, pétillaient et s'évanouissaient sur le marbre des tombeaux.

Lorsqu'il arriva enfin devant l'entrée du carré des orthodoxes, la femme au manteau vert n'était plus là. Le cœur battant, il avança vers la tombe.

Des roses jaunes étaient disposées dans un grand vase en marbre. Le bouquet était protégé par trois couches de papier de soie, mauve, jaune et orange. Il était arrivé à destination.

Il observa rapidement la pierre tombale. Deux noms russes – Benedikt Andrei et Dimitri Baranov – y étaient inscrits. En dessous, était gravé un autre nom : « Veronica Rossi, 1980 - 2007 ».

Il fit demi-tour et se remit à courir. Il oublia ses poumons, ses muscles, et son souffle trop court.

Il devait rattraper cette femme avant qu'elle ne prenne le prochain bateau.

Il traversa une dizaine d'allées, longea la zone des *bambini* et parvint enfin dans le jardin aux demi-cercles. À bout de souffle, il se précipita sur la plate-forme extérieure. Le vaporetto était là, mais à une dizaine de mètres de la berge. Il s'éloignait. À l'arrière du bateau, prise dans ses pensées, la jeune femme au manteau vert ne l'avait pas remarqué. Il ne la quitta pas des yeux, jusqu'à ce que doucement, sa silhouette s'évanouisse dans la brume. Il s'appuya alors contre le mur d'enceinte, plia les jambes et reprit sa respiration. Le prochain bateau n'arriverait que vingt minutes plus tard. Il ne la retrouverait plus.

Battu, il laissa la déferlante de fatigue l'envahir. Il fallait pourtant qu'il parvienne à se remettre sur ses pieds pour marcher jusqu'à la tombe de Veronica. On lui avait donné rendez-vous ici et, en toute logique, le bouquet, au moins, devait lui être destiné.

La tombe de Veronica était tout au fond du carré des orthodoxes, sur la droite. Marc prit l'allée centrale. Arrivé au bout, deux tombeaux blancs, sobres et identiques, attirèrent son attention parce qu'ils semblaient, malgré leur âge, faire l'objet d'un culte entretenu. Igor Stravinsky et Eva, sa compagne, reposaient ici. À seulement quelques mètres, un monument funéraire était flanqué d'un petit mausolée où étaient déposés quelques objets. Parmi ceux-ci, Marc distingua clairement une ballerine. « Sans doute une danseuse », se dit-il. Sans perdre de temps, il se dirigea vers le bouquet de roses, sur la tombe de Veronica. Il sortit le livre de Calas – qu'il avait pris soin de glisser dans son sac au mazet – et chercha aussitôt la signification que le botaniste donnait aux roses jaunes. Il n'y en avait qu'une, simple et limpide : *Les roses jaunes expriment le Pardon.*

Il resta suspendu un instant. Alors quoi ? Avait-il roulé jusqu'à cette île du bout du monde simplement pour qu'une inconnue lui demande pardon ? Pardon pourquoi, pardon de qui ? Cela n'avait aucun sens. Il devait y avoir autre chose, il n'était pas venu « simplement » pour ça. Il scruta la pierre tombale et ne tarda pas à s'apercevoir que quelque chose dépassait légèrement sous le marbre du chevalet. Il le souleva et dégagea un carré de papier artisanal de belle qualité, plié en quatre. Du bout des doigts, il l'ouvrit. Il était écrit, à la main : « 12, Calle Larga Piave Canarregio ».

Il mit le papier dans sa poche. Il s'apprêtait à repartir vers le quai lorsqu'il vit un homme s'approcher. L'individu, petit et trapu, avançait calmement, sans quitter Marc des yeux. Aucune émotion ne se lisait sur son visage. L'homme plongea la main sous sa veste et en sortit un revolver équipé d'un silencieux. Marc ne pouvait pas s'échapper ; le carré des orthodoxes n'avait qu'une seule entrée, et donc qu'une seule sortie. Marc sentit ses muscles se tétaniser. À une trentaine de mètres, se trouvait une chapelle dont les portes métalliques étaient ouvertes. L'instinct de survie prit le dessus et, sans réfléchir, il se mit à courir aussi vite qu'il le pouvait. L'adrénaline balaya la fatigue. Le tueur le mit en joue et tira. La balle le rata de peu et ricocha sur le marbre d'une tombe. Marc se jeta à l'intérieur de la chapelle et referma les portes. Cette fois, la fin semblait inéluctable. Piégé et sans arme, il ne voyait pas comment il pourrait échapper à la mort. Les pas se rapprochaient. Perdu pour perdu, il décida de ne pas se laisser tuer sans se battre. Le souffle court il se saisit d'un grand vase d'une main et, de l'autre, bloqua autant qu'il le put les portes métalliques. Les pas s'arrêtèrent devant la chapelle, et l'homme tenta d'ouvrir les portes. Marc résista et, brusquement, envoya un énorme coup de pied dans le panneau métallique, qui heurta de plein fouet la tête de son agresseur. Il leva alors sa main armée du vase et, poussé par l'énergie de la peur, le fracassa sur le crâne du tueur. Sous le choc, l'homme s'effondra lourdement sur le sol, et laissa tomber son arme. Marc s'en saisit aussitôt et se mit à courir sans se retourner. Il jeta le revolver au sommet d'un édifice en béton qui abritait une centaine de casiers mortuaires, et atteignit le quai en moins de deux minutes. Un vaporetto était en train de partir et se trouvait à trois mètres du bord. Sans s'arrêter de courir et porté par son élan, il fit un bond et se retrouva à l'arrière du bateau. L'employé chargé des manœuvres lui tendit la main et se mit à lui hurler dessus en italien sous l'œil amusé des touristes. Marc ne répondit pas et alla s'asseoir pour récupérer un peu de souffle. Le bateau n'avait pas fait cinquante mètres que le tueur arrivait sur le quai, en se tenant la tête.

Marc s'installa à l'intérieur et sortit de sa poche le papier qu'il avait trouvé sur la tombe de Veronica Rossi. En tout état de cause on ne l'avait pas attiré jusqu'ici pour le tuer. Sinon, pourquoi lui avoir laissé ce message qui semblait vouloir le guider ailleurs ?

Il regarda l'adresse inscrite sur le papier : « 12, Calle Larga Piave Canarregio ». Le tueur était loin, et dans l'incapacité de le suivre. Il n'avait maintenant rien d'autre à faire que de s'y rendre.

48

Le soleil qui déclinait, découpait Venise en ombres dorées. Le vaporetto traversa la lagune et déposa Marc à quelques minutes de la place Saint-Marc. Il lui fallait trouver un plan ou un moyen quelconque de rejoindre l'adresse qu'il avait dans la poche. Il marcha en direction de l'hôtel *Danieli* en face duquel des dizaines de gondoles se trouvaient amarrées à des poteaux rouge et blanc, semblables à de grands sucres d'orge. Il vit alors une vedette en bois laqué, sur lequel était écrit « Taxi ». Le bateau était en train d'apponter. Marc s'approcha puis héla le chauffeur en lui donnant l'adresse. Il fit un signe à Marc pour qu'il grimpe à bord, et lui tendit la main pour l'aider à sauter sur le ponton. Il mit son compteur en route, effectua une marche arrière et mit les gaz. Trois minutes plus tard, le bateau remontait le Grand Canal en vue du pont du Rialto. Ils passèrent sous le monument, bifurquèrent, franchirent un premier pont, puis se rapprochèrent d'un deuxième. Ce fut alors qu'il la vit. Elle marchait doucement, son manteau de mousseline vert sur le dos. Il sauta sur ses pieds et posa la main sur l'épaule du chauffeur.

– S'il vous plaît, vous pouvez arrêter ?

L'homme obtempéra et colla son bateau contre des marches en pierre.

– Je reviens !

Il sauta sur la berge et courut à la poursuite de la femme du cimetière. Le chauffeur amorça un mouvement pour le retenir mais se ravisa à la vue du sac que son client avait laissé sur la banquette en cuir.

Elle venait de disparaître à droite, au bout d'une minuscule allée. Marc remonta la voie au pas de course, jouant des épaules pour se frayer un chemin au milieu des touristes. Arrivé au bout, il l'aperçut, à une vingtaine de mètres sur la droite. Il s'approcha d'elle et, avec trop d'empressement, lui attrapa le bras pour l'arrêter. Surprise elle se retourna.

– *Lasciatemi* !

Il la relâcha. Elle s'apprêtait à s'éloigner mais il se plaça devant elle.

- S'il vous plaît, j'ai besoin de vous parler du cimetière…

Elle fronça les sourcils, sans comprendre, et lui demanda en italien ce qu'il voulait. Il lui sourit alors, de ce sourire qui avait gagné la confiance de tant de gens avant elle. Il la vit se détendre.

– Je veux vous parler de Veronica Rossi.

La fille, curieuse, s'exprima dans un anglais scolaire :

– Qu'est-ce que vous voulez ?

– Je suis celui à qui les fleurs de la tombe de Veronica étaient destinées.

Elle le toisa de ses grands yeux noirs.

– Je ne sais pas de quoi vous parlez…

Elle fit un pas mais Marc était plus déterminé que jamais. Il lui fallait des réponses, et il n'était pas question qu'il se laisse berner. Il la saisit plus fermement et la força à reculer sous un porche.

– Je vous ai vue au cimetière, vous avez bien déposé des fleurs sur sa tombe, non ?

– Non, je ne dépose pas de fleurs sur les tombes, dit-elle.

– Je vous ai vue…

– Évidemment que vous m'avez vue, puisque j'y travaille ! Je suis payée pour entretenir des tombes ! Qu'est-ce que vous voulez à la fin ?

Marc ne put contenir sa déception.

– Vous savez qui a déposé le bouquet sur la tombe de Veronica Rossi ?

– C'est un cimetière, vous croyez qu'on regarde qui dépose des bouquets ?

Elle adoucit la voix :

– Vous êtes qui ?

Marc la regarda, déçu.

Une Vénitienne à qui l'on donnait un billet de temps en temps pour entretenir une tombe plus qu'une autre. Voilà tout.

– Excusez-moi, lui dit-il avant de repartir. Je me suis trompé.

Il retrouva son chauffeur passablement énervé. Le type le laissa remonter à bord en lui marmonnant quelques mots en italien. Marc s'excusa et le gars reprit sa course. Le bateau bifurqua dans un nouveau canal, puis s'arrêta devant le ponton d'une maison. Ils étaient arrivés. Le chauffeur stoppa son compteur et Marc le paya. Il reprit son sac et sauta sur la petite plate-forme. Sans attendre qu'on vienne ouvrir à son client, le taxi s'éloigna. Marc se retrouva coincé entre une porte fermée et l'eau du canal. Il n'y avait qu'une sonnette en cuivre. Elle était surmontée d'une petite plaque qui avait autrefois exposé le nom des occupants de la maison, avant qu'une oxydation verdâtre ne vienne recouvrir l'ensemble. Il sonna et attendit.

Personne ne répondit. Cette adresse ne lui était sans doute pas destinée. Il était venu ici pour rien et se retrouvait coincé sur ce minuscule débarcadère, perdu dans les méandres des canaux de la ville, cible parfaite pour le tueur qui envisageait de l'abattre.

Le malaise le gagnait. Ses pensées se mélangeaient, échafaudaient des théories bancales. La première lui sembla pourtant claire, aussi froide que l'évidence. Depuis le début de cette histoire, peut-être n'avait-il suivi que ses propres songes. Les mêmes doutes qui l'avaient autrefois assailli au cimetière de Nîmes revinrent le hanter. La femme au masque blanc ne lui aurait alors pas plus laissé de message que de fleurs. Au loin, une gondole se dirigeait lentement vers lui. Il y accrocha sa vue. Sa pensée, elle, remontait le fil de cette possibilité qui prenait corps seconde après seconde et à laquelle la porte désespérément close qui semblait s'imposer comme terminus de son voyage donnait toute sa vraisemblance. Des annonces adressées à d'autres mais qu'il aurait prises pour lui ; un vieux livre au travers duquel il se serait lui-même inventé un conte ; enfin, une fille morte sous ses yeux qu'il aurait inconsciemment mystifiée, année après année, jusqu'à tourner le cœur à sa propre femme ; le tout aidé par un facétieux hasard qui aurait manipulé les choses et les évènements au point de lui tordre la raison et de le faire échouer là.

Il se reprit aussitôt. Non, il y avait le papier identique sur tous les bouquets. Et puis ce coursier, payé pour lui livrer des fleurs. La pianiste des Ortolans avait perdu la vie devant lui, il n'avait donc pas imaginé leur rendez-vous. À moins que précisément... Cette fille n'ait jamais eu conscience de lui avoir donné ce rendez-vous. Quelle preuve avait-il finalement qu'elle se soit trouvée elle-même à l'origine de tout ça, en dehors de sa présence sur les lieux du concert ? Quelqu'un qui aurait entendu leur courte conversation aux Ortolans aurait très bien pu inventer ce jeu de piste, et entraîner Veronica à ce concert pour la tuer. Mais pourquoi cette personne aurait-elle fait ça, et recommencerait-elle aujourd'hui ? Quel cadavre allait-il découvrir derrière cette porte ? Lorsqu'il appuya à nouveau sur la sonnette, il n'était plus certain d'espérer qu'on vienne lui ouvrir. La gondole venait de passer devant lui, emportant avec elle deux amants enlacés. La vue de Marc se brouilla et le décor autour se mit à tanguer. Pour la première fois depuis son départ de Nîmes, il baissa les armes. À cet instant, Adélaïde, qu'il avait peut-être abandonnée pour un fantôme, lui manquait terriblement.

Il entendit alors le son d'une clé qui tournait dans la serrure. Il fit un effort pour ne pas sombrer.

Un petit homme d'une cinquantaine d'années ouvrit la porte. Il avait de beaux cheveux poivre et sel, un visage buriné mais charmant, des yeux brillant d'intelligence. Son sourire était chaleureux.

– *Si* ?

Sa voix était rocailleuse, italienne.

Marc sortit le carré de papier qu'il avait trouvé sur la tombe.

– Excusez-moi monsieur, vous parlez français ?

– Oui, répondit-il avec un léger accent.

– J'ai trouvé votre adresse sur une tombe.

Le petit homme laissa passer un temps pour souligner l'étrangeté de la situation.

– Ah bon ? La tombe de qui ?

Marc sentait ses jambes trembler. Il pria pour tenir encore un peu.

– Celle de Veronica Rossi. Vous la connaissiez ?

Le sourire de son interlocuteur disparut. Au même instant, les jambes de Marc cédèrent. L'Italien fit un pas en avant et attrapa le juge avant qu'il ne s'effondre.

– Venez avec moi. Vous n'avez pas l'air bien du tout.

Marc sentit cet homme lui étreindre la poitrine avec force. Il fit quelques pas avec lui et se retrouva à l'intérieur. Le sol était en marbre. Des arches de pierre se prolongeaient en voûte sur l'ensemble du plafond. Ils descendirent quelques marches et se retrouvèrent dans une petite pièce située sous le niveau du canal. Une fenêtre en arc de cercle permettait de voir l'eau s'écouler doucement contre le verre sécurisé. La pièce était meublée de quatre bergères et d'une table de salon en marbre vert de Prato. Le Vénitien fit asseoir Marc dans un des fauteuils.

– Ne bougez pas, je vais vous chercher un café.

Il s'éloigna et revint avec une tasse en porcelaine, si fine qu'on pouvait presque voir au travers. Il la posa sur la table et s'assit en face. Marc sentait ses forces décliner. La chaleur du lieu, le confort du siège, le sourire apaisant de son hôte, tout le poussait à lâcher prise. Il se battit pour garder encore un peu les yeux ouverts et poser la question qui lui brûlait les lèvres :

– Qui êtes-vous ?

L'homme leva un sourcil et lui répondit spontanément :

– Je suis Ernesto Rossi, le père de Veronica.

Alors l'eau du canal clapota doucement contre le verre de la fenêtre et emporta Marc au pays des rêves.

49

Il se réveilla deux heures plus tard. La nuit était tombée mais les lampadaires de la ville révélaient encore les contours du décor où il s'était endormi. Il se leva, remonta l'escalier de pierre qui menait au reste de la maison et découvrit une vaste pièce coiffée de trois grands lustres en verre de Murano. Au-dessous, se trouvait une table marquetée en bois de rose, une table qui pouvait recevoir une vingtaine d'invités au moins. Deux tapisseries étaient accrochées au mur. Elles représentaient Venise sous le feu des galions ennemis. Au fond de la pièce, quatre marches plus haut, trônait un piano à queue noir dont le bois laqué brillait dans la pénombre. Il s'approcha d'une commode en bois peint, placée tout près de la porte. Un cadre photo attira son attention. Une jeune femme souriante posait au centre. Son cœur se serra. Il venait de reconnaître son visage. Celui-là même qu'il avait aperçu huit ans plus tôt, sous la lumière bleue des gyrophares. Toute l'histoire défila dans ce regard : la rencontre des Ortolans, le *Concerto en sol*, la tombe de Calas. Et ce goût d'inachevé, d'espoirs anéantis. Aux côtés de Veronica, Marc reconnut l'homme qui l'avait accueilli dans cette maison. Il s'imagina sur cet instantané de bonheur. Si elle n'avait pas été tuée, leur histoire se serait peut-être muée en une relation forte et solide. Peut-être aurait-il été heureux ? Il imagina leurs enfants courir sur les vieilles dalles qui tapissaient le sol de la maison... Il ferma les yeux et se reprit. Où s'embarquait-il ? Tout cela n'avait aucun sens. Veronica était morte et il aimait une autre femme. Le monde n'était pas aussi romanesque. Ou bien, peut-être ne savait-il pas le regarder de la bonne manière.

Il releva la tête et fit quelques pas.

– Il y a quelqu'un ?...

Personne ne lui répondit. Il se dirigea vers une des hautes fenêtres habillées de rideaux rouges et regarda dehors. L'hôtel particulier des Rossi semblait littéralement sortir de l'eau. Le canal n'était pas éclairé et quelques barques flottaient sur cette nappe tranquille que l'obscurité voilait de noir. En face, sur un large trottoir, d'anciens réverbères dessinaient une grande bande lumineuse. À quelques mètres seulement, un simple pont de bois enjambait les deux berges en déposant sur l'onde des reflets verts et bleus. Tout semblait endormi. Pas une âme ne venait troubler la perspective dont les lignes s'évanouissaient au loin dans un halo orange. Marc était sous le charme. Comment avait-il pu vivre si longtemps sans venir ici ? À cet instant, plus rien ne l'inquiétait. Il aurait pu mourir là, sa mort lui aurait semblé douce et naturelle. Il se laissa caresser par cette étrange idée, ensorcelé par la magie de ce Venise populaire, dont il ne soupçonnait même pas l'existence. Sans doute Veronica avait-elle contemplé des heures le même paysage que lui, de la même fenêtre. Avait-elle grandi dans cette maison ?

– Vous aimez ?

Marc sursauta.

Le père de la jeune femme disparue venait d'entrer dans la pièce.

– C'est magnifique... C'est une chance d'habiter ici.

Il en avait presque oublié les raisons de sa présence.

– Oui... Ma femme et moi avons passé la moitié de notre vie à l'étranger, à cause de mon travail. Nous sommes rentrés il y a deux ans, avec bonheur.

L'homme avait un regard tendre et profond. Le regard d'un père envers son fils. Il éclaira le salon et s'avança vers la table. Il tenait une grande carafe en cristal pleine de vin dans une main, et deux verres dans l'autre. Il les remplit et en tendit un à Marc...

– Tenez, c'est un excellent vin de Toscane que vous saurez apprécier... Il vous aidera à compenser les heures de sommeil que vous ne prenez pas la nuit. Il a les mêmes arômes que certains Costières de Nîmes. Vous allez voir...

Marc lâcha le pan de rideau et saisit le verre que lui tendait Ernesto.

– Comment savez-vous que j'aime le bon vin, que je ne dors pas la nuit et que je viens de Nîmes ?

Le père de Veronica s'assit sur le canapé et d'un geste, invita Marc à s'installer sur le fauteuil en face.

– Si vous êtes allé sur la tombe de ma fille, c'est que vous la connaissiez. Or, en France, elle n'a vécu qu'à Nîmes. Que vous ne dormiez pas se lit sur votre visage et dans votre comportement ; je vous rappelle que vous êtes tombé de sommeil en arrivant chez moi. Enfin, vous êtes un homme qui aime le bon vin parce que vous aimez la vie. Et ça, vous le portez sur vous. Mais il est très impoli d'arriver chez les gens en leur posant des questions sans même se présenter... Monsieur ?

Marc se sentit soudainement honteux. Il avait manqué à la plus élémentaire des politesses.

– Marc Ferrer… Excusez-moi. Il y a une question que je voudrais vous poser.

– Bien sûr…

– Payez-vous une jeune femme pour entretenir la tombe de votre fille ?

– Non, pas du tout. Nous nous en occupons nous-mêmes. Pourquoi ? C'est important ?

– Non. Sans doute pas, mentit Marc.

– Eh bien monsieur Ferrer, je parie que vous avez faim ! Et il n'y a pas de meilleur endroit au monde où discuter qu'une cuisine. Vous me suivez ?

Il se leva et Marc le suivit sans prendre la peine de répondre. En réalité, Ernesto avait encore une fois tapé juste, il mourait de faim.

La cuisine était une grande pièce où l'acier inoxydable côtoyait de vieux bahuts et des armoires en bois. Ernesto se mit aussitôt au travail.

– Avez-vous déjà mangé de la truffe blanche d'Alba ?

– Je n'ai pas eu cette chance.

– Alors vous ne serez pas venu pour rien. Une omelette à la truffe d'Alba est un miracle de la nature. Miracle qui a un prix exorbitant, soit dit en passant…

Il prit une poêle et divers ustensiles.

– C'est extrêmement simple à faire, pourtant…

Il sortit des œufs d'un frigo américain.

– ... il n'y a rien de plus difficile à réussir que quelque chose de simple. Croyez-moi, je cuisine depuis trente ans maintenant, et l'omelette est la chose la plus facile à rater !

Il cassa ses œufs dans un saladier et entreprit de les battre.

– Bon, et si vous me disiez ce que vous êtes venu chercher ici. Je ne sais pas qui a noté cette adresse sur la tombe de notre fille, mais j'imagine que vous n'êtes pas là pour rien.

Marc n'avait à cet instant aucune idée de l'éventuelle implication du père de Veronica dans le nouveau jeu de piste, et il était possible que son apparente innocence soit feinte ; mais son instinct lui disait, depuis le premier instant où il avait croisé le regard d'Ernesto, que cet homme n'avait que de bonnes intentions.

– Je vous avoue que je comptais un peu sur vous pour me le dire…

Ernesto cessa de battre ses œufs et regarda Marc dans les yeux.

– Racontez-moi votre histoire ; alors, peut-être, pourrai-je vous aider ?

Marc pesa rapidement le pour et le contre. Il n'avait rien à perdre et il lui fallait des réponses. Il lui raconta toute l'histoire, depuis les Ortolans jusqu'au dernier bouquet en ne parlant ni d'Albuquerque, ni d'Inès, ni de la tentative d'assassinat dont il venait d'être victime. Le regard grave et bon, Ernesto l'avait écouté sans l'interrompre une seule fois. Marc considérait ce qu'il peut y avoir de bouleversant à rencontrer un être qui, sorti de l'ombre, vous explique qu'il a compté pour votre fille juste avant qu'elle ne perde la vie. Mais alors qu'il racontait, une chose le frappa : à aucun moment, même lors de la reprise du jeu de piste, Ernesto n'avait semblé surpris. Il s'était contenté de hocher la tête ou de se racler la gorge. Le juge avait terminé son récit avec la désagréable impression qu'Ernesto en savait beaucoup plus qu'il ne voulait bien le dire. « Merci », dit le petit homme après que Marc eut terminé ; puis il recommença à battre ses œufs.

– Pourquoi me remerciez-vous ?

– Parce qu'il vous fallait du courage pour venir me dire dans quelles circonstances exactes ma fille a trouvé la mort.

– Vous savez très bien que ce n'est pas du courage.

L'Italien sortit une truffe de la taille d'un demi-poing.

– Regardez ça. Un miracle de la nature je vous dis. (Il commença à en émincer quelques lamelles.) Votre histoire est extraordinaire. Vous n'en avez simplement pas encore conscience. Et je vous assure que dans la même situation, bien des gens ne seraient pas arrivés jusqu'ici.

Ernesto jeta les œufs battus dans une poêle brûlante et y ajouta les copeaux de truffe.

– C'est là que tout se joue.

Marc était perdu. Il semblait que tout ce qui intéressait cet homme était de manger la meilleure omelette possible. Ernesto réagit comme s'il avait lu dans ses pensées :

– Pardon de vous donner l'impression d'être plus attentif à notre omelette qu'à votre histoire, mais la cuisine est une chose qu'il faut prendre au sérieux, un art et une grande marque de générosité.

En disant cela, il avait retourné l'omelette deux fois avant de retirer la poêle du feu. Il l'avait ensuite posée dans un plat rectangulaire en porcelaine.

En quelques mouvements précis et rapides, il dressa la petite table en bois blond qui trônait au milieu de la pièce et déposa l'omelette dessus. Marc le regarda faire. Tout en cet homme inspirait le bonheur de vivre.

– Asseyez-vous, ça se mange très chaud !

Marc obtempéra. Ernesto remplit les assiettes, s'assit à son tour et posa une question :

– Les roses jaunes, que signifient-elles ?

Marc coupa un morceau d'omelette.

– Elles veulent simplement dire *Pardon*.

Le père de Veronica suspendit son geste. Pour la première fois, quelque chose le faisait réagir. Il se reprit aussitôt.

– Qu'est-ce que cela signifie pour vous ?

L'omelette était divine, la meilleure que Marc ait eu l'occasion de goûter. Il dut faire un effort pour parvenir à se concentrer sur la question.

– C'est un concept philosophique et religieux.

– C'est vrai, mais ce n'est pas que cela. C'est un peu comme la cuisine, quelque chose que l'on offre.

Marc ne comprenait pas où le Vénitien voulait l'emmener. Pourtant, il passait un merveilleux moment en partageant ce repas avec lui. Ernesto ne lâchait pas son sujet.

– Avez-vous déjà pardonné à quelqu'un monsieur le juge ?

Marc pensa immédiatement à sa mère et sentit aussitôt une coquille se refermer sur l'image qui venait de naître. L'Italien semblait comprendre son malaise mais insista pourtant.

– Êtes-vous en paix avec vos parents ? Ce sont les premières personnes qu'on aime dans la vie et donc les premières à qui on doit pardonner.

– C'est une histoire un peu compliquée...

Ernesto leur resservit du vin.

– La question du pardon se pose lorsque quelqu'un qu'on aime nous a profondément offensés. Ou lorsque quelqu'un fait du mal à une personne qu'on aime. Y compris soi-même, à condition de s'aimer bien sûr...

Puis il ajouta :

– Si vous n'avez jamais eu à pardonner, avez-vous déjà aimé ?

– J'ai quelques amis importants et une femme avec qui je vis.

Marc n'était pas à l'aise de se livrer ainsi. Il ne parlait pour ainsi dire jamais de sa vie affective. Il renvoya la balle dans le camp de l'Italien :

– Et vous, êtes-vous encore marié ?

– Oui, par bonheur oui. La première chose que je lui ai pardonnée... Ce n'était pas grand-chose. Ses lasagnes ! Épouvantables... Son nez aussi. Il ne me plaisait pas. Il y avait également son accent milanais. Ma femme est piémontaise... Ça aussi, j'ai bien dû passer par-dessus. Bon, je vous épargne la liste de ces petits pardons. Mais chacun d'entre eux est un don, n'est-ce pas ?

– Un don ou un compromis ?

Ernesto sourit à la pique de Marc. Mais il ne sembla pas la relever.

– Je me suis entraîné avec ces petits pardons pendant dix ans. Jusqu'au jour où elle m'a trompé. Remarquez, je l'avais trompée aussi. Alors il a d'abord fallu que je me pardonne à moi-même. Ensuite, j'ai vécu l'enfer. Vous savez ce que c'est un Italien jaloux, monsieur Ferrer ? C'est pire que dans un film de Scorsese. Je voulais tuer tout le monde. Et plus je lui en voulais, plus j'étais malheureux et moins elle m'aimait. Je ne voulais pas la perdre. Alors, j'ai trouvé les ressources au fond de mon cœur pour lui pardonner. Ça fait trente-deux ans qu'on est ensemble, et on s'adore. L'amour se construit de pardons. Le reste, c'est une belle idée, une belle intention.

– Trente-deux ans ?

Marc se demandait à quoi pourrait bien ressembler son couple au terme de plus de trente ans de vie commune. Il était admiratif envers Ernesto mais dubitatif envers lui-même.

– Nous avions beaucoup d'amis qui s'étaient mariés à la même époque et qui s'aimaient comme des fous, à l'italienne.

Un jour, ils n'ont plus été capables de se pardonner. De se pardonner leurs silences, ce qu'ils étaient eux-mêmes et qui apparaissait au grand jour. Ils n'ont plus été capables de donner. La plupart ont divorcé et quand ils se croisent dans la rue, c'est à peine s'ils se disent bonjour. C'est triste vous ne trouvez pas ?

– Si. Bien sûr que si. Mais on ne peut pas tout pardonner.

Ernesto, qui jusque-là ne l'avait pas lâché de ses yeux profonds, esquissa soudain un sourire un peu triste.

– Avez-vous une idée de ce qu'est l'enfer ?

– Non, pas vraiment.

– Moi je le sais. L'enfer d'être encore vivant quand son enfant dort sous la terre. Et puis viens ensuite une autre souffrance, terrible, sournoise et destructrice : la haine et la rancœur. La haine envers la personne qui a eu la lâcheté de s'enfuir pendant que votre fille mourait sur le trottoir.

Le visage d'Albuquerque s'invita dans l'esprit de Marc. L'avocat venait de laisser mourir une jeune femme sur un trottoir. Il était l'être qu'il haïssait le plus au monde. Ernesto reprit le fil de sa pensée :

– Mais on ne peut pas vivre avec la haine dans son cœur. C'est une chose qui vous ronge et vous empêche de respirer. Rien de bon ne peut être fait quand on hait. Même mes plats, je les ratais tous... Je ne savais plus rien donner à personne. Alors on se dit qu'il n'y a qu'une solution. Pardonner. Mais il ne suffit pas de le dire. Comment faire ? J'avais beau me répéter que je devais cesser de haïr, je n'y parvenais pas. Et vous savez pourquoi ?

– Parce que vous étiez blessé, que vous aviez mal, c'est humain, non ?

Ernesto sourit.

– Vous vous trompez. Je n'y parvenais pas parce que ce que je voulais, c'était juste ne plus haïr cette personne. Je n'avais pas compris que le seul moyen d'y parvenir était de l'aimer. Ça peut vous paraître étrange n'est-ce pas ? Je voulais éteindre un incendie avec un verre d'eau lorsqu'il me fallait une citerne entière. Mais le seul amour véritable et totalement désintéressé dont j'avais l'expérience était précisément celui que j'éprouvais pour Veronica… Je me suis alors mis en tête de faire comme si la personne qui avait pris la fuite était ma fille. Du reste, elle aurait pu l'être n'est-ce pas ? Si ma fille avait fait une chose pareille, aurais-je cessé de l'aimer ?

– J'imagine que non.

– Je vous le dis, Veronica aurait pu commettre les pires atrocités, mon amour pour elle n'aurait pas changé. Ça vous choque peut-être ? Si ça vous choque, c'est parce que vous n'avez pas d'enfant. Alors, le miracle s'est produit. Mon cœur s'est apaisé. J'ai cessé de haïr et me suis mis à aimer cette personne que je ne connaissais pas. Quand on a réussi à faire cela monsieur Ferrer, le monde n'est plus le même…

Ernesto but une gorgée de vin et conclut :

– On peut tout pardonner.

Dans un timing parfait, Mme Rossi, une petite femme blonde et fine, entra dans la pièce en se débarrassant de l'étole en cachemire qui la protégeait de la fraîcheur des nuits de printemps. Elle s'approcha de la table et embrassa avec bienveillance son mari sur le front. Il lui parla en français :

– Je te présente Marc Ferrer. Il arrive de Nîmes.

Marc se leva et lui serra la main.

– Enchanté madame.

– Appelez-moi Fiorella.

Elle avait le sourire illuminé de la même bonté que le regard de son mari.

Ernesto attrapa sa femme par la taille pendant que Marc se rasseyait.

– Tu as dîné mon amour ?

– Oui, chez Georgetta. Tu sais à quel point elle est bavarde... (Elle jeta un coup d'œil aux assiettes.) Vous avez eu droit à l'omelette à la truffe blanche ?

Marc confirma d'un mouvement de tête, comme s'il avait été intronisé dans un cercle secret.

– Une merveille, n'est-ce pas ? Mon mari ne la fait pas à tout le monde, vous pouvez vous sentir flatté !

– Je le suis.

Elle s'assit sur les genoux de son époux.

– Marc était un ami de Veronica, dit Ernesto.

L'évocation de sa fille raviva le souvenir de sa perte et, l'espace d'un instant, le regard de Fiorella se fit plus triste en regardant leur invité.

– Vous êtes allé à San Michele pour lui rendre visite ? demanda-t-elle.

– En quelque sorte, oui.

– Nous sommes désolés de vous l'avoir enlevée, mais vous comprenez que nous préférons l'avoir près de nous.

Marc acquiesça. Bien sûr qu'il comprenait.

– Et puis Veronica aurait été heureuse de reposer près de Stravinski et Diaghilev.

Ernesto précisa :

– Mes grands-parents étaient russes, c'est pour ça que nous avons une concession dans le carré orthodoxe depuis deux générations.

– J'ai vu les tombes de Stravinski et de sa femme, répondit Marc, mais je ne sais pas qui est Diaghilev.

Fiorella lui expliqua :

– Diaghilev est le créateur des ballets russes. Sa tombe est à deux pas de celle de Veronica ; vous n'avez pas pu la rater, c'est un véritable mausolée dédié à la danse. Les ballerines du monde entier lui rendent encore hommage en déposant leurs chaussons sur sa stèle. Dans les années 1900, il passait commande aux musiciens du moment pour faire naître des ballets. À Stravinsky et Ravel, entre autres compositeurs.

Le juge tressaillit au nom de Ravel. Le compositeur avait occupé une place centrale dans l'histoire qu'il avait autrefois vécue et qui semblait refaire surface.

– Vous êtes musicien ? demanda-t-il à Ernesto.

– Musicien et musicologue, oui. J'ai enseigné de nombreuses années en France, à l'université de Montpellier.

– Je suis assez ignorant mais très curieux… En quoi consiste l'enseignement de la musicologie ?

– À comprendre ce qu'est la musique, quelle est son évolution et son rapport à l'être humain et à la société. Personnellement, j'étais passionné par l'étude de l'harmonie et de la composition. J'ai obtenu un prix de Rome, le fameux prix qu'on a toujours refusé à Ravel justement. Mais je me suis ensuite intéressé à l'aspect psychanalytique de la musique.

– Je ne savais pas que la psychanalyse et la musique pouvaient avoir un rapport…

– Je suis convaincu qu'il existe un lien de cause à effet entre l'enfance d'un compositeur et ses œuvres. J'ai écrit un livre sur ce sujet : *De l'inconscient à la création musicale*. Pour faire court, je crois que la musique est une sorte de miroir de l'âme. Prenons le cas de Ravel, puisque vous m'avez dit que c'est avec une de ses compositions que votre histoire a commencé. C'est Diaghilev qui lui a commandé le célèbre *Daphnis et Chloé*. Ce ballet est l'histoire de deux enfants sans parents qui tombent amoureux. Il fut monté en 1912. La même année, Ravel mettait en musique les *Contes de ma mère l'Oye*. Dans toute l'œuvre de Ravel, il y a cette récurrence frappante : il met très souvent en scène des situations d'enfants séparés de l'un ou de leurs deux parents. La relation que Ravel avait avec sa mère, son père beaucoup trop absent, sont autant de clés pour comprendre sa musique.

Marc sourit intérieurement, il se retrouvait dans ce schéma. L'Italien continua :

– Le père de Ravel était ingénieur automobile. Un personnage incroyable, passionné par les voitures.

Marc blêmit. Les similitudes devenaient angoissantes.

– Il avait inventé une voiture qui « faisait la culbute » et qu'il présentait dans les cirques du monde entier. L'histoire s'est mal terminée. Elle a fini par tuer quelqu'un, cette voiture... Quant à sa mère, Ravel était tellement attaché à elle que sa mort l'avait rendu insomniaque, définitivement. Et c'est certainement à ces insomnies que nous devons ses plus belles pages. Le *Concerto en sol* notamment.

Marc repensa à ses propres insomnies. Ernesto lui faisait-il cet exposé par hasard ? Il se livra avec franchise :

– C'est assez étonnant mais... je trouve pas mal d'analogies entre la vie de Ravel et la mienne. Ses parents, ses insomnies, la voiture de son père. Enfin, sans doute des coïncidences...

Ernesto sourit.

– Le hasard est joueur, Marc. Il a toujours plus d'imagination que nous. Tenez, je peux encore trouver une similitude entre vous et Ravel.

– Vous allez me dire qu'il a été juge avant d'être musicien ?...

– Non. Je pensais à cette histoire de bal masqué que vous m'avez racontée. Figurez-vous qu'en 1912 justement, Ravel a composé une œuvre pour piano intitulée *Valses nobles et sentimentales*. Les valses furent jouées pour la première fois sans que le nom de leur auteur soit révélé. Chaque personne de l'auditoire avait un petit papier sur lequel elle devait écrire le nom du compositeur pressenti. Eh bien figurez-vous que parmi un public qui lui était pourtant acquis, très peu ont deviné que cette pièce était de lui. Pire, les valses ont été raillées, même pas écoutées jusqu'à leur terme. Le pianiste a fini dans un brouhaha.

– Nul n'est prophète en son pays... Mais je vous avoue que je ne vois pas trop le rapport avec le bal masqué des Ortolans.

– Eh bien, c'est exactement comme si Ravel s'était masqué. Et on peut dire que ça ne lui a pas vraiment réussi. Mais le plus drôle est que lorsqu'il les a orchestrées quelques mois plus tard et montées en ballet, cette fois signées de son nom, ce fut un succès. Le titre avait été changé, mais c'était bien la même pièce.

– Et personne ne saura jamais si le succès est venu du nom du compositeur ou de la musique elle-même, n'est-ce pas ?

– Exactement.

Fiorella, toujours assise sur les genoux de son mari, intervint :

– Mon chéri, je pense qu'une fois encore tu soûles notre invité avec tes histoires de musique.

Ernesto acquiesça en souriant.

– Pardon, je suis incorrigible, c'est une passion si intense que je pourrais en parler toute la nuit. Vous comprenez pourquoi je suis heureux que notre fille repose à côté de Stravinsky.

– Je peux comprendre, oui. Mais je vous assure que vous ne m'ennuyez pas du tout.

Le père de Veronica se retourna vers sa femme avec un sourire goguenard :

– Ah, tu vois !

Il lui murmura quelques mots à l'oreille et Fiorella bondit sur ses pieds.

– Vous aimez le tiramisu ? s'exclama-t-elle.

Marc ne put résister à l'enthousiasme communicatif de cette petite femme :

– Oui, beaucoup.

Elle s'avança vers le réfrigérateur et l'ouvrit en précisant :

– Mon mari le réussit à la perfection !

Elle sortit un plat dont la surface était nappée de cacao. Ernesto but une gorgée de vin et demanda :

– Vous connaissez Stravinsky ?

– Je sais qu'il a composé *Le Sacre du printemps*, mais je ne sais pas grand-chose de plus.

– *Le Sacre* a été une œuvre charnière dans l'histoire de la musique. Un grand scandale à l'époque ! Ils ont tous failli s'entre-tuer pour la première ! Savez-vous justement qui se trouvait dans le public ?

– Non.

– Ravel ! Il était très enthousiaste, lui. Il faut dire que les deux compositeurs se vouaient une admiration réciproque. Après cela, rien n'a plus jamais été comme avant. Ce fut en quelque sorte une naissance. Vous connaissez le thème du *Sacre* ?

– Non plus. Je vous l'ai dit, j'aime la musique classique mais je connais mal son histoire.

– Une fille adorée et sacrifiée pour une renaissance, expliqua Fiorella tout en servant le dessert dans trois petites assiettes.

Marc la remercia poliment et regarda les deux époux gravement. Puis il s'adressa à Ernesto :

– Je suis très touché par l'accueil que vous me faites et je trouve vos propos passionnants. Mais j'ai l'impression que vous me parlez en paraboles. Si vous avez un message à me faire passer, pourquoi tous ces détours ?

– Je crois, Marc, répondit l'Italien en souriant, que vous devez apprendre à vous contenter de ce que l'on vous donne. Je vous l'ai dit, et vous le voyez par vous-même, la musique est un miroir où chacun peut se retrouver. Il semblerait que Ravel soit le vôtre. En particulier l'année 1912.

Fiorella apporta les assiettes sur la table et s'assit avec eux. Ernesto continua en attaquant son dessert sans s'occuper du trouble qui saisissait Marc :

– Stravinsky puisait son inspiration dans le folklore et les légendes russes, comme Wagner le faisait dans la mythologie allemande. On retrouve cette inspiration populaire dans *L'Oiseau de feu*.

L'Italien fixa Marc comme s'il s'apprêtait à lui donner enfin la réponse qu'il attendait.

– *L'Oiseau de feu* est justement une commande de Diagiliev. L'histoire est, elle aussi, tirée d'un conte russe. Yvan Tsarevitch voit un jour un oiseau merveilleux. L'oiseau paraît recouvert d'or et de flammes. Il essaye de le capturer mais il ne parvient qu'à lui retirer une seule de ses plumes étincelantes. En le poursuivant, il arrive dans le domaine de Kachtchei l'immortel, qui transforme en pierre tous les chevaliers qui entrent dans son château. Aux portes du château, il tombe amoureux d'une princesse. Et au moment où il va à son tour être changé en pierre, l'oiseau de feu revient et rompt le sortilège. Grâce à lui, il peut partir avec sa princesse et être heureux pour toujours.

Ernesto et Fiorella avaient terminé leurs assiettes. Trop absorbé par le récit de l'Italien et du sens qu'il pouvait avoir, Marc n'avait pas encore touché à la sienne. Il s'apprêtait à demander d'autres explications lorsque son portable se mit à vibrer. Le Vénitien précéda la question :

– Allez-y, c'est peut-être important.

Marc décrocha et fit quelques pas pour s'éloigner.

– Salut Juge.

La voix de Salinque ramena aussitôt Marc dans la réalité des enquêtes en cours.

– Bonjour Grégoire.

Le flic entra dans le vif du sujet sans préambule :

– Vous m'aviez demandé de fouiller sur les liens possibles entre Albuquerque et Veronica Rossi. J'ai pas trouvé grand-chose. Veronica était inscrite au Conservatoire de Musique, dans la même classe que Sonia Albuquerque. À l'époque, elle s'appelait Sonia Pouget, elle ne l'avait pas encore épousé, mais elle était la petite amie de l'avocat.

L'information n'avait rien d'intéressant, Marc savait tout ça. Salinque reprit avec une pointe d'excitation dans la voix :

– Sinon, vous ne devinerez jamais qui j'ai sous les yeux…

– Non, je ne devine pas.

– Thomas Fouetti.

– Qui est-ce ?

– Le SDF qui vivait sous les ponts, là où Inès est morte.

Ainsi, Salinque avait retrouvé l'aiguille dans la botte de foin.

– Bravo, Grégoire.

– On dirait qu'il a vu le diable en personne. Il m'a répété trois fois qu'il ne dirait rien.

– Donc il a bien été témoin du meurtre ?...

– Sans doute, oui. Une dernière chose...

– Oui ?

– Sonia Albuquerque, elle vient de faire une chute de cheval. Elle est à l'hôpital. J'ai pris sur moi de tout vérifier. Apparemment, c'est bien un accident.

Marc s'en voulut. Cette femme allait mal, et il ne l'avait pas ménagée. La rancœur et la douleur l'avaient sans doute poussée à prendre trop de risques. Marc posa la question qui lui brûlait les lèvres :

– Et Corti ?

– Je suis désolé. On a failli le choper dans une planque à Alès. Mais il venait de partir. Je ne peux que vous encourager à ne pas rentrer. C'est trop dangereux.

– Faites tout ce que vous pouvez. Je rentrerai demain. Il faut interroger Fouetti.

– Comme vous voulez. Mais je ne vous lâcherai pas d'une semelle.

Il salua le flic et raccrocha. Une question l'obsédait : et si Veronica, elle aussi, avait été victime de l'avocat ? Marc regarda ce merveilleux couple qui débarrassait la table. N'avaient-ils jamais pensé que cela puisse ne pas être un accident ? Le pardon, alors, aurait-il été si simple ? Jusqu'où avait-il le droit d'aller ? Quelles questions pouvait-il leur poser ? Quelle certitude pouvait-il venir fissurer ? Puis, soudain, une évidence le frappa : il n'avait pas le droit de faire vaciller la sérénité et la paix qui habitaient ces gens. Ils avaient réussi à se reconstruire ; quelle que fût l'intensité de l'énigme qui le rongeait, il ne pourrait s'appuyer sur eux pour la résoudre en risquant de leur faire du mal. Il rangea son téléphone, s'approcha d'eux et, la voix soudainement plus grave, ne posa qu'une question ; la seule qui fût sans conséquence.

– Ernesto, Fiorella, j'ai besoin de savoir… Avez-vous une idée de qui a pu m'envoyer chez vous ?

Les vieux amants se regardèrent un très court instant. Ce fut Ernesto qui répondit :.

– Vous ne terminez pas mon tiramisu ?…

50

Le silence était à nouveau retombé sur la maison des Rossi. Il était presque minuit et Marc se tenait assis devant la fenêtre. Fiorella l'avait installé dans une des chambres qui donnaient sur le canal du Canareggio et s'était retirée avec pudeur, tact et gentillesse. Une fois seul, il avait posé son sac sur le parquet et vidé le contenu de ses poches : son portefeuille, son téléphone portable et ses clés de voiture. Il avait ensuite ôté ses chaussures, qui tout autant que ses pieds portaient les stigmates de sa longue journée, puis éteint la lumière afin de rendre la pièce à l'éclairage apaisé de la ville. Enfin, il s'était saisi d'une chaise placée dans un coin de la chambre et l'avait ramenée devant la fenêtre avec pour seul projet de reprendre le fil des rêveries qu'Ernesto avait interrompues quelques heures plus tôt.

N'importe qui, à sa place, aurait eu la sensibilité encore brouillée par les circonstances ; pas lui. Il suivait des yeux une gondole qui serpentait doucement dans les méandres de la nuit, comme l'aurait fait un touriste qui se serait laissé égarer dans la plus envoûtante ville du monde. Cette exceptionnelle capacité à s'extraire du chaos était, parmi toutes ses qualités, celle qu'Adélaïde lui préférait. Un jour, elle lui avait confié qu'il lui faisait parfois penser à ce Londonien qu'une photo des années 40 montre assis sur une chaise au milieu des ruines encore fumantes d'une bibliothèque, absorbé par sa lecture quand le ciel menace de lui tomber sur la tête. Il laissa ainsi vagabonder son imagination jusqu'à ce que le visage souriant de Veronica revienne tout à coup balayer ses songes. Il devait absolument démêler cette énigme et avait probablement tous les éléments pour le faire.

Il reprit calmement toutes les pièces du puzzle et tâcha d'y voir plus clair à la lumière de ce qu'il avait appris dans cette maison. Les parents de Veronica semblaient s'attendre à sa visite et Ernesto lui avait manifestement livré un message à mots couverts. Était-il possible qu'ils l'aient eux-mêmes guidé jusqu'à eux ? Peut-être leur fille s'était-elle confiée ou avait-elle laissé un journal ? Mais dans ce cas, pourquoi ne s'étaient-ils manifesté que huit ans après le drame ? Inès venait au même moment d'être assassinée, très probablement par Albuquerque. Le comportement de l'avocat aux Ortolans, son allusion aux fleurs, le *Concerto en sol* qu'il lui avait joué et le bouquet codé qu'il avait déposé sur la tombe d'Inès ne laissaient planer aucun doute : il savait tout ou presque du jeu de piste dans lequel Marc avait été entraîné par le passé. Il semblait donc probable que tout comme celle d'Inès, la mort de Veronica n'ait pas été accidentelle et qu'Albuquerque, qui était au courant de tout, puisse en être responsable et se trouver lui-même à l'origine du dernier jeu de piste. Pourtant, Ernesto et Fiorella n'auraient pu se rendre complices de l'assassin de leur fille. Ce trait d'union entre le couple et l'avocat était pour Marc une impasse dans son raisonnement ; une absurdité. L'idée que ces gens aient pu être manipulés par ce « diable » germa alors dans son cerveau. Qu'avait-il bien pu leur faire croire pour qu'ils acceptent de jouer un rôle dans son plan ? D'ailleurs, quel était-il, ce plan ? Quel intérêt pouvait bien avoir Albuquerque à l'envoyer ici, à Venise ? Pourquoi ce message de *Pardon* ? Cela ne lui ressemblait en rien.

Puisque sa raison était tenue en échec, il se tourna vers les éléments les moins rationnels dont il disposait. À commencer par l'incompréhensible simultanéité des évènements. Personne ne pouvait savoir qu'il rêvait du *Concerto en sol* et pourtant, au même moment, le bouquet était arrivé sur son bureau. Rien ne pouvait expliquer ce lien qui semblait l'unir à Ravel et pourtant, comme le lui avait révélé Ernesto, il existait des passerelles entre sa vie et celle du compositeur. Se pouvait-il alors que les œuvres de Ravel et Stravinsky, comme le lui suggérait le père de Veronica, recèlent la clé de l'énigme dans laquelle il était plongé ?

Pourquoi Ernesto avait-il insisté à ce point sur l'année 1912 dans la vie du compositeur français ? Sans trop y croire, il prit son téléphone et lança une recherche : « Ravel 1912 ». Il déroula quelques pages mais renonça, face à la densité des informations sur un si petit écran. Il décida alors de demander à Antoine, qui ne ratait jamais une occasion de s'instruire. Il lui envoya un sms : « Peux-tu me rendre un service ? J'aurais besoin de connaître tout ce qui est arrivé à Ravel en 1912, en condensé. C'est urgent. »

Il repensa à l'histoire de *L'Oiseau de feu* que le Vénitien semblait lui avoir racontée pour qu'il trouve par lui-même les réponses à ses questions. Était-il possible que la solution du problème se cache dans ces quelques phrases ? Dans ce conte, il y avait quatre personnages. Le héros Yvan, l'oiseau de feu, la princesse, et Kachtchei, le maître du château, le « méchant » de l'histoire. Albuquerque collait parfaitement à ce rôle. Il restait à distribuer les trois autres. Par déduction, puisqu'Yvan était le seul homme restant, il ne pouvait être que Marc lui-même. La princesse rencontrée aux portes du château semblait désigner Veronica, mais la fin de l'histoire rendait impossible cette hypothèse. Dans la vraie vie, on ne revient jamais de la mort. À moins que, malgré toutes les apparences, la femme au masque blanc n'ait été une autre personne qu'elle ? Tout semblait confirmer le contraire mais après tout, il n'en avait aucune preuve. Dans ce cas, elle aurait elle-même relancé le dernier jeu de piste, mais à quelles fins ? Et cette hypothèse ne collait pas non plus avec ce lien évident qui existait entre la mort d'Inès et celle de Veronica, ni avec la fin du conte ; Marc ne pouvait repartir avec une fille qu'il ne connaissait pas. En tout cas, il ne l'envisageait pas. L'oiseau de feu, enfin, était sans doute le personnage le plus mystérieux de ce conte. Si Marc avait été ébloui par une femme, il s'en serait souvenu. À vrai dire, la seule qui lui avait vraiment laissé ce sentiment d'absolu était cette femme au masque blanc derrière laquelle s'était cachée Veronica. Il se souvint de cette nuit où tout avait commencé. Son caractère romanesque, car il l'était bel et bien à son corps défendant, l'avait d'abord entraîné dans cette aventure et lui en avait ensuite laissé un souvenir sans doute un peu trop édulcoré. Car enfin, pourquoi était-il ici à Venise ?

Il décida d'essayer de dormir. Une longue route l'attendait, le lendemain. Il réalisa alors que, si le tueur qui l'avait suivi voulait le retrouver, il lui suffirait de l'attendre au parking où il avait garé sa voiture. Il ne pourrait donc pas la récupérer tout seul. Il prit son téléphone et, malgré l'heure tardive, appela Pietro Crémona, un magistrat italien qu'il avait rencontré au cours d'un échange organisé par la Cour européenne et avec lequel il avait sympathisé.

– Pietro, je te réveille ?

– Tu sais bien que nous, les Italiens, on est des couche-tard. Tu as oublié qu'il n'y avait pas de décalage horaire entre l'Italie et la France ? Où es-tu ?

– À Venise.

– En amoureux ?

– En danger.

– Comment ça en danger ?

– Un type me cherche, il a déjà essayé de me tuer. C'est lié à une affaire, c'est assez compliqué à résumer, mais je dois récupérer ma voiture et je ne peux pas me rendre au parking où elle est garée, à Mestre.

– Tu veux la prendre quand ta voiture ?

– Demain matin.

– Donne-moi une adresse et je me débrouillerai pour que deux carabiniers viennent te chercher, aillent prendre ta voiture et te l'amènent où tu voudras.

Marc lui donna l'adresse, et lui demanda un dernier service :

– Il y a un flingue perché sur des casiers mortuaires, près du carré des orthodoxes au cimetière San Michele. Il appartient au type qui a essayé de me tuer. Il faudrait le récupérer avant que quelqu'un tombe dessus.

– Quoi ? Bon… On se rappelle. Fais attention à toi.

– Promis.

Il raccrocha, s'allongea sur le lit que Fiorella lui avait préparé et, les yeux tournés vers le Canareggio, ferma doucement le rideau de son âme.

Dans la lumière des lampadaires de la ville, dansaient toutes les ombres de sa vie.

51

Thomas Fouetti, la courte quarantaine, était assis dans une salle d'interrogatoire, derrière une table en fer brun. Son gros pull à col roulé noir, criblé de trous, avait des allures de ciel étoilé. Il portait de vieilles chaussures de chantier qu'il faisait s'entrechoquer bruyamment et se rongeait nerveusement les ongles, du moins ce qu'il en restait. Pourtant, quelques années auparavant, il avait été un homme normal. Un simple gars du Nord, en bois brut, mal dégrossi et avec un caractère de cochon. Un licenciement économique, la porte fermée de quelques amis, une famille absente… En quelques mois à peine, de petits larcins en arrestations, il avait touché le fond.

Marc, son dossier judiciaire dans les mains, l'observait au travers de la porte vitrée. Si cet homme parlait, il pourrait envoyer Albuquerque derrière les barreaux.

Le matin même, il avait trouvé Ernesto sur le palier, alors qu'il s'apprêtait à partir. L'Italien avait tenu à le saluer :

– Notre porte vous sera toujours ouverte. La fois prochaine, je vous ferai des pâtes maison à l'encre de seiche et vous me raconterez la fin de votre histoire.

Les deux carabiniers envoyés par Pietro l'attendaient dans un bateau devant la maison. Il leur avait donné les clés de la voiture, l'un d'eux était allé la chercher, veillant à ne pas être suivi, et la lui avait remise sur une aire de stationnement, peu après Mestre.

Douze heures plus tard, il était arrivé au commissariat où un OPJ l'avait guidé jusqu'à la salle d'interrogatoire, en lui demandant d'attendre le commandant Salinque.

– Vous avez toujours une sale tête, dit le flic en s'avançant vers Marc. Il faut que je vous dise, à partir de maintenant, je ne vous quitte plus.

– Vous êtes à ce point attaché à moi ?

– Je suis gros, si Corti vous tire dessus, je ferai un bon paravent. Et comme je suis plein de graisse, j'aurai plus de chances de m'en sortir que vous. La balle s'arrêtera avant de toucher un organe vital.

Marc sourit.

– La fille de Michaud, vous avez des nouvelles ?

– J'ai trois gars qui triment dessus jour et nuit. On a une piste mais elle est mince. Elle se serait acoquinée avec un dealer, le genre qui fait dans les raves clandestines. Je ne vous promets pas de la retrouver en bon état… Si j'y arrive.

Il jeta un coup d'œil à travers la porte vitrée.

– Le problème avec ces gars-là, c'est qu'ils n'ont rien à perdre. Comment faire craquer quelqu'un qui a lâché l'affaire, hein ?

Marc ne lui répondit pas. Les sens en éveil, il entra dans l'arène, Salinque sur ses talons. D'instinct, il comprit que cet homme avait été témoin du crime. Derrière la barbe et les cheveux en bataille du SDF, il pressentait une réelle intelligence. Mais sans doute n'était-il mû que par la lâcheté. Son dossier faisait état d'études de sciences prématurément interrompues. Lorsque Salinque l'avait retrouvé, il trimballait plus de livres que de boîtes de conserve. Mais quoi de plus têtu qu'un lâche apeuré ?

Fouetti les regarda arriver, l'œil mauvais et les sourcils froncés.

Marc s'assit en face de lui, sans le quitter des yeux. Le clochard se sentait mal à l'aise.

– Elle s'appelait Inès Gabarre, dit Marc.

Le marginal s'agita sur sa chaise, dansant d'une fesse sur l'autre.

– Elle avait vingt-huit ans. Elle était extrêmement jolie, souriante, pleine de vie. Si elle vous avait vu, elle aurait sans doute eu de la peine pour vous et si elle avait pu vous aider, elle ne vous aurait vraisemblablement pas tourné le dos.

Le silence qui suivit laissa Fouetti la respiration courte, les nerfs à fleur de peau. Il se mordait les lèvres, faisait craquer ses doigts, séchait la sueur moite de ses mains qu'il triturait sur la toile de son jeans sale. Lorsqu'il jugea qu'il était mûr, Marc reprit :

– On a besoin de savoir qui a fait ça.

– Je vous dit que j'ai rien vu ! hurla-t-il.

– Si vous n'avez rien vu, pourquoi vous mettre dans un état pareil ?

Soudain le SDF changea d'attitude. Il se redressa et planta son regard dans celui de Marc.

– D'accord… Oui, j'ai vu quelqu'un la renverser, la fille.

Un embryon d'espoir s'alluma dans le regard de Salinque. Fouetti reprit :

– Elle marchait sur le trottoir, il n'y avait aucune raison pour que la bagnole vienne la percuter comme ça.

À nouveau, il y eut un silence.

– Voilà, vous vouliez savoir si j'avais vu quelque chose, ben oui, j'ai tout vu. Mais vous pourrez me chanter *Manon* en cinq actes, je vous dirai pas qui c'est.

– Nous vous protègerons le temps du procès, dit Salinque.

– Il n'y aura pas de procès. Moi je veux pas d'emmerdes, avec personne. Vous vouliez savoir, vous savez. Lui, il m'a dit de pas témoigner, je témoigne pas. C'est simple.

– Lui c'est qui ? demanda Marc.

– Vous savez très bien qui c'est, me prenez pas pour un con.

« Un lâche », se dit Marc en pestant. Il se rapprocha de lui.

– Je vous comprends. C'est vrai, vous êtiez là, vous demandiez rien à personne comme vous dites, vous vous aprêtiez à dormir et là, cette voiture qui tue cette fille sous vos yeux. Pas de chance, ça aurait pu se passer une rue plus loin. Mais non, il fallait que ça se passe sous vos yeux. Et c'est ça la différence. Vous pouvez le regretter, vous pouvez vous mettre en colère, vous pouvez taper des pieds et hurler tant que vous voudrez, vous avez vu, et plus rien ne pourra changer ça.

Marc se rapprocha un peu plus. Il lui parlait le plus gentiment possible.

– Vous savez qui c'est. Et ça, ça fait toute la différence. Ça vous rend responsable. Pas aux yeux de la justice, je ne peux pas prouver que vous l'avez vu. Ça vous rend responsable à vos propres yeux. C'est dur de vivre avec ça. Ça vous réveille la nuit. Ça vous travaille. Vous savez. Vous, et vous seul.

Fouetti renifla bruyamment.

– Cette fille, elle avait une famille. Et elle était enceinte.

Fouetti le regarda, surpris. Il ne le savait pas. Il sembla hésiter puis se referma à nouveau.

– C'est pas mes oignons !

– Je suis désolé mais, que vous le vouliez ou non, c'est devenu vos oignons à partir du moment où vous avez vu le meurtre. Vous pouvez tenter de vous mentir, mais ce secret pèse lourd, et vous voulez le porter seul. Si vous y arrivez, il fera des dégâts, vous culpabiliserez parce que vous êtes quelqu'un de bien, vous savez qu'on ne peut pas laisser celui qui a fait ça impuni.

– Vous êtes qui pour me juger vous ? dit le clochard, les dents serrées.

– Je ne vous juge pas. Mais si ça avait été votre fille, vous vous tairiez ?

Fouetti soufflait par les narines, agacé. Il voulait que ça s'arrête.

– Ne vous habituez pas trop à regarder les gens de haut. C'est pas parce qu'on vous a mis le cul sur un siège en hauteur que vous tenez sur vos jambes.

Le regard noir de Fouetti transperça le juge. Il ajouta :

– Vous serez jugé, vous aussi.

52

Au volant de la Vega, il remontait le chemin qui menait au mazet. Salinque le suivait dans une voiture banalisée. Marc était harassé et terriblement frustré. Fouetti avait levé le doute : Albuquerque avait bel et bien tué Inès, mais le SDF avait simplement fait miroiter un verre d'eau dans le désert, et l'avait immédiatement jeté dans le sable.

La Facel arriva à hauteur du portail. Il appuya sur la télécommande. Une question l'inquiétait : Adélaïde serait-elle encore là ? De tout son cœur, il espérait que oui. Même si elle avait annoncé qu'elle dormirait à Montpellier. Les portes métalliques s'ouvrirent.

Les volets de la maison étaient tous fermés. Elle était partie.

Après que les deux hommes eurent garé leurs voitures sur le terrain, Marc referma le portail. Il rêvait d'une douche et de vêtements propres. Il remonta l'allée. Sur sa droite, un chat traversa le terrain en courant ventre à terre. Puis il y eut le bruit d'un coup, sec et sourd. Il se retourna et vit Salinque s'écrouler lourdement sur le sol. Derrière lui, Corti tenait un pistolet par le canon. Il se baissa, attrapa l'arme du policier et la jeta au loin.

Il s'avança lentement.

– Comment allez-vous, monsieur le juge ?

La peur. La peur était là. Pas une petite angoisse de pacotille. Une belle et large peur bien plus forte encore que celle qu'il avait éprouvée sur l'île de San Michele.

– Vous connaissez le dicton ? demanda Corti. On n'est jamais mieux servi que par soi-même.

Marc cherchait une solution pour s'échapper. Il connaissait parfaitement le terrain mais Corti ne se trouvait qu'à quelques mètres de lui. Une chose le rassurait néanmoins : Salinque n'était qu'assommé. Au moins, le policier resterait en vie. Corti sortit un silencieux. Marc identifia son arme : un Beretta Mas G1, traditionnellement utilisé par les gendarmes.

– Vous avez quelque chose à dire pour votre défense ?

Il s'arrêta devant sa proie.

De toutes ses forces, Marc fit face, pour rester digne.

– Je n'ai rien à vous dire à vous.

– C'était mon frère.

– C'était un assassin.

– Il ne méritait pas ça.

– Et vous ? Qu'est-ce que vous mériterez, lorsque la police viendra vous arrêter pour avoir tué un juge ?

C'était maintenant. Il devait profiter de cette brève seconde pour tenter de renverser la situation, et sauver sa peau. Aussi vite que possible, il jeta son bras droit dans un mouvement circulaire, le poing fermé. Toutes les notions de boxe qu'il avait acquises dans sa jeunesse se trouvaient rassemblées dans ce geste désespéré. Le crochet atteignit Corti de plein fouet à l'arcade sourcilière. Sa tête fut projetée sur la gauche et répandit une gerbe de sang sur le sol. L'espace d'un instant, Marc crut en sa chance. Mais Corti savait se battre et encaisser des coups. Il accompagna le mouvement et répliqua presque simultanément par un coup de poing que Marc prit en plein estomac. Puis il leva la main, et abattit violemment la crosse de son arme sur le front du juge.

Une douleur sourde le terrassa.

Le sol vacilla et sa vue se brouilla.

La nuit tomba brutalement.

C'était donc vrai : il n'avait jamais vécu debout.

Il plia les jambes et s'écroula.

Fouetti avait raison.

Il allait être jugé.

53

La brume se dissipait doucement. Marc réalisa qu'elle n'avait duré qu'un instant. La joue gauche écrasée contre le sol, il apercevait l'ensemble du terrain de son œil droit, comme une photo horizontale qu'il aurait regardée dans le mauvais sens. Il devait être dix-neuf heures. Il regarda les oliviers, le chêne, le cerisier et le vieil amandier tordu comme une racine de mandragore. Un peu plus loin se dessinaient la surface lisse de la piscine et celle du clapas. Il aimait cet endroit. Il entendit des pas, et Corti entra dans son champ de vision. Il vissait le silencieux sur son arme. L'air était frais, mais il faisait beau.

Marc pensa à tous les chemins qui l'avaient mené là. Son désir de justice, ce métier qu'il considérait comme une vocation, cette fausse impression qui vous fait croire que, du moment qu'on est courageux et combatif, rien ne peut vous arriver. Il n'arrêterait jamais Albuquerque et ça lui était bien égal. Plusieurs images défilèrent : le visage de sa mère, de son père, d'Antoine… Mais tous s'effacèrent bientôt devant celui d'Adélaïde. Il aurait tant voulu lui dire adieu, lui exprimer tout ce qu'il ressentait, lui parler. L'amour qu'il lui portait le submergea et une joie immense envahit son cœur. Corti avait terminé et tendait son bras armé. Marc avait maintenant recouvré une conscience aiguë de ce qui lui arrivait. Il n'éprouvait pourtant aucune peur. Il sentit au fond de lui que l'angoisse qui avait déclenché ses crises avait disparu.

Le doigt de Corti se crispa sur la gâchette.

Soudain, le coude du tueur se plia dans un sens qui n'était pas naturel. Il y eut un cri. Marc s'efforça de soulever la tête et réalisa que Pietr, le gardien du cimetière, tenait Corti par une clé au bras. L'ancien légionnaire plaqua le tueur au sol en se laissant tomber dessus, genoux en avant. L'épaule de son agresseur explosa sous la pression. Puis, d'un coup à la pointe du menton, Pietr l'assomma, sans autre forme de procès. Il s'approcha ensuite du juge en souriant.

– C'est vrai que ton jardin a besoin d'être nettoyé. Il y a de la mauvaise herbe ici…

Marc lui rendit son sourire, puis sombra à nouveau.

54

Il reprenait doucement conscience. Il vit un blanc immaculé, puis une chambre d'hôpital. Il était allongé et habillé.

Au-dessus de lui, une femme aux cheveux bouclés terminait de lui faire un pansement sur le front.

À droite, une fenêtre filtrait les rayons du soleil couchant, auréolant l'infirmière de reflets dorés. Il se demanda si les anges lui ressemblaient.

Il tourna la tête.

De l'autre côté, Pietr, assis sur un fauteuil en simili cuir, regardait au loin, par la fenêtre.

Marc voulut dire « Merci » mais aucun son ne sortit.

Il se racla la gorge et essaya à nouveau, cette fois avec succès.

– Merci.

– Il faut remercier le hasard. J'aurais pu passer une heure plus tard.

– Vous y croyez, vous, au hasard ? dit soudain Salinque en entrant dans la chambre.

Marc désigna le bandage qui lui ceignait la tête, et lui faisait remonter les cheveux en touffe sur le sommet de son crâne.

– Ça vous va bien.

– Moquez-vous…

– Comment ça va ? demanda Marc.

– Aucun traumatisme crânien. Juste un bon mal de tête.

– Rien de grave pour vous non plus, dit l'infirmière qui venait de terminer son travail. Mais n'enlevez pas votre pansement avant trois jours.

Elle lui souhaita un bon rétablissement et sortit de la chambre.

Marc regarda tour à tour les deux hommes.

– Vous vous êtes présentés ?

Chacun fit non de la tête.

– Pietr, Grégoire, Grégoire, Pietr.

Grégoire s'avança et serra la main du légionnaire qui venait de se lever.

– Merci, dit le policier.

– Non, répondit Pietr. J'étais là, je suis qui je suis, j'ai juste joué mon rôle, c'est tout.

– Oui, mais d'autres ne l'auraient pas fait, rétorqua Salinque.

– Je ne suis pas un autre. Je suis moi, et je ne l'ai pas décidé. Remerciez celui qui a décidé.

Salinque le jaugea de ses petits yeux malins.

– Je remercierai qui vous voulez, si vous me laissez vous inviter à boire un coup pour qu'on discute de tout ça. Vous êtes pas courant, vous.

– Boire un coup, ça se refuse pas.

Depuis son lit, Marc sourit à l'idée que ces deux hommes puissent devenir amis. Il tenta de se lever mais sa tête tournait. Salinque s'approcha pour l'aider. Pietr suivit. Ils l'attrapèrent chacun par une épaule et l'aidèrent à se remettre debout.

– Je suis désolé, dit Salinque, soudain grave. J'aurais dû le voir venir.

– Vous êtes un des meilleurs flics que je connaisse, et celui en qui j'ai le plus confiance. Si c'était à refaire, c'est encore à vous que je confierais ma vie, répondit Marc.

– La confiance, c'est la seule chose qui peut vous sauver quand ça va mal, dit Pietr. Vous êtes debout, je dois y aller maintenant.

Sur ces mots, et sans autre forme de politesse, il quitta la pièce sous le regard des deux hommes.

– Vous en avez d'autres des comme ça ? demanda Salinque.

– Je crois pas, non.

Le policier se retourna et son sourire s'élargit.

– Bon ! J'ai une très bonne nouvelle pour vous !

– Ça c'est une bonne nouvelle, dit Marc en faisant un pas mal assuré.

– Mes hommes ont retrouvé Marlène Michaud.

Marc s'arrêta.

– Grégoire, vous êtes le meilleur !

– Vous emballez pas, elle est pas en très bon état... Elle était en pleine overdose. Une heure plus tard et on vous ramenait son cadavre. Le médecin l'a stabilisée mais elle ne se réveillera pas avant plusieurs heures. J'ai convoqué son père. Deux policiers l'escortent de Paris jusqu'ici. Il devrait être là dans moins d'une heure.

– Vous voulez dire que Marlène est ici, dans cet hôpital ?

– À Paris vous en avez peut-être des tas, mais ici on n'en a qu'un...

55

Marlène Michaud était allongée dans une chambre blanche. Un tuyau soufflait de l'oxygène dans ses narines et un autre distillait du glucose dans la veine de son bras droit. Elle dormait. Marc la regardait en silence. Elle avait le visage fin, et la peau d'une extrême blancheur. Sa ressemblance avec Julie Gleize était troublante. Il lui restait une vingtaine de minutes à tuer avant que son père n'arrive. Il sortit et se dirigea vers l'accueil.

– Excusez-moi, la chambre de Sonia Albuquerque s'il vous plaît ?

Une femme rousse en blouse blanche rechercha sur son registre.

– Chambre 207, dit-elle froidement. C'est dans l'aile sud.

Au même instant, il reçut un sms de Cyril Roux : « Suis au central sécurité gare de Lyon, un vigile "bienveillant avec la police" me montre les heures qui ont précédé la prise du bouquet par le coursier. Peut prendre du temps. Vous tiens au jus. Merci d'être resté en vie. »

Marc pianota sa réponse en avançant vers la chambre de Sonia : « Tout le plaisir est pour moi. »

La chute de cheval avait été violente. Sonia avait l'épaule cassée en trois endroits – dont une fracture ouverte –, la clavicule en miettes et un poumon perforé. À l'arrivée des secours, elle n'avait pas prononcé un mot. N'importe qui d'autre, en pareilles circonstances, aurait pourtant cherché à être rassuré.

Elle tourna la tête vers Marc et, bizarrement, lui sourit. Elle avait le regard plus clair que d'habitude malgré un teint cadavérique. « Les médicaments, sans doute », se dit Marc. Ou bien la proximité de la mort qui, comme le noir sous le blanc, donne souvent du relief à la vie.

– Vous ne vous êtes pas ratée…

– Si… Malheureusement.

Il lui rendit son sourire, qu'elle affichait triste. Il voulut lui remonter le moral.

– Je ne sais plus qui a dit qu'il fallait que les choses empirent avant d'aller mieux.

– Parfois les choses empirent avant d'aller plus mal…

– S'il y a quelque chose que je peux faire…

Elle voulut rire mais n'y parvint pas.

– J'ai une question à vous poser.

– Oui ?

– Vous vous souvenez de Veronica Rossi ?

Sonia sembla surprise.

– Bien sûr. Elle était dans la même classe de piano que moi, au Conservatoire. Elle a été renversée par un chauffard, elle est morte il y a longtemps maintenant.

– Huit ans.

– Pourquoi me parlez-vous d'elle ?

– Vous ne vous êtes jamais demandé si sa mort avait été réellement accidentelle ?

– J'ai peur de ne pas vous suivre…

Marc appuya sa question :

– Votre mari la connaissait ?

Sonia fronça les sourcils.

– Vous êtes en train de me demander si Richard n'a pas renversé Veronica ?

Il y eut un silence. Sonia reprit :

– Vous vous trompez. Veronica ne connaissait Richard que de vue. Il n'avait aucune raison de lui faire du mal. Vous la connaissiez ?

Il hésita, puis décida qu'il n'avait rien à cacher.

– Je l'ai rencontrée chez vous. Vous vous souvenez, la femme au masque blanc que je recherchais le lendemain de votre soirée d'anniversaire, c'était elle.

Sonia écarquilla les yeux et tenta de se relever mais une douleur aiguë l'en empêcha. Elle laissa s'échapper un râle et retomba sur le coussin. Quelque chose l'avait manifestement choquée. Marc s'approcha. Elle avait du mal à respirer et ne pouvait plus que chuchoter.

– Vous vous trompez.

– Sur quoi ?

– Veronica et moi, nous nous étions disputées pour une stupide histoire de partitions. Du coup, je ne l'avais pas invitée à mon anniversaire. Je m'en suis toujours voulu parce qu'elle est morte alors que nous étions fâchées. Elle n'était pas à ma fête.

Elle avait appuyé un peu plus ses mots, en tournant le regard vers lui à défaut de pouvoir tourner la tête.

Avant que Marc n'ait pu encaisser le coup, la porte s'ouvrit et Albuquerque entra. Il jeta au juge un regard noir mais continua jusqu'au chevet de sa femme, avant de lui prendre la main.

– Je suis venu dès j'ai pu.

– Tu n'aurais pas dû.

– Comment tu te sens ?

– Ça va.

– J'ai parlé au médecin, tu en auras pour quelques mois de rééducation, et peut-être une ou deux interventions de plus, mais ça devrait aller.

Albuquerque paraissait vraiment très inquiet pour Sonia. Il leva alors la tête vers Marc.

– Que faites-vous ici ?

Ce fut Sonia qui répondit :

– M. le juge et moi sommes de vieux amis. Il était venu me faire part de son soutien.

– Trop aimable, monsieur le juge.

Marc tentait de ne pas penser aux conséquences de ce qu'il venait d'apprendre. « Veronica n'était pas la femme au masque blanc... » Il devait rester concentré, répondre à l'avocat et se focaliser ensuite sur l'interrogatoire de Michaud. « Veronica n'était pas la femme au masque blanc… » Une sueur froide perla sur son échine.

– Vous ne vous sentez pas bien ? demanda Albuquerque.

Marc fit un effort.

– Si. Excusez-moi.

Il regarda Sonia, lui souhaita un bon rétablissement et s'enfuit aussi vite qu'il le pouvait. Albuquerque le rattrapa dans le couloir.

– Vous allez réussir à le faire parler ?

Marc s'arrêta. Il avait la bouche sèche. Il s'efforça de retrouver son centre de gravité, celui de juge d'instruction. Manifestement, l'avocat était au courant de l'arrivée imminente de Michaud.

– J'ai sa fille. Je peux y arriver.

– Il paraît que ce ne sont jamais les meilleurs qui arrivent à leurs fins, mais toujours les plus obstinés, dit Albuquerque. Vous, vous n'êtes pas seulement obstiné.

Marc apprécia le compliment. Pour la première fois, il percevait une forme d'humanité chez l'avocat.

Elle semblait profonde.

56

Pierre Michaud était assis près du lit sur lequel dormait sa fille. Il lui tenait la main et pleurait doucement.

Salinque le regardait à travers la vitre, depuis le couloir. Marc s'approcha du policier.

– Il paraît qu'il n'a pas arrêté, dit Salinque. Depuis Paris jusqu'ici, il n'a pas arrêté de pleurer.

Marc, sans détacher son regard du gardien, s'avança vers l'entrée.

– Ne nous dérangez pas. Quel que soit le temps que ça durera.

Il pénétra dans la chambre et referma la porte.

Salinque resta derrière la vitre, avec deux autres policiers.

Le juge fit quelques pas et s'arrêta au pied du lit. Michaud ne le regardait pas, les yeux toujours rivés sur le visage de sa fille endormie.

– Merci de l'avoir retrouvée.

– D'après les médecins, elle est sortie d'affaire. Tant que vous n'aurez pas avoué, vous porterez tout seul ce fardeau. Il est trop lourd. Il l'écrasera à nouveau et vous la perdrez encore. Et je ne serai plus là pour la retrouver.

Michaud resta silencieux. Marc ne le quittait pas des yeux. Les propos d'Ernesto sur le pardon lui revenaient. Ils prenaient tout leur sens.

– Avouer est la seule manière de vous faire pardonner par ceux que vous avez blessés.

– Vous pensez vraiment que les parents et la femme du gardien qui est mort pourraient me pardonner ? Et mes copains, à la prison, vous croyez qu'ils me pardonneront ?

– Donnez-leur une chance. Ne les croyez pas plus petits qu'ils ne sont. Et pensez à elle, dit-il en montrant la jeune fille d'un mouvement de tête. Si vous payez pour ce que vous avez fait, elle aussi pourra vous pardonner. Et vous pourrez vous reconstruire.

En cet instant, faire tomber Albuquerque lui était presque égal. Seule comptait la rédemption de l'homme qui se tenait devant lui.

– Nous avons tout notre temps, Pierre. Réfléchissez. Quoi qu'il arrive, après cette nuit, je vous promets de relâcher la pression que j'ai fait peser sur vous. Quelle que soit votre décision, avouer ou pas, je vous laisserai tranquille.

Il prit une chaise et s'assit de l'autre côté du lit. Il était déterminé. Il aurait pu rester là une semaine entière.

Trois heures s'écoulèrent, sans une seule parole.

Soudain, Michaud se figea. Marlène venait d'ouvrir les yeux. Il se pencha vers elle.

– Pardon ma chérie, dit-il la voix enrouée.

Elle lui prit la main. Une larme coula sur sa joue. Le gardien se colla un long moment contre sa fille puis se retourna vers Marc qui était silencieusement assis dans un coin de la pièce.

– On m'a payé pour que je laisse passer Richard Albuquerque sans le contrôler. J'ai volontairement éteint le détecteur de métaux. Je pensais qu'il faisait passer un portable, pas une arme. Je suis prêt à signer des aveux complets.

Marc soutint le regard du gardien de prison.

De l'autre côté de la vitre, Salinque se mit à lui faire des grands signes.

– Vous avez pris la bonne décision, dit Marc en se levant. Tout se passera bien, je ne vous laisserai pas tomber.

Il sortit de la chambre et rejoignit le policier.

– Qu'est-ce qui se passe ?

– Fouetti, sa garde à vue se termine. Il est décidé à parler, mais à vous et à vous seul.

57

Vingt minutes plus tard, Salinque et Marc se trouvaient devant la salle d'audition dans laquelle on avait enfermé le SDF.

– C'est un carton plein, dit Salinque. Le même jour, vous prouvez qu'Albuquerque a fait passer l'arme à Corti et qu'il a tué Inès Gabarre.

– Sans doute, répondit Marc avant d'entrer dans la pièce où se trouvait Fouetti.

– Bonjour, dit Marc.

Fouetti ne répondit pas tout de suite.

– J'ai bien réfléchi à ce que vous m'avez dit et vous avez raison. Je pourrai pas garder ça pour moi.

Marc s'assit en face de lui, en silence.

– Alors voilà, j'étais couché quand j'ai entendu un moteur accélérer. J'ai relevé la tête machinalement. J'ai vu la voiture, un gros 4x4 noir de chasseur d'éléphants. Et puis je l'ai vue, elle, la fille, toute mince, toute mignonne. Il y avait un type avec elle. Ils ont été pris dans les phares. Lui il s'est jeté sur le côté, mais elle, elle a pas eu le temps de réagir. Elle a volé en l'air à deux mètres du sol. Puis elle est retombée sur le dos.

Ça a fait du bruit quand elle a touché le sol. C'est ça qui me reste le plus. Le bruit. Je l'entends encore dans ma tête tout le temps.

– Vous dites qu'il y avait un homme avec elle ?

– Oui.

– Et qui conduisait la voiture ? demanda Marc.

– Ben, d'abord il y a eu un silence, la voiture restait là, immobile. Le type s'est relevé. La portière s'est ouverte et j'ai vu une jambe sortir et une chaussure à talons hauts.

Marc fronça les sourcils sans comprendre. Fouetti continua :

– Et puis elle est sortie complètement. C'était une femme, un peu plus de trente ans, presque maigre. Complètement affolée.

– Et après ?

– Après, le type l'a prise dans ses bras. La femme, elle était en larmes. Il l'a installée sur le siège passager et il m'a vu. Il est venu me voir. Il m'a dit qu'il fallait que je me taise. Il m'a fait monter dans la voiture. On a déposé la dame devant une voiture, il lui a donné les clés. La suite, vous la connaissez. Il m'a emmené ailleurs, il m'a filé de la thune pour que je la boucle. Sauf que voilà. J'ai pas pu. Je lui rendrai l'argent. Dites-lui que je lui rendrai l'argent.

– Vous savez comment s'appelle cet homme ?

– Évidemment. Albuquerque. Richard Albuquerque. Et celle qui conduisait c'est sa femme. Il l'a appelée Sonia je crois.

58

Le monde avait changé.

Marc était assis sur la banquette arrière d'un taxi qui le ramenait chez lui, au Mazet.

Il tenait enfin Albuquerque mais n'en éprouvait aucune joie. Il s'était laissé aveugler par la haine qu'il ressentait à l'égard de l'avocat et n'avait pas imaginé que ça puisse être Sonia. L'idée que cette femme blessée parte en prison l'accablait.

Il ouvrit la vitre de la portière pour respirer un peu d'air. La femme au masque blanc était vivante. Mille questions suivaient. Qui était-elle ? Que s'était-il exactement passé huit ans plus tôt ? Pourquoi avait-elle disparu ? Était-elle à l'origine du dernier jeu de piste ? Il tâcha de raisonner avec le peu de froideur qui lui restait encore. Il ne pouvait en être sûr, mais à cet instant, une évidence le frappait. Ernesto et Fiorella incarnaient la bonté même. Celui ou celle qui l'avait guidé jusqu'à eux, quel que soit son but, ne pouvait avoir que de bonnes intentions.

Il repensa au discours de l'Italien sur le pardon et à ses propos énigmatiques sur Ravel et Stravinsky. « L'oiseau de feu revient et rompt le sortilège », « Êtes-vous en paix avec vos parents ? »

Le taxi arrivait en vue du portail. L'ensemble de ses considérations furent alors balayées par le désir écrasant de revoir Adélaïde, comme si les évènements de ces derniers jours l'avaient ramené à l'essentiel.

Il descendit du taxi et entra par la petite porte sur le côté qu'il laissait toujours ouverte. Le ciel était étoilé. Il fit quelques pas sur le chemin qui s'était éclairé à son passage. Une tache sur le sol attira son attention. C'était son propre sang répandu sur une des dalles de pierre. Il releva la tête et considéra sa maison en avançant vers l'entrée.

Il fut alors pris d'une angoisse violente.

Le volet électrique du salon n'était pas complètement fermé.

Il n'avait pas fait attention à ce détail lorsqu'il avait été agressé. Adélaïde était censée avoir quitté la maison le matin même. Mais habituellement, elle fermait tous les volets. Avait-elle simplement oublié celui-ci ou se pouvait-il que Corti soit arrivé plus tôt, avant qu'elle ne soit partie et que... L'angoisse se transforma en panique. Il courut vers la porte d'entrée et sortit son trousseau de clés. Au loin quelques chiens fendaient le silence de la nuit dans un aboiement rauque. Il rassembla ses esprits. La clé jaune. Il devait introduire la clé jaune dans la serrure. Il ouvrit enfin la porte et chercha l'interrupteur sur sa droite. Les secondes qu'il mit à le trouver lui parurent interminables. Le lustre en cristal illumina enfin la pièce. Livide, Marc la parcourut sommairement des yeux. Dans le séjour, tout semblait normal. Mais le silence l'oppressait. En trois enjambées, il monta à l'étage. La lumière y était restée allumée.

– Adélaïde ? Tu es là ?

Il ouvrit les portes, une à une. Il n'y avait personne. Mais il n'était pas rassuré pour autant. Adélaïde ne répondait pas au téléphone et il ne lui avait plus parlé depuis son départ pour Venise. Quelque chose d'anormal s'était peut-être passé. Il le réalisait avec retardement et s'en voulait atrocement. Il redescendit l'escalier. Il devait absolument faire part à Salinque de son appréhension. Il sortit son téléphone de la poche intérieure de sa veste. Un morceau de papier tomba par terre. C'était la liste des inscriptions au Conservatoire de Musique que lui avait donnée le policier. Il la ramassa en composant le numéro. Il coinça le téléphone entre son oreille droite et son épaule, puis déplia la feuille en attendant que le policier réponde. Il balaya des yeux les trois colonnes correspondant aux années 1998, 1999 et 2000 ; Salinque, comme souvent, mettait du temps à décrocher. Albuquerque était bien inscrit en haut de la colonne de l'année 1999. Vers le bas, comme le lui avait indiqué le policier, apparaissait le nom de Veronica Rossi. Soudain Marc releva la tête, libérant son téléphone qui tomba lourdement sur le sol. Tout près de celui de Veronica, il venait de lire un nom qu'il connaissait bien : « Solle ». Il était précédé du prénom de celle qui partageait sa vie : « Adélaïde ».

Salinque n'avait jamais vu Adélaïde et ne connaissait pas son nom.

Elle ne lui avait jamais dit qu'elle jouait du piano.

Abasourdi, il leva les yeux et comprit qu'il n'était pas au bout de ses surprises. Face à lui, accroché au mur, se trouvait un tableau d'Adélaïde.

Il venait d'être peint, comme l'attestait la forte odeur de térébenthine qui s'en dégageait. Elle avait brossé une maison aux volets verts, entourée d'immenses peupliers.

C'était la Galine.

La maison maudite.

La maison interdite.

La maison dans laquelle sa mère était morte.

Son téléphone bipa. C'était Roux. Il y avait un mot et une photo jointe.

« Bon, cinq heures de visionnage. Voilà votre inconnu. J'ai pris l'écran en photo. Vous savez qui c'est ? »

Marc ouvrit la photo. On voyait en noir et blanc les consignes de la gare de Lyon et une femme devant un casier ouvert, en train de déposer un bouquet de fleurs. Elle portait un foulard et des lunettes de soleil. Mais Marc la reconnut dès la première seconde.

59

Un morceau d'écorce vola en éclats. Dans sa colère, il ne sentit pas le bâton lui entailler la main.

-Pourquoi ? hurla-t-il.

Derrière lui, sur une allée bordée de roseaux, les phares allumés de la Facel éclairaient le chemin de terre qui menait à la Galine.

Il frappa de toutes ses forces et cassa le bout de bois en deux. De rage, il lança son poing contre le tronc humide de l'arbre. Une douleur vive irradia son poignet et se propagea à travers ses os, jusqu'à son crâne. Il avait mal mais au moins, il ne pensait plus à rien. C'était déjà ça. Il referma la main sur sa plaie et se tourna vers la voiture dont la portière était restée ouverte. Sur le siège passager, son téléphone portable affichait encore le sms d'Antoine.

« Qu'est-ce qui te prend en pleine féria ? Alors voilà… Pour Ravel, 1912 a été l'année des ballets. Les *Contes de ma mère l'Oye* (c'est les contes de Perrault) et l'orchestration des valses nobles et sentimentales sous le titre : *Adélaïde ou Le Langage des fleurs*. C'est quoi cette histoire ??? »

Il remonta dans la Vega, rangea son téléphone dans sa poche et repartit en trombe. Il lui semblait devenir fou. Ce lien musical entre Adélaïde et le langage des fleurs n'était pas un hasard. Voilà pourquoi Ernesto avait insisté sur l'année 1912. Sa présence au Conservatoire, ce tableau de la Galine laissé au mazet, et la photo devant la consigne où il l'avait immédiatement reconnue, tout le poussait vers cette réalité qu'il ne pouvait se résoudre à admettre.

Il frappa le volant sans savoir vraiment contre qui se dirigeait sa rage.

Il était en train de concevoir l'impossible.

Adélaïde était la femme au masque blanc.

60

Il roula deux cents mètres et bifurqua sur un petit chemin mal entretenu. Les branches des arbres arrachèrent aussitôt des cris stridents à la carrosserie.

Pourquoi Ernesto semblait-il si sûr de son pardon ? Il se remémora les paroles de l'Italien : « Je me suis alors mis en tête de faire comme si la personne qui avait pris la fuite était ma fille. » Il savait donc que c'était une fille. Il n'avait pas non plus semblé surpris de voir Marc, persuadé qu'Adélaïde avait dû le guider jusqu'à lui. Il repensa au miroir près du corps de Veronica, ce miroir qu'il avait reconnu comme étant celui de la femme au masque blanc. L'hypothèse la plus vraisemblable semblait donc être celle-ci : Adélaïde avait dû accidentellement renverser Veronica, sortir de la voiture affolée et laisser tomber son miroir. Elle ne s'était jamais rendue à la police et elle lui avait menti pendant huit ans. Il ne pouvait s'empêcher de se sentir trahi et humilié. Il serra les dents et les poings.

La végétation se fit moins dense et le chemin s'élargit. Face à lui, dans la lumière des phares, se dressait la Galine. Il coupa le moteur et descendit de la voiture, une lampe torche à la main.

Pourquoi Adélaïde ne lui avait-elle jamais rien dit ? Pourquoi avait-elle choisi cette façon étrange de tout lui révéler ? Pourquoi voulait-elle l'entraîner dans le dernier endroit où il avait envie d'aller ? Le vent venait de se lever. Les grands arbres frémissaient par intermittence dans le bruit mat de deux pièces de bois qui s'entrechoquaient quelque part, tout près. Au loin, des taureaux que le ronronnement des huit cylindres avait dérangés dans leur sommeil, poussaient des râles puissants et déchirants.

Fébrile, il s'approcha de la vieille maison. L'herbe avait envahi la pergola d'où quelques chats sauvages s'étaient enfuis à son approche. Arrivé sous l'auvent, il s'arrêta devant une table en bois. Enveloppé dans du papier de soie, un bouquet de lilas avait été déposé dans un vase d'opaline. Au-dessus des inflorescences mauves flottait une fleur blanche qui ressemblait à une fleur de nénuphar. Une enveloppe se trouvait près du vase, elle lui était adressée. Il reconnut l'écriture d'Adélaïde. Il attrapa la lettre et la rangea dans la poche intérieure de son blouson.

La porte de la Galine était là, devant lui. Jamais, il n'entrerait dans cette maison. Qu'avait-il à y faire ? Il prit les fleurs, regagna sa voiture et referma ses doigts sur le métal de la clé de contact, sans pouvoir se résoudre à la tourner. Cette bâtisse contenait sans doute quelque réponse à toutes les questions qu'il avait toujours soigneusement refoulées. Les paroles d'Ernesto rebondirent dans sa mémoire : «Êtes-vous en paix avec vos parents ? Ce sont les premières personnes à qui l'on doit pardonner... Êtes-vous en paix avec vos parents ? » Affronterait-il ses démons ou tournerait-il les talons ?

Il regarda encore une fois la maison. Un rayon de lune en éclairait la porte, comme une invitation. Il sortit de la voiture, avança vers l'entrée et tourna la poignée. C'était verrouillé. Sans plus réfléchir, il prit son élan et se jeta, épaule en avant. La serrure céda et le battant frappa le mur intérieur dans un bruit sec, avant de s'immobiliser. Une odeur de renfermé s'échappa aussitôt. De renfermé et d'humidité.

Un silence de mort régnait désormais sur la campagne endormie. Sa rage virait à l'angoisse. Il lui semblait profaner un tombeau, et se profaner lui-même. Il hésita un instant puis fit un pas à l'intérieur. Sur sa droite se trouvait un vieux tableau électrique noir, constellé de porcelaine et de bakélite. Il appuya sur un gros bouton gris et deux ampoules s'allumèrent presque miraculeusement. Il éteignit alors sa lampe et, le cœur serré, se tourna vers la pièce.

L'endroit était exigu. Les bibelots, la vaisselle, tout était encore en place comme si sa mère avait quitté les lieux la veille. Sur le mur, près d'un buffet blanc, était épinglé un calendrier. Deux chatons gris le regardaient fixement. Il s'approcha. La page était celle du mois de juillet 1987. L'année qui avait emporté sa mère.

Un simple rideau de toile brute occultait un réduit, près de l'évier. Marc le poussa sur le côté et ralluma sa torche. Derrière, se trouvaient un petit lavabo et un vieux bac à douche jaunis par les années. Sur une tablette en faïence, scellée au mur, était posée une brosse à cheveux. Personne n'y avait touché depuis le décès de sa mère. La gorge serrée, il lâcha le rideau et s'avança vers une minuscule chambre. Un grand lit en occupait presque tout l'espace. Il était recouvert d'une étoffe de tissu blanc, brodée sur un coin des initiales de sa mère. Il se retira doucement, comme il l'aurait fait pour ne pas réveiller quelqu'un qui dormirait. Une dernière pièce se trouvait au fond. Il actionna un gros interrupteur chromé et l'ampoule qui se balançait au plafond s'illumina.

La pièce était un peu plus grande que la précédente. Un peu partout, la tapisserie se décollait des murs. Devant lui, sur le sol en grès jaune, était posée une petite malle. Il hésita un instant puis se décida à en soulever le couvercle. Quelques vêtements étaient soigneusement rangés sur le dessus. Il prit une robe, la déplia et la posa délicatement par terre. Il se pencha ensuite sur le reste des affaires. Un magazine de jardinage, dont les pages avaient été marquées, dépassait d'une pile. Il l'attrapa et le feuilleta. Le numéro était entièrement consacré aux rosiers : où les planter, quand les tailler, comment les traiter… Il détailla ensuite un carnet griffonné au stylo noir. Lui aussi semblait consacré au jardinage. Tout y était scrupuleusement consigné : dates de plantations, doses d'engrais ou d'insecticides. Les derniers mois de la vie de sa mère tenaient dans ce petit espace ; tous ces vestiges étaient autant de fragments de l'existence simple qu'elle avait eue ici. Aucun de ces objets ne parlait de lui et pourtant, il n'en éprouvait aucune amertume.

Un livre, au fond de la malle, attira alors son attention, car il semblait neuf. Il parvint à le dégager et le prit dans ses mains. C'était un album pour enfants : *Les Contes de Perrault*. Son septième anniversaire, l'absence de sa mère et du cadeau qu'elle lui avait promis, lui revinrent en mémoire. Le cœur battant, il tourna la couverture. Sur la page de garde était écrit au stylo :

Pour mon grand garçon
Ta maman qui t'aime.

61

Sitôt rentré chez lui, il déposa les fleurs dans un vase, se prépara un café et partit le boire dehors sur la terrasse. La douceur y était estivale et un parfum de chèvrefeuille flottait dans l'air du soir. Le décor du mazet, ce lieu paisible qu'il affectionnait par-dessus tout, était bien en place ; les arbres, les pierres, la table, le buis centenaire. Rien n'avait encore été transformé par cette vérité qui frappait aux portes de sa vie. Il choisit alors de la contenir encore un peu plus longtemps entre ses murs de papier et de ne pas ouvrir tout de suite la lettre d'Adélaïde. Sous la tonnelle, le temps, dompté par la volonté d'un homme, s'inclina.

Il alluma la lampe à pétrole et fixa la lune qui, depuis son escapade au cimetière, avait à peine changé d'aspect. Dans cet instant suspendu, sa conscience et sa raison s'étaient, elles aussi, arrêtées. Une seule idée occupait alors son esprit : jusqu'à son dernier souffle, sa mère l'avait aimé.

Il trouva la force de se lever. Il restait un bouquet. Le dernier. Il prit les fleurs, le livre de Calas, et s'installa sur le canapé.

La fleur blanche n'était pas une fleur de nénuphar comme il l'avait d'abord pensé, mais une fleur de Lotus dont la particularité était de pousser au-dessus de l'eau, de « s'élever au-dessus ». Pour Calas, elle était le symbole d'une renaissance spirituelle.

Il se rendit ensuite à la page consacrée au lilas et comprit ce qui avait poussé Adélaïde à rompre son silence.

Pour Calas, le lilas symbolisait la maternité.

Ses yeux se fermèrent. Son esprit se brouilla. Une larme coula le long de sa joue.

Il n'y avait qu'une explication possible.

Il allait être père.

62

Le soleil ne s'était pas encore levé. Sur la route des Cévennes, Marc imposait à la voiture de Salinque et à celle des autres policiers la cadence infernale des huit cylindres de la Facel. Il allait enfin arrêter Albuquerque. Ces pensées furent aussitôt remplacées par une autre : Adélaïde était la femme au masque blanc, et elle portait un enfant de lui. Toute la nuit il avait hésité à ouvrir sa lettre mais redoutait de n'être pas suffisamment prêt. Qu'allait-il trouver à l'intérieur ?

Jamais il n'avait fait le moindre rapprochement entre Adélaïde et la pianiste des Ortolans. Leur rencontre, cette nuit de printemps, avait été presque irréelle, fantasmagorique. Il ne connaissait pas son visage, et le timbre de sa voix s'était évanoui dans sa mémoire sitôt leurs quelques mots échangés.

Mais pourquoi ne lui avait-elle jamais rien dit ?

La violence de cette question lui revenait maintenant à la figure comme un boomerang : quel genre d'homme avait-il été pour qu'Adélaïde ne lui ait rien révélé ?

Dans son travail, il était craint et respecté. Mais dans la vie, n'avait-il pas la conversation facile ? Cette jeune femme en pleurs croisée récemment dans le train ne s'était-elle pas naturellement confiée à lui ? Il chercha d'autres exemples dans son entourage mais n'en trouva pas : aucun de ses proches ne lui avait jamais vraiment ouvert son cœur. Même Antoine, l'ami de toujours, gardait parfois son intimité pour d'autres. Il avait donc vu juste, lors de leur dernière conversation du mazet. Son sourire n'était sans doute qu'un masque de plus.

Il jeta un coup d'œil dans son rétroviseur : Salinque et les autres étaient loin derrière. La route était déserte et devant lui se dessinaient les silhouettes apaisées des montagnes cévenoles. Malgré la douceur printanière, le froid l'enveloppait et lui engourdissait les membres. Il ralentit et actionna le chauffage. Un souffle chaud lui caressa aussitôt le visage. Il se rendait à l'évidence ; si son hypothèse sur les circonstances du drame était la bonne, Adélaïde avait eu peur de lui. Jamais elle n'aurait pu lui annoncer : « Je suis cette femme qui portait un masque blanc et que tu crois morte. J'ai renversé Veronica et me suis enfuie. » Son verdict, sans appel, aurait été : « Tu m'as trahi. Tu m'as menti. Tu as été lâche. Tu t'es enfuie... Tu, tu, tu... »

Pourtant, sans qu'il en comprenne la raison profonde, toutes ses sentences, aujourd'hui, commençaient par « Je ».

Les deux phares ronds de la Twingo vinrent à nouveau se coller au pare-chocs chromé de la Facel. Pour une fois, le policier tenait son volant des deux mains. Il avait la mine crispée d'un pilote automobile et semblait s'être pris au jeu de cette petite course matinale.

Marc appuya sur l'accélérateur et le laissa sur place, dans un nuage de fumée. Une question s'imposa alors à lui : pourquoi avait-il choisi ce métier de juge ?

La réponse tomba comme une gifle : la justice des hommes ne pardonne pas, elle venge.

Il n'était plus qu'à cinq kilomètres des Ortolans. Sur cette même route, une simple panne avait autrefois scellé son destin. Sa mémoire se rallumait : le cimetière de Nîmes, la chapelle de Calas, ce bouquet déposé sur la tombe de sa mère, ce sentiment d'aigreur qu'il avait alors éprouvé... Et plus tard, toutes les tentatives d'Adélaïde pour le réconcilier avec son passé. Chaque fois, il avait botté en touche. Comme ce soir d'été, au mazet, où elle avait voulu le convaincre de se rendre à la Galine. Sa réponse avait alors été si dure, qu'elle en avait pleuré...

D'autres mots, d'autres moments, lui revenaient en cascade : « Suis-je la femme de ta vie ? », « Quand me feras-tu un enfant ? », « Je sais que jamais tu ne me demanderas en mariage »...

Pourquoi ne s'était-il jamais vraiment engagé avec elle ? Quel frein l'avait empêché d'avancer ?

Il tourna sur le chemin de terre qui menait aux Ortolans. Au loin se trouvait la petite forêt où était niché le château. Il lui semblait la voir différemment. « Vous avez vu une forêt, j'ai vu ma forêt, mais c'était une seule et même forêt... » La conclusion qu'il avait énoncée fièrement dans le TGV lui revenait à l'esprit. Saurait-il maintenant voir en Adélaïde toutes les femmes qu'il avait imaginées derrière son masque ? Elle était pianiste. Il n'arrivait pas à y croire. Lui qui avait été séduit par sa peinture rêvait maintenant de l'entendre jouer du piano.

Il planta un coup de frein. La voiture dérapa avant de s'immobiliser au bord du chemin. Bon sang, mais qu'était-il en train de lui arriver ? Était-ce un rêve éveillé ? À moins que ce ne fût un cauchemar... Comment la regarderait-il maintenant? Il fouilla dans la poche de sa veste et sortit son téléphone. Ses doigts nerveux réveillèrent l'écran et une photo d'Adélaïde s'afficha. Une simple photo d'elle prise quelques semaines plus tôt à son insu, tandis qu'elle donnait les dernières touches à un tableau.

La Twingo de Salinque venait de s'arrêter à son tour, sagement imitée par les autres policiers en voiture banalisée. Marc ne quittait plus Adélaïde des yeux. Mon Dieu, qu'elle était belle. Son regard profond et mélancolique, cette sensualité qui l'avait tant troublé aux Ortolans. Son téléphone sonna. Par réflexe il décrocha. C'était Antoine.

– T'es où putain ? s'énerva son ami.

– Aux Ortolans, répondit Marc calmement.

– J'ai essayé de t'appeler plusieurs fois et je t'ai envoyé au moins cinq sms, tu les as pas eus ?

– Si.

Il entendit la ligne se brouiller. Puis la communication fut coupée. Le visage d'Adélaïde s'afficha à nouveau sur l'écran. Les pas de Salinque se rapprochaient de la voiture. Le temps s'étirait. Il réalisa soudain qu'au moment où il avait pris cette photo, Adélaïde était sans doute déjà enceinte. Elle rayonnait et il n'avait rien vu. Il dut réprimer les larmes qui lui montaient aux yeux. Antoine rappela mais il ne répondit pas. Salinque frappait au carreau de la Facel. Marc se reprit et descendit la vitre.

– Ça va ? demanda le policier.

– Ça va. Excusez-moi, j'ai reçu un coup de fil, il fallait que je réponde et je ne sais pas le faire en conduisant, mentit Marc.

– Elle marche du feu de Dieu votre bagnole. Mais elle fait un boucan du diable... Vous voulez que je passe devant ?

– Non. Restez ici, et rejoignez-moi sur le parking dans dix minutes. Faites-moi confiance, je vous expliquerai plus tard…

– Comme vous voudrez, répondit le policier d'un air intrigué. Vous êtes sûr que ça va ? Vous n'avez pas l'air bien, ajouta-t-il.

– La fatigue. Et le coup que j'ai pris, sans doute. Mais ne vous inquiétez pas. À tout de suite.

63

Marc s'avança à pied et s'assit sur un vieux banc de pierre, tout près de la terrasse où Adélaïde et lui avaient échangé leurs premiers mots.

Il plongea la main dans la poche intérieure de sa veste et sortit la lettre. Il avait reçu tellement de lettres dans sa vie… Celle-ci ressemblait à n'importe quelle autre. Trois millimètres d'épaisseur ; des années de secrets. Ses doigts nerveux hésitaient mais finirent par déchirer la bande de papier. Il ferma les yeux et prit une longue inspiration.

Mon amour,

Je ne sais par où, ni comment commencer. Jamais je n'aurais pensé t'écrire cette lettre. Si tu savais comme j'ai peur. Peur de te perdre, et peur d'être allée trop loin. Si tu lis ces lignes, c'est que tu as suivi le chemin que j'ai balisé pour toi. Ton chemin. Maintenant, l'avenir t'appartient. Les décisions seront les tiennes et je les respecterai. Tu dois te demander pourquoi je ne t'ai pas dit la vérité plus tôt et pourquoi j'ai choisi de remettre mon masque pour te la révéler. En tout cas, tu sais maintenant ce qui m'a poussée à sortir de mon silence (car je suis certaine que tu as déchiffré mon dernier bouquet avant de lire cette lettre) : tu vas être père, Marc.

Je crois qu'il est temps pour nous d'affronter nos angoisses et nos démons. J'espère que tu trouveras la force de me comprendre. Je ne te dis pas cela pour t'attendrir. Je veux juste que tu comprennes l'enfer que j'ai traversé pour arriver dans la lumière où je suis aujourd'hui.

Notre histoire n'a pas vu le jour cet après-midi de novembre où tu es entré dans ma galerie. Tout a commencé deux mois avant le bal des Ortolans. Un jeudi.

Comme souvent à Nîmes, le mois de mars s'était déguisé en juin. J'étais assise à la terrasse de la Grande Bourse. *Je n'étais prête à rien et attendais mon café que le serveur, seul et débordé, tardait à m'apporter. Tu es venu t'installer à une table, juste en face de la mienne. Tu avais un livre à la main et ton expression était celle d'un enfant, d'un enfant blessé. Tu t'es plongé dans ton livre et moi je t'ai regardé. Il s'est alors passé quelque chose que je ne m'explique toujours pas, mais qui aujourd'hui encore se produit chaque fois que je pose les yeux sur toi. Le mot qui me vient à l'esprit est « évidence ». Combien de temps cette extase a-t-elle duré ? Quand tu as relevé la tête, j'ai baissé la mienne et me suis rendu compte que mon café avait été servi. Je l'ai porté à mes lèvres ; il était froid. Tes yeux ont glissé sur moi, comme si j'avais été une chaise ou un élément du décor. Je n'étais pas habituée à cette indifférence de la part des hommes. J'attendais un sourire ou une simple marque d'attention mais tu ne m'as rien laissé d'autre que cette frustration immense d'être sans doute passé à côté de l'homme de ma vie. Dans les semaines qui ont suivi, je suis souvent revenue à la* Bourse *en espérant te revoir. J'ai alors essayé de peindre ton visage, mais il s'évanouissait doucement dans ma mémoire. Seule l'expression de tes yeux était intacte. Je me suis alors empressée de la peindre dans le regard de* L'enfant, *ce tableau que tu aimes tant. Entre-temps, j'avais lu un article du* Midi Libre *qui parlait de toi, monsieur le juge. Ça m'a rassurée de savoir que je ne t'avais pas perdu, mais beaucoup impressionnée de découvrir que tu n'étais pas n'importe qui... Que te conquérir serait encore plus difficile.*

Et puis le destin a voulu que tu viennes à cette soirée des Ortolans.

Je n'ai jamais su qui t'y avait invité, mais lorsque je t'ai vu arriver seul à la nuit tombée, mon cœur s'est emballé. Je me suis dit que je devais te surprendre, que ce bal masqué était l'occasion de débrider mon imagination pour te séduire. J'avais tellement peur que la magie s'arrête à visage découvert, peur de ne pas te plaire. Pourquoi me suis-je isolée dans ce petit salon ? Avais-je deviné que tu m'y suivrais ? En tout cas, je l'espérais. Chaque fois que j'étais bouleversée, je jouais le Concerto en sol *de Ravel. Puis je t'ai aperçu dans le miroir. J'ai alors commencé à y croire. Enfin, tu t'intéressais à moi.*

Quand tu m'as rejoint sur la terrasse, il me semblait vivre un rêve. J'aurais voulu arrêter le temps. Il fallait pourtant redescendre sur terre et, déjà, enlever ce masque qui me réussissait si bien. J'ai alors imaginé ce jeu de piste pour me présenter à toi...

Le soir de notre rendez-vous, j'avais un trac épouvantable et un peu honte aussi de t'avoir promené de la sorte. Surtout, je craignais de ne pas être à la hauteur des prétentions que j'affichais. Qu'une fois le masque tombé, tu te désintéresses de moi. C'est le seul moment de ma vie où je me suis relâchée au volant d'une voiture. Parce que la route, qui m'a enlevé mes parents, m'a toujours terrorisée. Je voulais juste vérifier mon maquillage. Il y a eu un choc. J'ai relevé la tête et j'ai vu Veronica tomber sur le bitume. Je suis sortie de la voiture, et j'ai compris que je l'avais tuée. Il n'y a pas de mots pour expliquer ce que j'ai ressenti. J'ai été submergée ; d'une peur panique, d'une tristesse noire, d'un regret sans fin. Je ne me suis pas rendu compte que j'avais laissé tomber mon miroir. Je suis remontée dans la voiture et suis repartie en conduisant comme une automate, la vue brouillée de larmes. Je me suis arrêtée à la sortie de la ville, et j'ai appelé Richard. Je suis à peine arrivée à trouver son nom dans les contacts de mon téléphone, tellement je tremblais. Je ne te dis pas ça pour t'attendrir. Juste pour que tu comprennes. Il est venu très vite et s'est occupé de moi. J'ai voulu me rendre à la police mais il m'en a dissuadée. Il disait que j'étais trop fragile, que j'irais en prison, que ça ne servirait de toute façon à rien. Malgré tout, trois jours plus tard, j'ai poussé la porte du commissariat central. Que ne l'ai-je fait plus tôt ou plus tard ? Dans un de ces petits bureaux sinistres, il y avait les parents de Veronica, effondrés. Non, le mot n'est pas « effondrés ». « Saccagés » serait plus adapté. J'avais, par mon inconséquence, saccagé la vie de ces gens.

Je n'ai pas pu.

Deux jours après l'enterrement de Veronica, au cimetière Saint-Baudile, j'ai trouvé la force de porter des fleurs sur sa tombe. Parmi les dizaines de bouquets, il y en avait un qui n'était pas comme les autres. Cinq iris mauves, cinq lys blancs et deux jacinthes sauvages... Tout autour, se trouvait une couronne d'immortelles qui signifiaient : Je ne vous oublierai jamais.

Alors, j'ai compris. Ma ressemblance avec Veronica, le piano, le miroir, mon silence après l'accident... Tu m'avais prise pour elle.

La suite fut une longue descente aux enfers, avec pour seuls alliés les antidépresseurs et ma peinture. Richard a pris soin de moi. Sans lui, je crois que je ne serais plus là.

Le temps a passé. J'ai recommencé à sortir un peu et mes yeux se sont doucement ouverts.

Ma première résolution de « vivante » a été de trouver le courage d'avouer ce délit de fuite. Je savais que j'étais assez solide pour le faire. J'avais juste besoin d'un peu de temps. Mon anniversaire tombait une semaine après cette décision et j'avais prévu de me rendre à la police ce jour-là. Mais le destin est joueur, nous le savons tous les deux. Deux jours avant, tu es entré dans une des galeries où j'exposais. J'ai cru m'évanouir lorsque je t'ai vu en admiration devant L'enfant, *cette toile que tu m'avais inspirée. Tu t'es retourné vers moi et j'ai pensé un instant que tu m'avais reconnue. Je ne comprenais pas ce qui pouvait bien te plaire dans mon corps dévasté, et pourtant, tu me regardais comme si j'avais été la septième merveille du monde. Je savais que je n'en avais pas le droit. Je savais que cette rencontre compromettrait mon projet de tout révéler. Je me disais : « Attends un peu... Si tu ne te rends pas ce lundi, tu le feras le lundi suivant... » Les semaines ont passé comme des jours et les mois comme des semaines. L'amour est le remède à tout, n'est-ce pas ? Quatre mois plus tard, tu as eu ta mutation pour Paris. Et je t'ai suivi.*

Voilà comment je me suis peu à peu enferrée dans mon mensonge. Tu étais juge, dans ta vie et dans ton cœur. Je savais que tu ne m'aurais jamais pardonné, et te perdre était au-dessus de mes forces...

Alors, j'ai enterré cette histoire au fond de moi. Elle revenait souvent me hanter la nuit, sans crier gare, où même le jour, quand les circonstances m'y renvoyaient. La fille au masque blanc était devenue mon propre fantôme. Chaque fois que tu m'offrais des fleurs ou encore que nous écoutions du piano ensemble, je repensais à cette autre vie où nous nous étions un jour rencontrés. Le piano, je le ne touchais presque plus depuis l'accident, sinon lorsqu'il m'arrivait d'entrer dans un magasin de musique. Le Concerto en sol *était devenu notre hymne à l'amour. Je me demandais s'il t'arrivait de l'écouter lorsque tu étais seul et quelle place occupait encore dans ton cœur la pianiste des Ortolans.*

Jusqu'à notre voyage en Suisse.

Nous roulions depuis plusieurs heures en direction de Genève. En fond sonore, nous avions mis la radio ; une radio locale. Nous parlions de notre projet de voyage au Japon. Puis il y a eu un blanc. Pas grand-chose, peut-être quelques dizaines de secondes, pas plus. Mon regard s'est perdu dans les cimes enneigées, je me sentais bien. Soudain, tu as monté le son de l'autoradio. C'était l'adagio du Concerto en sol. *J'ai laissé passer les premières mesures. Elles m'ont paru interminables. Puis, je me suis doucement tournée vers toi, pour lire sur ton visage. J'aurais voulu te voir de face. Tu semblais grave et mélancolique. Comment te dire ce que j'ai ressenti ? Un mélange de joie et de tristesse. L'espace de quelques instants, tu étais parti loin de moi. Ton corps était là mais ton cœur était ailleurs. Tu me quittais peut-être pour me rejoindre, mais tu ne le savais pas. Alors, je t'ai suivi. J'ai voyagé à tes côtés au château des Ortolans et dans le cimetière de Nîmes. J'ai reconnu la plus belle des interprétations de ce chef-d'œuvre de Ravel que ma mère jouait toujours à la maison. Celle d'Arturo Michelangelli.*

Mon pianiste préféré. J'ai hésité à rompre cette communion parallèle, mais je devais absolument profiter de cette occasion pour savoir ce qui vivait encore au fond de ton cœur. Je t'ai demandé : « Qu'est-ce que c'est ? C'est joli. Tu connais ? » Tu t'es retourné vers moi. J'avais pris soin de regarder dehors, parce que mes yeux s'étaient embués. Et voici ce que tu m'as dit : « C'est une histoire d'amour... » Puis tu as ajouté : « C'est notre histoire. » Sur le moment, j'ai pensé que tu savais tout, et ne m'en avais jamais rien dit. Mais j'ai vite compris qu'il n'en était rien. Pourquoi ces paroles ? Avais-tu fait un transfert d'une histoire vers une autre ? J'ai d'abord aimé cette idée et puis très vite, elle m'est devenue insupportable. Puisque tu ignorais que j'étais cette femme qui vivait dans ta mémoire, je préférais que tu l'oublies à jamais. Je ne voulais rien devoir à personne, même pas à moi même.

Et puis je me suis raisonnée... Peut-être en disant cela, n'avais-tu pensé qu'à la beauté de ce concerto et que cette beauté t'avait tout simplement fait penser à nous ?

Peut être ce fantôme ne comptait-il plus du tout pour toi. Comment avait-il pu compter ? Combien de temps aurait tenu ce masque à l'épreuve du quotidien ?

Les mois ont passé et notre couple, peu à peu, s'est éteint. Étions-nous en panne ?

Je sentais notre amour s'évanouir et j'étais impuissante à inverser le cours des choses. Pourtant, je savais qu'à l'abri du temps et de la routine, la pianiste des Ortolans était encore intacte dans ton cœur. Je ne voulais plus que cette femme-là meure en toi. Au contraire, je souhaitais que pour toujours, tu la voies à travers moi. Qu'elle transcende chacun des instants que nous vivions. Parce que le rêve était là, devant nous. Il ne tenait qu'à nous de nous laisser porter. J'ai alors espéré que notre histoire serait à l'image de l'adagio de Ravel, en trois parties. Qu'à la fin, l'orchestre et le piano se marient et s'entremêlent, que ces deux femmes n'en fassent plus qu'une.

Lorsque j'ai appris que j'attendais un enfant, j'ai voulu te dire toute la vérité. Mais je me suis raisonnée. Je devais d'abord me rendre chez les parents de Veronica. Au retour de Venise, j'ai compris que je devais t'envoyer voir ces gens merveilleux. Non pas pour moi, ni pour nous, mais pour toi. C'est aussi pour toi, parce que tu vas être père, que j'ai essayé de faire quelque chose pour te réconcilier avec ton enfance, et sans doute un peu avec toi-même. Tu es un chêne. C'est ta force mais aussi ta faiblesse. Avancer ne signifie pas s'éloigner de soi. Même les forêts se déplacent, tu sais.

Voilà. Tu peux imaginer dans quel état je suis pendant que tu lis ces lignes. Je comprendrai que tu m'en veuilles pour toujours. Je comprendrai que tu me dises que c'est fini. Et quoi que tu décides, sache, mon amour, que tu seras toujours l'homme de ma vie. Si tu nous reviens, je serai la femme la plus heureuse du monde.

Adélaïde

64

Salinque sonna à la porte principale du château des Ortolans. Le ciel était encore percé d'étoiles mais sur la crête de l'horizon, au loin, Marc pouvait apercevoir une ligne orangée irradier la nuit. Le jour allait se lever. Les deux policiers en uniforme qui les accompagnaient étaient restés en bas des marches, près des voitures. Il y eut un bruit de clé et la porte s'ouvrit. Albuquerque était habillé, rasé, coiffé, pas surpris de les trouver à une heure si matinale sur son perron. Il savait qu'ils venaient l'arrêter et il connaissait l'heure légale.

– Je vous attendais.

– J'ai encore quelques questions à vous poser, dit Marc.

Salinque le regarda, dans l'attente d'une explication. Ce n'était pas prévu.

– Entrez, dit l'avocat.

Marc pénétra dans le hall et se tourna vers Salinque.

– Pardonnez-moi encore une fois Grégoire, c'est personnel.

Le policier, que rien ne surprenait, alluma une nouvelle cigarette au feu de la précédente et se tourna vers le parc.

– Prenez votre temps, j'ai une cartouche dans la voiture, dit-il en jetant nonchalamment son mégot.

Marc, encore une fois, apprécia la délicatesse de l'enquêteur et Albuquerque referma la porte, laissant les policiers dehors. L'avocat traversa le vestibule.

– Le soleil va se lever. C'est toujours un merveilleux spectacle depuis la terrasse.

Ils empruntèrent un couloir qui menait à la terrasse. Calme, presque serein l'avocat s'assit sur un des fauteuils en fer forgé et laissa la balancelle à Marc.

– Tout d'abord dit-il, je ne sais pas ce que ce clochard vous a dit au sujet d'Inès, mais vous imaginez bien que sa parole ne pèsera pas lourd devant un tribunal. La vérité c'est que je conduisais ma voiture et que Sonia était assise à côté de moi, sur le siège passager. C'est moi qui ai renversé Inès, pas ma femme. J'avais bu, je ne savais plus ce que je faisais.

– Vous risquez une peine beaucoup plus lourde qu'elle, mais j'imagine que vous le savez.

– Oui, répondit calmement l'avocat. Le crime passionnel ne pourra pas être reconnu en tant qu'accusation à mon égard puisqu'elle voulait témoigner contre moi, et avec le cumul de peine sur l'affaire Corti je dirais que je risque une peine de quinze ans ferme.

– Minimum, oui. Vous êtes sûr de votre sacrifice ? Elle serait condamnée à six ans et n'en ferait que quatre.

– J'ai grandi dans la rue. La prison et moi nous entendrons très bien. Sonia, elle, ne tiendrait pas six mois.

Marc hésita, et se décida à poser la question qui avait motivé son tête à tête avec l'avocat :

– J'ai besoin de vous parler de quelque chose de personnel. Qu'est-ce qu'il s'est passé entre vous et Adélaïde ?

– Vous êtes au courant pour Veronica Rossi ?

– Je sais que c'est Adélaïde qui l'a renversée.

– D'accord. Mais vous risquez encore d'être surpris.

– Mon aptitude à encaisser les surprises s'est fortement accrue ces derniers jours. Vous l'avez rencontrée comment ?

– Au Conservatoire.

– Vous aviez quel âge ?

– Vingt-deux ans.

Une question lui brûlait les lèvres. L'avocat répondit sans qu'il ait besoin de la poser.

– Oui, nous sommes sortis ensemble…

Marc chassa la jalousie et la rage qu'il sentait monter en lui, comme des rebuts d'une époque lointaine.

– Notre relation a duré six mois mais elle y a mis un terme. Nous sommes restés amis pendant quelques années. Quand vous l'avez rencontrée ici, le jour de l'anniversaire de Sonia, nous étions très proches.

L'avocat resta songeur puis jeta à Marc un regard qui voulait dire « Puisque c'est le jour des confidences, allons-y… » Il tira une bouffée sur sa cigarette et reprit :

– Quand je l'ai récupérée sur la route de Sauves, après l'accident, elle pleurait toutes les larmes de son corps et elle tremblait comme une feuille. Je me suis occupé de tout. J'ai fait réparer le choc sur la carrosserie de sa voiture, j'ai payé en liquide, sans donner de nom… Ensuite, elle m'a tout raconté, oui, ce jeu de piste qu'elle avait fait pour vous, au moment même où nous nous affrontions dans l'affaire Fouisson. C'est moi qui l'ai tirée d'affaire, pas vous.

– J'aurais eu du mal à faire quoi que ce soit pour elle… Vu que je la croyais morte. Je l'ai prise pour Veronica Rossi.

– Ça je l'ignorais. Mais qu'auriez-vous fait ? Sinon la livrer à la justice. Moi j'ai rempli son frigo et j'ai passé des mois à veiller sur elle. Elle se nourrissait un jour sur trois et vomissait la plupart du temps. Elle a perdu quinze kilos en six mois. Pendant tout ce temps, elle n'a presque jamais souri. Puis elle s'est mise à peindre des toiles torturées. Elle ne voulait voir personne, mais son travail plaisait. C'est à cette période que sa carrière a vraiment débuté. Et sa résurrection, c'est à vous qu'elle l'a offerte... Je peux vous faire une confidence ? Je ne comprends pas ce qu'elle fait avec vous.

– Je vous renvoie le compliment... J'avoue avoir beaucoup de mal à admettre que vous ayez eu une relation.

L'avocat glissa une cigarette entre ses lèvres, sortit un petit briquet en argent et l'alluma. Il tira une longue bouffée.

– Venez, dit-il en se levant.

Ils avancèrent jusqu'à la rambarde de pierre. Il avait une démarche féline, chaloupée, se tenant légèrement courbé en avant. Marc réalisa qu'il partageait ses derniers instants de liberté. Bientôt son costume de marque serait plié dans le vestiaire d'une maison d'arrêt et y dormirait pour une dizaine d'années au moins.

L'avocat s'appuya contre la balustrade en calcaire. Marc posa ses mains sur la pierre froide, à l'endroit même où, huit ans plus tôt, il avait échangé les premiers mots avec Adélaïde. La ligne d'horizon flamboyait à l'approche du soleil.

Le visage de l'avocat s'éclaira d'un sourire intrigué.

– Les fleurs que j'ai vues sur votre bureau, c'était elle ?

– Oui. Elle m'a emmené jusqu'à Venise, chez les parents de Veronica.

– C'est peut-être pour ça finalement qu'elle vous a choisi.

– Qu'est-ce que vous voulez dire ?

– Vous savez courir après des fleurs. Pas moi. Je suppose que vous n'avez jamais su pourquoi elle s'appelait Adélaïde...

– Je sais depuis hier que Ravel a composé *Adélaïde ou Le Langage des fleurs.*

– Sa mère voulait qu'elle ait un prénom de fleur et elle vouait un véritable culte à Ravel. Elle lui avait dit un jour qu'en la prénommant Adélaïde, elle lui avait donné le nom de toutes les fleurs à la fois. À l'époque où nous étions ensemble, elle me parlait tout le temps du livre de Calas et du langage des fleurs. Elle le connaissait par cœur. D'ailleurs c'est grâce aux fleurs qu'elle est devenue peintre. Elle s'est fait la main en les dessinant. C'est ce qu'elle avait voulu vous dire en vous guidant dans le cimetière de Nîmes. Elle voulait se présenter telle qu'elle était : *Adélaïde ou Le Langage des fleurs.*

Les deux hommes se turent une longue minute. L'avocat rompit le silence :

Au fait, j'ai quelque chose pour vous.

Il s'éclipsa à l'intérieur du château et réapparut deux minutes plus tard, un livre dans une main, un tableau dans l'autre.

– Tout cela est à vous, dit-il en tendant les deux objets. Elle me les avait confiés quand vous vous étiez installés ensemble.

Marc eut un pincement au cœur en voyant *Le Langage des fleurs* de Calas. L'exemplaire qu'elle n'avait pu garder chez elle. Son regard se posa alors sur le tableau. Il reconnut le tombeau du botaniste ; la petite chapelle blanche, où tout avait commencé. La toile n'était pas signée Adélaïde, comme toutes celles qu'elle avait peintes depuis, mais Sélam. C'était sa première œuvre, celle qu'elle ne lui avait jamais montrée.

Les étoiles s'éteignaient une à une. Au chevet de la nuit, Vénus brillait encore dans un ciel devenu clair. Marc leva les yeux vers elle et rompit le silence :

– Vénus, autrefois, était appelée Lucifer.

L'avocat le regarda sans comprendre.

– Lucifer signifie littéralement « porteur de lumière », poursuivit Marc. Il fut une époque où il ne faisait pas bon tenter de s'élever au-dessus du commun des mortels. Celui qui cherchait à comprendre le monde était soupçonné de vouloir être l'égal de Dieu et donc d'être inspiré par le diable. Peu à peu, Lucifer est devenu un autre nom du diable.

– Pourquoi me dites-vous cela ?

– Le jour où la lumière se fait sur ma vie, et dans mon couple, je suis en votre compagnie.

– Et ?

– Je vous ai toujours vu comme une incarnation du mal.

– Rien que ça...

– Mais il y a du progrès... dit-il en regardant l'avocat dans les yeux. Beaucoup de progrès même.

Albuquerque accueillit le compliment d'un sourire.

– Je ne parlais pas de vous, mais de moi, ajouta Marc.

– Je suis né dans la misère et on ne m'a jamais fait de cadeaux. J'ai avancé avec mes codes, avec ce que la vie m'avait appris d'elle. C'est tout. Il faut être humble, on ne fait que reproduire ce que l'on voit. Si vous naissez fils de parrain italien, vous deviendrez mafieux... L'homme a moins d'imagination que de capacité d'improvisation...

Il laissa passer un temps.

– Aujourd'hui, j'improvise.

À son tour, il fixa Vénus. Ses yeux s'étaient embués, et son regard teinté de mélancolie. Il semblait moins arrogant et plus humain. Il se redressa un peu et baissa les yeux vers le parc, dans une attitude qui signifiait qu'il était prêt.

– Allez Marc, laissons la justice se déchaîner...

Dans un ciel noyé de rouge, le soleil se levait.

65

Le véhicule banalisé s'éloignait sur le chemin de terre, emportant Albuquerque vers son destin. Marc ne le quittait pas des yeux. L'information allait se répandre et l'affaire serait médiatisée. La voiture disparut derrière la colline, dans un nuage de poussière.

– Ça va, Juge ? demanda Salinque en s'approchant.

– Ça va Grégoire, répondit Marc.

Il avait presque oublié la présence du policier.

– Dites, c'est pas mes oignons vos histoires avec l'avocat, mais si vous avez des soucis, vous savez que je suis là…

– J'ai de la chance de vous connaître.

Salinque sourit.

– La chance, vous savez, il en faudrait beaucoup pour en avoir… dit-il en ouvrant sa portière.

Il glissa une jambe dans l'habitacle et se laissa tomber sur le siège en faisant plier les amortisseurs de la Twingo. Marc lui serra la main par la vitre ouverte. Les deux hommes échangèrent un dernier regard qui valait tous les discours du monde, et Salinque démarra à son tour.

Une fois seul, Marc fit quelques pas et s'assit sur un vieux banc de pierre, tout près de la terrasse où Adélaïde et lui avaient échangé leurs premiers mots. Il attrapa son téléphone et envoya un sms à son père : « Si tu as un peu de temps à consacrer à ton fils, je t'emmènerais volontiers dans un restaurant au bord du lac de Garde. Si ça ne te dérange pas, c'est moi qui conduirai la Facel. »

Au moment où il rangeait son portable, il entendit une moto de grosse cylindrée remonter le chemin à vive allure, en direction du château. Il reconnut le son caractéristique du moteur de la vieille Ducati d'Antoine. Le moteur s'arrêta et Antoine apparut au bout de l'allée. Il avança vers lui, la mine grave, et s'assit sur le banc.

– Je me suis fait un sang d'encre.

– Désolé.

– Je suis passé au mazet puisque tu ne répondais pas à mes sms. J'ai vu le tableau, le bouquet et le livre de Calas sur la table. Je me suis permis de déchiffrer le bouquet. C'est incroyable qu'elle ait gardé ça pour elle si longtemps. Tu vas faire quoi ?

– Je ne sais pas. T'as toujours rêvé d'être parrain, non ?

Antoine lui sourit.

– Raconte-moi. Elle a repris le jeu de piste depuis quand ?

Marc prit le temps de tout raconter à son ami. Lorsqu'il termina son récit, les yeux d'Antoine se mirent à pétiller.

– Tu connais le philosophe Leibniz ?

– Ce qui est, l'est pour le meilleur. C'est toujours la meilleure des solutions à ce qui précédait. C'est tout ce dont je me souvienne…

– Oui, tout va pour le mieux dans le meilleur des mondes, c'est ce qu'en a retenu la pensée populaire. Disons qu'il y a les vérités de raisonnement et les vérités de fait. Tu vois, certaines choses qui te semblent incompréhensibles et presque surnaturelles, ont une explication rationnelle. Pour ton quatre heures douze, j'avoue que je n'ai pas d'explication. Mais pour le *Concerto en sol* par exemple, la simultanéité de son retour dans ton esprit avec le « coming-out » d'Adélaïde, je crois en avoir une… Si votre couple était dans l'impasse, ton cerveau t'a naturellement renvoyé dans ce que tu avais vécu avant de connaître Adélaïde. On en parlait il y a quelques jours d'ailleurs… Probablement que la seule histoire sentimentale qui avait véritablement laissé une trace dans ta vie était celle de cette fille au masque blanc… Adélaïde a exactement réagi de la même façon. Elle a simplement repris le fil de votre histoire, là où il s'était cassé. Vous vous êtes tous les deux comportés comme certains programmes informatiques qui, lorsqu'ils ont bogué, se reconfigurent à la date précédant le bug. Et puis il y a les vérités de fait. Comme la présence de Ravel dans ta trajectoire et dans celle d'Adélaïde. Elle renvoie au chant du monde qu'on ne peut pas expliquer mais juste écouter, chacun où nous sommes, comme nous entendons le chant du vent dans les feuilles.

Le vent venait justement de se lever et de réveiller les arbres du parc. Les yeux d'Antoine étaient habités d'une expression étrange, presque mystique. Ils fixaient un vieux marronnier dont les branches gigantesques s'agitaient dans l'ombre.

– Une seule musique, reprit-il, fruit de millions d'autres, imperceptibles et isolées. Toutes ces feuilles touchent celles qui les entourent qui elles-mêmes transmettent une partie de leur mouvement à leurs proches voisines. Ainsi, toutes portent en elles la trace du mouvement de chacune. À chaque extrémité de ce parc, existent sûrement deux feuilles qui à cet instant viennent d'interagir plus fortement l'une sur l'autre sans cause apparente. Comme les feuilles de ces arbres, nos vies sont des partitions uniques et pourtant mêlées les unes aux autres. Elles ont commencé à s'écrire avec l'univers et s'achèveront en même temps que lui. Sur ces pages, le présent n'a pas plus de poids que le passé, l'ici pas plus que l'ailleurs, la vie pas plus que la mort. Toi et Adélaïde êtes entrés dans la partition de Ravel, comme il est entré dans la vôtre, comme ces deux feuilles éloignées ont temporairement été reliées entre elles par un invisible lien de causalité. Vos trajectoires se sont mélangées. Nos vies sont comme des notes qui, bien qu'ayant une seule vibration déterminée, se font entendre dans une infinité de musiques. Il faut savoir tendre l'oreille à toutes ces musiques.

Il se retourna alors vers Marc et le fixa droit dans les yeux.

– Tu dois savoir entendre toutes les musiques de celle qui partage ta vie. Ne lui enlève jamais ce masque que tu viens de lui découvrir.

Les deux amis échangèrent un long regard, puis Marc leva les yeux au ciel. Sous les premiers rayons du soleil, au-dessus du château, planait un aigle royal. Le rapace prit un peu d'altitude, gauchit légèrement les ailes et disparut vers l'ouest. Le téléphone de Marc sonna. C'était un numéro local qu'il ne connaissait pas. Il décida de répondre.

– Monsieur Ferrer ? dit une voix féminine.

– Oui ?

– Madame Chabran, vous savez, avec mon mari nous louons votre exploitation, au Cailar.

– Oui, je vois très bien…

– J'ai essayé de joindre votre père, mais il ne répond pas. Comme il m'avait laissé votre numéro…

– Qu'y a-t-il ?

– Eh bien, vous savez, la Galine, là où votre mère... Eh bien nous avons trouvé la porte fracturée. C'est pas très grave, mais bon, il y a les affaires de votre mère encore dedans je crois. S'il se met à pleuvoir, ou si un rôdeur passe par là... Qu'est-ce que vous voulez qu'on fasse ? On vous bricole une porte si vous voulez, mais bon, il vaudrait mieux la faire remplacer, ce serait plus sûr.

– Je serai là dans moins d'une heure, répondit-il.

66

C'était la première fois qu'Adélaïde entrait dans le commissariat du deuxième arrondissement. Il était presque vide et avait une odeur de propre, un mélange de Javel et de désodorisant. Elle avança jusqu'au comptoir principal. Le policier qui se trouvait derrière n'était pas loin de la retraite. Il avait des moustaches courtes, blondies juste au-dessus de la lèvre par l'incandescence de ses dernières cigarettes.

– Madame, lui dit-il, sans enthousiasme.

– Je viens signaler un homicide.

L'homme laissa en plan les papiers qu'il était en train de trier et releva la tête, le sourcil en accent circonflexe.

– Un homicide ?

– Involontaire, oui, dit-elle calmement.

– Vous pouvez me préciser les circonstances ?

– J'ai renversé quelqu'un avec ma voiture. Je l'ai tuée.

– Ça s'est passé où ?

– À Nîmes.

– Quand ça ?

– Il y a huit ans.

Il soupira.

– Madame, j'espère que vous êtes sérieuse, parce que...

Elle le coupa :

– Elle s'appelait Veronica Rossi. Je n'ai jamais été arrêtée.

Le policier semblait embarrassé. « Si tu ne t'es pas fait choper en huit ans, pourquoi te rendre aujourd'hui ? » semblait-il penser. Dépassé par le problème, il tourna les talons et s'éloigna dans un couloir en lançant un « Bougez pas » un peu effrayé.

Elle savait que sa démarche activerait toute une procédure. Huit années de vie commune avec un juge d'instruction l'avaient familiarisée avec le code pénal. Un policier saisirait le Parquet, un procureur confierait l'affaire au cabinet d'un juge d'instruction, qui lui-même saisirait le juge des libertés et de la détention, lequel déciderait de son sort jusqu'au procès.

Le policier en uniforme revint avec un type jeune et mince vêtu d'un jeans et d'une veste en cuir noir.

– Suivez-moi s'il vous plaît, dit-il.

Arrivés dans un bureau sinistre, il la fit asseoir sur une chaise métallique et se plaça devant un vieil ordinateur. Derrière lui étaient épinglées une dizaine de cartes postales : plages de cocotiers, filles en maillot de bain, et un peu à l'écart, une vue aérienne de Venise.

– Donc, vous venez avouer un délit de fuite, c'est bien ça ?

– Oui.

– Votre nom ?

– Adélaïde Solle.

– Et la victime ?

– Elle s'appelait Veronica Rossi.

– C'était à Nîmes, c'est ça ?

– Oui.

Il tapait à une vitesse étonnante.

– Quel jour exactement ?

– Le 10 mai 2007, à vingt heures cinquante-cinq.

– Bien. Laissez-moi le temps de vérifier.

Il quitta la pièce.

Les yeux d'Adélaïde tombèrent sur la photo de Venise. Ses premiers instants dans le Canareggio lui revinrent aussitôt. L'attente interminable sur le perron, Ernesto qui lui avait ouvert avec son air curieux de tout, la longue introduction qu'elle avait préparée mais qui était restée bloquée au fond de sa gorge. Et ces mots qui avaient jailli malgré elle, cette phrase qu'elle avait répétée en boucle :

– Je m'appelle Adélaïde Solle, je suis française et c'est moi qui ai tué votre fille, il y a huit ans. Je m'appelle Adélaïde Solle, je suis française et c'est moi qui ai tué votre fille, il y a huit ans…

Comme un marcheur assoiffé ne peut s'arrêter de boire lorsqu'il a trouvé une source.

Elle n'avait pas vu la gifle arriver mais le choc lui avait fait tourner la tête. Alors, enfin, elle s'était tue. Ernesto l'avait regardée fixement, hésitant entre la rage et la douceur.

Elle voyait encore ses yeux. Ceux d'un père que son enfant insupportable a poussé à bout.

Puis il lui avait souri, du plus beau sourire du monde, et lui avait simplement dit :

– Entrez. Nous allions justement passer à table.

– J'ai retrouvé en effet un homicide a priori involontaire avec délit de fuite sur la personne de Veronica Rossi à Nîmes à la date que vous indiquez, dit le policier qui venait de revenir, tirant Adélaïde de son souvenir. Ça ne va pas mademoiselle ?

– Si…, répondit-elle en séchant ses larmes.

– Vous vous rendez compte de la portée de vos aveux aujourd'hui ?

– Oui.

– Très bien. Vous allez me dire, dans le détail, comment les choses se sont passées.

Il ajouta, l'air détaché :

– C'est bien ce que vous faites, c'est rare.

Après six heures de garde à vue, elle sortit sur le perron du commissariat. La nuit était tombée sur Paris. Le policier lui avait expliqué qu'elle serait convoquée plus tard. Elle risquait plusieurs mois de prison mais dans la mesure où elle s'était dénoncée, elle ne serait probablement condamnée qu'à une peine avec sursis. En attendant, elle était libre.

Elle prit une longue et grande bouffée d'air.

La première véritable depuis huit ans.

67

À la lumière du jour, l'endroit était ravissant. Des rosiers rouges et jaunes grimpaient sur la tonnelle, et sur les murs de chaux blanche. Mme Chabran devait avoir une cinquantaine d'années. Elle donnait à manger à une horde de chats qui ondulaient à ses pieds. Marc avait invité Antoine à l'accompagner.

– Ces chats, je vous jure ! Mon mari voudrait tous les empoisonner tellement il y en a. Mais moi je les aime bien, dit-elle en les voyant arriver.

Marc lui serra chaleureusement la main.

– Vous ressemblez à votre père. L'allure, tout ça… dit-elle un peu gênée.

Il ne répondit pas, acquiesça juste d'un sourire. Elle se retourna vers la maison.

– Voilà, regardez-moi ça !

Elle s'approcha de la porte cassée.

– On peut plus être tranquille nulle part ! Quelle idée de venir casser la porte de cette baraque ! Allez-y, regardez s'ils n'ont rien volé… dit-elle avec un mouvement de main.

Antoine prit un chat dans ses bras et resta dehors.

Marc entra et se dirigea directement vers la salle d'eau. Il récupéra la brosse à cheveux et fit le tour de la maison à la recherche d'autres objets. Il les posa délicatement dans la malle et fit de même avec les autres affaires qu'il avait laissées sur le sol quelques heures auparavant. Il aurait voulu tout emporter, même les meubles. Il s'apprêtait à fermer le couvercle lorsque son regard fut attiré par la tranche d'une chemise en carton coincée sur le côté. Il ne l'avait pas vue la veille. « Documents décès Jeanne » était écrit en noir. C'était l'écriture de son père. Il tira la chemise et finit par la dégager. Il l'ouvrit. Mme Chabran l'avait rejoint. Intriguée, elle le regardait faire depuis le chambranle de la porte.

– Quel bazar quand même ! s'exclama-t-elle. On s'attache aux choses et puis voilà, nous on part et elles, elles restent là, à prendre la poussière.

Il ne prêtait plus attention à elle. Dans la chemise étaient rangés plusieurs documents administratifs. Le premier était le certificat de décès de sa mère. Il resta suspendu un long moment en le voyant. Antoine comprit qu'il se passait quelque chose. Il lâcha le chat qu'il tenait dans les bras et rejoignit Marc à l'intérieur.

– Tout va bien ? demanda-t-il.

Marc se tourna vers lui, et lui tendit le papier qu'il avait dans les mains.

Certificat de décès de Jeanne Ferrer.
Établi le 25 juillet 1987 à 04:12 par le Dr François Bonifacie.

– C'est dingue, dit Antoine, la voix chargée d'émotion. Tu as dû entendre cette heure de la bouche d'un adulte quand tu étais gamin, ou même tomber dessus toi-même. En tout cas, je suis prêt à parier une chose : à partir d'aujourd'hui, tu dormiras comme un bébé.

68

Marc referma doucement la porte derrière lui, s'avança près du lit et déposa ses fleurs sur la table métallique.

– Pouvez-vous ouvrir un peu la fenêtre ? demanda Sonia qui venait de se réveiller. Il fait une chaleur horrible dans ces hôpitaux…

Marc fit glisser le panneau de verre sur son rail en aluminium. L'air frais de la nuit pénétra aussitôt dans la chambre.

– Merci… dit-elle en refermant les yeux.

Marc s'approcha d'elle. Un pâle néon dessinait crûment son visage tuméfié et sans maquillage. Elle était couverte de bandages et d'hématomes, un cathéter relié à une perfusion mutilait encore un peu plus son bras maigre qu'elle laissait pendre dans le vide.

Marc s'assit sur une chaise.

– Ce n'est plus l'heure des visites… Mais je suis contente de vous voir. Merci pour les fleurs, reprit-elle avant de déglutir péniblement.

– On m'a accordé quelques minutes. Je peux repasser à un autre moment si vous préférez.

– Non… Restez.

– Je voulais vous dire que Richard avait été arrêté.

Sonia gardait les yeux fermés, sans réagir. Marc poursuivit :

– Mon instruction prouve qu'il est responsable de l'évasion d'un détenu et de la mort d'un gardien. Il s'est également accusé d'avoir renversé Inès Gabarre, sa maîtresse.

Il attendit une réaction, il n'y en eut pas. Il continua :

– Le problème, c'est que j'ai auditionné un témoin qui a une autre version. Il prétend que ce n'est pas Richard qui a tué Inès... Il prétend que c'est vous. Ce témoin est un marginal, un SDF. Psychologiquement instable, peut-être même ivre au moment des faits...

Sonia tourna doucement la tête vers Marc et le fixa intensément.

– Croyez-vous au bonheur Marc ?

– Je crois que la question n'est pas tant de savoir si on y croit, que de comprendre ce que cela signifie. Aujourd'hui, je commence à en avoir une petite idée, mais ça m'a pris beaucoup de temps... répondit Marc en souriant.

Sonia esquissa à son tour un sourire.

– Vous êtes un garçon charmant, je l'ai toujours su, dit-elle en refermant les yeux. Quand j'étais petite, reprit-elle, je m'endormais toujours de la même façon... Je fermais les yeux et je m'imaginais que mon lit était un radeau au milieu de l'océan. J'imaginais le froid, la pluie, la tempête... Je détestais ma couette, mes poupées et la vie à laquelle on me destinait. La première fois que j'ai rencontré Richard, j'ai tout de suite su qu'il serait mon radeau sur l'océan. Lorsque vous le regardez vraiment dans les yeux, je peux vous assurer que vous y voyez la tempête et le monde déchaîné autour...

Des larmes coulaient maintenant sur ses joues creuses ; Marc lui prit la main sans rien dire.

– Vous pouvez penser que je suis malheureuse, reprit-elle la voix encore plus faible. Beaucoup le pensent. Mais moi, je n'ai jamais regardé dehors depuis ma fenêtre, en rêvant d'une autre vie ou d'un autre homme. Et si j'ai couché avec d'autres, c'était pour me venger, ou pour m'amuser. Je ne me suis jamais ennuyée lorsqu'il me faisait l'amour ou en l'écoutant parler. Je l'aurais suivi n'importe où, même sans un toit au-dessus de la tête.

Elle s'arrêta, baissa les yeux puis les releva.

– Quand je les ai vus tous les deux, je ne l'ai pas supporté. Je ne sais pas si votre SDF était ivre, mais je vous assure que moi je l'étais. J'ai enfoncé la pédale et j'ai braqué. J'étais à bout. Et Inès est morte. Je n'ai pas voulu ça et je le regrette tellement. En réalité, c'était Richard que je voulais tuer. Et je l'aurais aussitôt suivi dans la mort. C'est un lien qui nous unit, lui et moi, et que la plupart des gens ne peuvent pas comprendre.

– Je ne suis pas ici pour vous auditionner, ce que vous venez de me dire restera entre nous pour l'instant.

– Je sais.

– Est-ce que vous voulez faire une déposition officielle ?

– Je vais d'abord me ronger un peu plus les sangs d'avoir tué cette fille. Pour le reste, c'est Richard qui décidera. Je vais vous faire une confidence horrible. Je suis heureuse que ce soit lui qui ait survécu. Parce que ma vie sans lui n'a pas de sens. Elle est aussi vide qu'un monde sans diable.

69

Un air de printemps flottait sur Paris. Marc était assis sur le canapé du salon. Il était treize heures passées, et il se sentait plus fébrile encore que le jour de son premier rendez-vous avec la femme au masque blanc. Il l'attendait depuis une heure déjà. Il était arrivé à Paris en début d'après-midi, et avait envoyé ce simple sms à Adélaïde: « Je suis rentré. Je t'attends. » Au terme d'une longue hésitation sur le choix des mots, il s'était finalement décidé pour la formule la plus sobre qui soit. À l'affût des moindres bruits dans le hall de l'immeuble, il trouva plus prudent d'enclencher le *Concerto en sol* sur sa platine, au cas où Adélaïde rentrerait sans qu'il l'entende. Il n'avait pas eu le temps de se procurer la version de Michelangeli, mais celle-ci lui sembla très fidèle au souvenir qu'il en avait ; l'émotion qu'elle lui procurait était en tout cas intacte.

Au moment de retourner dans son fauteuil, il jugea préférable de l'attendre sur une chaise, et partit s'asseoir à la table du séjour. Plusieurs minutes s'écoulèrent ainsi, l'adagio s'acheva. Une musique tonitruante lui succéda aussitôt et le fit sursauter. Il s'agissait des premières mesures du troisième mouvement qu'il n'avait jamais entendu. Il se leva d'un bond, et se précipita vers la platine pour remettre l'adagio, en boucle cette fois, avant qu'Adélaïde n'entre et que sa petite mise en scène ne tourne au ridicule.

Il regagna sa chaise mais se trouva vite mal à l'aise à cette place. Décidément, la meilleure option était encore celle du salon, confortablement installé sur le fauteuil. Au moment où il se levait à nouveau, il entendit des bruits de pas dans l'escalier.

Il était trop tard pour retourner s'asseoir. Et puis cela n'était pas la bonne solution ; rester debout non plus, d'ailleurs. Il se sentit soudainement idiot. Pourquoi n'avait-il rien préparé de mieux ? Comment devait-il l'accueillir ?

Trop tard. Elle était là, interdite, dans l'embrasure de la porte. Ce qu'il avait pressenti en revoyant sa photo se confirma. Ce n'était plus elle, bien qu'Adélaïde encore. Il brûlait d'envie de la rencontrer à nouveau, de la redécouvrir. Debout au milieu de la pièce, les bras ballants, il se sentait finalement à sa place, porté par une surface plus large du monde.

– Tu vas bien ? lui dit-elle doucement.

Ils étaient deux voyageurs ayant parcouru la terre chacun de leur côté. Ils avaient tant de choses à se raconter. Une nouvelle vie commençait.

– J'ai appris que tu étais passée au commissariat, dit-il.

Ce n'était pas du tout ce qu'il avait préparé. Il voulait lui dire qu'il était heureux d'être revenu, fou de joie à l'idée d'être père, et qu'il se sentait tellement nouveau… Mais tout ça n'avait plus d'importance. Il comprit qu'il fallait lâcher prise.

– Oui. C'était important pour moi de le faire, répondit-elle.

– Je comprends…

– Alors, tu as arrêté Richard ?...

– Oui. On s'est parlé longuement aux Ortolans, il m'a raconté. Tout, je veux dire...

Elle baissa les yeux, un peu embarrassée. Il lui tendit la main.

– Viens

Il l'entraîna jusqu'à la fenêtre. L'adagio du *Concerto en sol* venait de reprendre. Dehors, dans la cour pavée de l'appartement du dessous, le panneau « À vendre » était encore affiché.

– J'espère que tu n'as rien prévu à quinze heures, dit-il, j'ai pris rendez-vous avec l'agence immobilière pour une visite...

Elle resserra sa main sur la sienne, sans oser y croire.

– Il paraît qu'il a un atelier, avec trois Velux. Et une chambre de plus qu'ici... Il faut aussi qu'on aille d'urgence choisir un piano...

Elle le regarda, les larmes aux yeux, puis se colla contre lui. Il la serra très fort dans ses bras.

– Je te demande pardon, lui dit-il.

Remerciements

Elodie Blas, France Corbet, Michèle Lucibello,
Rodrigue Calderon, Pierre de Moras, Frédérika Patard,
Joanna Gorayeb, Delphine Labbey, Mathieu Gleize,
Céline Roux, Odile Reboux, Jean-Pierre Ramsay-Lévy,
Dylan Evrard, Lise Arif, Jean-Paul Arif,
Ingrid Desjours, François Alquier.

Imprimé en France par Aubin Imprimeur